DRÔLES D'OISEAUX

M.C. BEATON
et R.W. Green

Agatha Raisin
ENQUÊTE

DRÔLES D'OISEAUX

roman

Traduit de l'anglais
par Valérie Le Plouhinec

ALBIN MICHEL

Ce livre est un ouvrage de fiction. Les noms, les personnages et les événements relatés sont le fruit de l'imagination de l'auteur ou sont utilisés à des fins de fiction.

Édition originale anglaise parue sous le titre :
SUGAR AND SPITE

Chez Minotaur Books
an imprint of St Martin's Publishing Group, New York.

De quoi sont faites les petites filles ?
De quoi sont faites les petites filles ?
De sucre et d'épices
Et de jolis délices
Voilà de quoi sont faites les petites filles

Robert Southey, poète anglais, vers 1820

1

« Des *twitchers* ? »

À ce mot prononcé par son amie Margaret Bloxby, Agatha Raisin, perplexe, fronça les sourcils. Sentant que cette grimace formait des rides fâcheuses sur son front, elle se hâta de l'effacer, mais ne fut pas plus renseignée pour autant. Qu'est-ce que c'était, déjà, des *twitchers* ? Elle aurait dû le savoir, sans aucun doute. Le mot lui disait quelque chose, mais il avait sombré trop loin dans les profondeurs de son cerveau pour remonter à la surface – une défaillance pénible qui l'affligeait trop souvent ces derniers temps.

Twitchers... Le mot, par ses sonorités, lui rappelait l'énorme mouche bleue qu'elle avait vue expirer dans des convulsions répugnantes le matin même sur le sol de sa cuisine. Le temps qu'elle aille chercher l'aspirateur pour s'en débarrasser, la bête avait disparu. Ses deux chats, Boswell et Hodge, assis non loin, l'avaient regardée de leurs grands yeux innocents. Puis Boswell s'était léché les babines et Agatha avait su précisément ce qu'était devenue la mouche bleue. Elle avait rangé l'aspirateur dans le petit placard sous l'escalier en se promettant de ne pas caresser le chat de la journée : elle n'avait aucune envie de le voir régurgiter la créature mâchouillée et à moitié morte.

Des créatures à moitié mortes : voilà aussi à quoi lui faisait penser le mot *twitchers*. Elle zappait un soir tard sur sa télé lorsqu'elle était tombée sur un film de zombies dans lequel des cadavres réanimés, bavant et agités de tics, titubaient partout avant d'être retués de toutes les façons les plus immondes possibles. Agatha avait éteint le poste, préférant se pelotonner avec un vieil exemplaire corné de *L'Amiral flottant*, du Detection Club, accompagné d'un grand verre de primitivo.

« Oui, des *twitchers*, répondit Margaret. À la réunion de la Société des dames de Carsely, à la salle paroissiale, ce soir. »

Bon, ça ne devait pas être des zombies. Agatha avait assisté à moult réunions de la Société des dames, y compris une conférence sur l'ouvrage *Les Paysages des Cotswolds* de Capability Brown, qui l'avait intéressée, et une sur l'histoire du point de croix, qui l'avait barbée. Elle-même avait donné une causerie devant les dames de Carsely et d'Ancombe réunies. Il ne lui avait certes pas échappé que quelques-unes, parmi les plus âgées, rouvraient l'œil après s'être assoupies en bavotant, mais jamais elle n'en avait vu une passer réellement l'arme à gauche, revenir d'entre les morts, se lever et aller errer dans la salle en titubant. Et d'ailleurs, aucune ne s'était réellement endormie non plus. Toutes étaient captivées par les histoires de son agence de détective privée, Raisin Investigations. Elle savait bien que ses récits de combines douteuses, d'infidélités et de meurtres, pudiquement expurgés des noms des coupables, avaient procuré à son public des semaines de ragots délicieux à l'heure du thé et des tartelettes à la crème, toutes ces dames s'interrogeant à loisir sur l'identité des escrocs, des époux adultères et des tueurs. Rien à voir avec des zombies.

« Les *twitchers* sont les amateurs d'oiseaux, Agatha, expliqua Margaret, à qui sa perplexité n'avait pas échappé malgré ses efforts. Ces gens qui sont capables de parcourir des kilomètres pour observer une espèce rare. Je crois que le terme officiel serait "ornithologues amateurs", mais tout le monde dit *twitchers*.

– Oui, oui, je sais bien », grommela Agatha. Et ce n'était pas un mensonge. Maintenant que Margaret le lui disait, elle s'en souvenait, bien sûr. Elle l'avait même toujours su. D'ailleurs, elle s'était fait passer pour une *twitcher* il n'y avait pas si longtemps, un jour où, avec son ami Roy Silver, elle était allée surveiller la propriété d'un homme soupçonné de meurtre. Comme c'était agaçant, cet oubli momentané, et en plus, ce n'était pas la première fois. Cela commençait sérieusement à la contrarier, même si elle était bien décidée à ne pas s'énerver devant Margaret. « Je me demandais simplement si ça pouvait avoir un quelconque intérêt, à vrai dire. »

Agatha but une petite gorgée de sherry dans son gros verre en cristal, qu'elle reposa avec soin devant elle. Toutes deux se trouvaient dans le jardin de Margaret, assises à une petite table ronde en ferronnerie peinte en blanc, pleine de moulures et de volutes décoratives. Leurs chaises étaient façonnées sur le même modèle et Agatha commençait à regretter l'absence de coussins. Elle était en mince robe d'été et sentait les feuillages en fer forgé s'incruster dans son derrière. Elle modifia légèrement sa position pour soulager la pression, et s'aperçut avec désarroi que cela ne changeait rien.

Ce léger inconfort se laissait vite oublier quand on prenait un instant pour contempler les environs. Margaret était mariée à Alf Bloxby, pasteur de l'église St. Jude de Carsely, et ce coin du jardin du presbytère – une courette juste devant la porte de la cuisine – était un vrai piège à soleil. Elles étaient assises dos à un haut mur de pierre entièrement dissimulé par le feuillage vert foncé d'une clématite festonnée de fleurs violettes grandes comme la main. Les froufrous de bégonias retombants roses et orange se déversaient de paniers suspendus tandis que des géraniums, dans des pots et des jardinières, tendaient vers le soleil les sphères parfaites de leurs têtes rouges, roses ou blanches. L'air était sucré, le sherry agréablement refroidi, et l'un dans l'autre il y avait de pires endroits où passer son vendredi après-midi.

« Bien sûr que ce sera intéressant, lui assura Margaret. Vous me dites toujours que, dans votre branche, vous devez vous intéresser à toutes sortes de choses pour ne jamais passer à côté d'un indice, ou être certaine de savoir quand quelqu'un vous ment.

– C'est vrai », convint Agatha. Elle se tapota la tempe. « On emmagasine des tas d'informations là-dedans, sans même s'en rendre compte ni savoir quand elles s'avéreront utiles. Et le jour où on en a besoin, hop ! l'info surgit. »

D'accord, le mot *twitchers* n'avait pas surgi du tout, mais ça marchait la plupart du temps.

« Vous avez de la chance, commenta Margaret en souriant. Moi, j'ai une mémoire de poisson rouge. J'ai dû mettre un cordon à mes lunettes pour les porter autour du cou tellement je les oubliais partout. » Elle tira sur le cordon pour illustrer son propos. « Et ces derniers temps, il m'arrive de monter à l'étage ou d'entrer dans une pièce sans savoir du tout ce que j'allais y faire. Nous n'avons pas toutes la présence d'esprit qui vous rend si douée pour les enquêtes.

– Oh, vous savez, le travail d'une détective privée, ce sont plus souvent des tâches assommantes que des éclairs d'inspiration. On passe beaucoup de temps à remplir de la paperasse ou à faire des vérifications sur ordinateur. À attendre des heures dans une voiture lors des missions de surveillance, ou à rester pendue au téléphone lorsqu'on cherche une personne disparue.

– Je crois que c'est justement ce genre de persévérance qui fait les bons *twitchers* ! » fit remarquer Margaret avec une note suspicieusement triomphale dans la voix. Agatha eut le sentiment d'être tombée à pieds joints dans le piège de son amie, qui s'empressa de pousser son avantage. « Il faut vraiment que vous veniez ce soir, à moins que vous alliez encore danser ? »

Son sourire aimable lui donnait presque un air moqueur, une chose qu'Agatha ne tolérait que chez deux personnes – et encore : à vrai dire, aucune des deux n'avait jamais été assurée de s'en tirer indemne. Margaret était l'un des membres de cet intrépide duo d'âmes courageuses, assez confiantes dans leur amitié avec Agatha pour s'exposer à la furie du fameux caractère Raisin. L'autre était John Glass, ancien inspecteur de la police de Mircester.

« John avait une réunion à Southampton, expliqua Agatha. Comme il va rentrer tard, je ne le reverrai que demain soir.

– Et où en êtes-vous, tous les deux ? Est-ce qu'il vous emmène encore danser avant de vous mettre dans son lit ?

– Margaret ! » Agatha sentit ses sourcils se froncer de nouveau. « Je ne pense pas que ce soit une question pour une respectable femme de pasteur !

– Donc, c'est oui ! s'esclaffa Margaret. Ne faites donc pas cette tête, Agatha. Nous nous connaissons trop bien pour ça. Qu'est-il allé faire à Southampton ? Il n'envisage quand même pas de repartir en mer ?

– Peut-être, dit Agatha, qui se leva, s'écarta sur le côté et tendit le cou pour regarder au fond du jardin. C'est un pivert que je vois là-bas ? »

Aussitôt que Margaret eut tourné la tête, elle se massa vigoureusement l'arrière-train pour effacer les marques en creux laissées par le feuillage métallique.

« Il s'est envolé, mais c'est bien possible, répondit Margaret. Il y en a un qui vient picorer le gazon de temps en temps. Vous voyez que vous vous intéressez aux oiseaux ! Mais ne changez pas de sujet. Il va donc repartir en voyage, votre policier danseur ?

– Sans doute, reconnut Agatha avec un gros soupir. Il est en train d'en discuter avec la compagnie de croisière. Je pensais que la bougeotte lui avait passé, mais... J'étais avec lui quand il a pris leur appel. Ils voulaient l'engager comme professeur de danse sur une croisière de deux semaines dans les fjords de Norvège. J'ai vu ses yeux briller. Puis il m'a regardée, et toute cette lumière a disparu. »

Agatha se rassit avec précaution et tâcha de placer les feuillages différemment sous son postérieur. En vain.

« Il avait compris que vous ne vouliez pas qu'il parte.

– Naturellement. Il a été inspecteur pendant si longtemps : vous pensez bien qu'il sait déchiffrer les gens. Il a compris que je n'étais pas ravie, mais je l'ai encouragé à partir quand même. Il a passé des années dans la police, ce qui n'est pas franchement glamour, alors maintenant il mérite de faire ce qui le rend vraiment heureux. Il faudrait que je sois une vraie peau de vache pour l'en priver.

– Vous n'êtes pas comme ça.

– Certains en douteraient, lâcha Agatha en se levant de nouveau pour marcher sur la terrasse. Ce qu'il y a, voyez-vous, c'est que dans ma tête, une partie de moi lui hurle que s'il veut aller guincher sur un paquebot minable au lieu de rester avec moi, il n'a qu'à aller se faire voir ailleurs, et bon débarras ! Que s'il n'est pas heureux avec moi, je me passerai de lui, merci bien.

» D'un autre côté, je souhaite sincèrement son bonheur et je sais qu'il me manquera. Mais je ne supporte pas l'idée de l'attendre, de m'inquiéter pour lui, de penser sans arrêt à lui ! » Elle écarta les bras et laissa retomber ses mains sur ses cuisses, dans un geste exaspéré. « Il n'est absent que depuis hier, je sais que je le reverrai demain, et pourtant il occupe toutes mes pensées. Ça me brouille les idées ! Qu'est-ce qui m'arrive ?

– Je ne suis pas médecin, Agatha, mais ces symptômes, je les connais. C'est ce qui arrive quand on est amoureuse. Vous êtes tombée raide dingue de John Glass !

– Oh, ne dites pas n'importe quoi, trancha Agatha. Je ne suis pas une adolescente écervelée qui se pâme pour l'apprenti boucher aux yeux noirs et aux cheveux bouclés !

– C'est du vécu, ça, n'est-ce pas ?

– Bref ! Je suis une adulte. J'ai eu beaucoup d'histoires avec beaucoup d'hommes, et…

– En tant que respectable épouse de pasteur…, commença Margaret avec une expression malicieuse, aussitôt effacée par le regard d'Agatha qui, de ses petits yeux d'ourse, lui intimait la retenue.

– Je ne veux pas éprouver ça, continua Agatha. J'ai besoin d'avoir les idées claires. Je dois garder le… le contrôle. »

Elle se rassit, perpendiculairement au motif cette fois.

« Ce que vous devriez faire, lui conseilla Margaret, c'est profiter de chaque instant passé avec John, et vous occuper l'esprit quand il n'est pas là. Vous ne croulez pas sous le travail, ces jours-ci ?

– J'ai de quoi faire. Un certain nombre d'entreprises nous sollicitent régulièrement pour vérifier les antécédents d'employés potentiels, des cabinets d'avocats nous demandent de rassembler des preuves pour des procès au civil, et puis il y a les missions de surveillance pour les affaires de divorce, mais tout ça, mon équipe peut s'en charger moyennant un peu d'organisation et d'encadrement. J'aime garder un œil sur tout, mais en ce moment il ne se passe rien de bien stimulant.

– Pas de crime majeur à vous mettre sous la dent… pas de meurtre.

– Je ne recherche pas ce genre de choses, vous savez. Simplement, il se trouve qu'elles ont tendance à me tomber toutes rôties dans le bec.

– Alors il faut trouver autre chose pour vous changer les idées. Que diriez-vous d'assister à la conférence des *twitchers* ce soir ? Je vous promets un verre de vin quand ce sera terminé.

– Bon, d'accord, Mrs Bloxby », concéda Agatha, résignée à passer sa soirée à la salle paroissiale. En appelant son amie par son nom de famille, selon l'usage en vigueur à la Société des dames. S'appeler par leurs prénoms comme elles le faisaient en privé aurait constitué une terrible faute de goût dans la bonne société de Carsely. Tout à fait déplacé !

« À la bonne heure, Mrs Raisin ! répliqua Margaret en levant son verre. Trinquons à une expérience édifiante avec les *twitchers* ce soir. »

Elles entrechoquèrent leurs verres, les vidèrent, et lorsqu'elles se levèrent pour quitter le jardin, Margaret fit la grimace en se frottant le derrière à deux mains.

« Il faut vraiment que je fasse faire des coussins pour ces chaises », dit-elle.

Juste au-delà des faubourgs de Mircester, sur la route de Carsely, et si bien caché dans un creux derrière les arbres et les haies que les voitures qui passaient le remarquaient à peine, se trouvait un petit lotissement moderne appelé Tweeting Bottom. Ce n'étaient pas là les cottages en pierre blonde qui font la renommée des Cotswolds, mais des maisons bien nettes en brique et au toit de tuiles, posées sur des pelouses impeccables. Des autos robustes étaient garées sur les courtes allées adjacentes aux pelouses, mais jamais sur la route qui faisait le tour d'un espace vert central. Cet espace vert évoquait lui-même une petite prairie où toutes sortes d'herbes folles se mêlaient aux ombelles des carottes sauvages, aux pétales délicats de la céraiste et aux corolles jaune vif des boutons-d'or et du caille-lait.

Si d'aventure quelqu'un remarquait l'entrée du lotissement et s'y aventurait, que ce fût par curiosité ou par erreur, jamais il ne s'y attardait plus de temps qu'il n'en fallait pour faire le tour de l'espace vert et repartir. Ces égarés, en effet, éprouvaient vite la sensation désagréable d'être observés – non sans raison. Des yeux invisibles les suivaient avec vigilance derrière des rideaux en dentelle blanche, prenant note de toute livraison, de tout colporteur ou visiteur. Car les résidents n'avaient qu'un vœu : préserver la tranquillité sacrée de Tweeting Bottom des intrus.

Ils étaient donc aux aguets, sans aucun doute possible, lorsque trois dames, toutes sexagénaires, se rassemblèrent à côté d'une grosse voiture noire scandaleusement arrêtée le long du trottoir devant le numéro 12, la maison de Miss Feldrake. L'une des trois mesurait une tête de plus que les deux autres ; ses cheveux étaient noirs et bouclés, et ses courbes généreuses tendaient suffisamment sa veste et sa jupe en tweed pour mettre à l'épreuve la solidité des coutures. La deuxième, plus menue, avait de longs cheveux gris attachés en queue-de-cheval, le visage aimable et rond, les yeux noirs. Elle portait un jean et une veste en coton bleu foncé sur un simple tee-shirt blanc. La troisième et dernière était du même gabarit, mais avait les cheveux châtains mi-longs, un long nez élégant et une bouche qui semblait placée trop bas sur son menton. Elle était en short de randonnée et veste multipoches de style militaire. C'était Joan Feldrake.

« Sérieusement, tu n'emportes quand même pas tout ce bazar ? » Stella Smart, la femme en tweed, contemplait d'un œil renfrogné les sacs noirs qui s'accumulaient derrière sa voiture.

Feldrake lui retourna un regard fielleux : elle s'attendait à une remarque de ce genre. « Eh bien si ! répondit-elle avec vigueur. Si on veut montrer tous les oiseaux que tu prétends si bien connaître, on aura besoin de l'écran avec son pied et du projecteur, avec son pied aussi. » Elle se baissa pour ramasser une sorte de petite valise. « Il me faut mon ordinateur portable pour envoyer les photos au projecteur, et puis il y a les appareils, les trépieds, les objectifs...

– Tu tiens vraiment à parler de ce téléobjectif ridicule ? la coupa Smart. Quand il est installé, c'est à peine si on peut soulever l'appareil.

– Il me donne d'excellents résultats ! riposta Feldrake.

– Quand tu as voulu photographier mon râle des genêts la semaine dernière, tout ce que tu as obtenu, c'est cinq images du sol et deux d'une branche nue. Le petit oiseau s'était déjà envolé, littéralement.

– Tu parles ! Si tu veux mon avis, il n'existait même pas. Personne ne l'a vu à part toi. Ils sont extrêmement rares dans le coin, et en plus tu ne saurais pas reconnaître un râle des genêts d'un éléphant !

– Quelle importance, la quantité de matériel que Joan veut emporter ? » demanda la troisième avec un soupir plaintif. Mary Carstairs avait une longue, trop longue habitude des prises de bec entre ses deux amies. « Ta nouvelle voiture est grande comme un corbillard, Stella. On a toute la place.

– En effet, Mary, c'est moi qui ai amené la voiture, souligna Smart. S'il fallait compter sur vous deux, on n'aurait pas de quoi s'acheter un ticket de bus !

– Oh, excuse-nous ! On n'a pas eu la chance de toucher un magot d'une tante qu'on connaissait à peine, *nous* ! s'emporta Feldrake.

– J'ai tenu une affaire florissante pendant des années et… », commença Smart en brandissant l'index sous son nez.

Carstairs lui coupa la parole. « Allez, chargeons la voiture et allons-y ! Sinon, on n'aura jamais le temps de tout installer là-bas. »

Smart pressa un bouton sur sa clé et le coffre s'ouvrit tout seul. Elle alla ensuite s'installer au volant, laissant les autres à leur tâche. Feldrake et Carstairs hissèrent les sacs dans l'auto puis firent un petit bond en arrière quand Smart referma brusquement le coffre en appuyant sur un bouton, sans quitter son siège. Feldrake monta à l'avant tandis que Carstairs s'asseyait à l'arrière. Le silence régna pendant le court trajet jusqu'à Carsely, surtout après que Feldrake eut tendu la main vers la radio et reçu une tape de Smart.

Elles quittèrent la grand-route pour s'engager sur la voie secondaire qui descendait vers l'ombre mouchetée d'une avenue arborée, et atteignirent le village de Carsely quelques minutes plus tard. Elles étaient presque arrivées à la salle paroissiale de St. Jude lorsque Carstairs avisa une femme qui sortait du jardin du prieuré. Elle était certaine de l'avoir déjà vue. Cette femme avait les cheveux châtains, brillants, coupés au carré, et portait un chemisier en soie à motif de feuillages avec un pantalon blanc qui tombait par-dessus ses hauts talons, contribuant à donner l'illusion que ses jambes n'en finissaient plus.

« C'est qui, celle-là ? On la connaît, non ?
– Celle qui a le chemisier immonde ? demanda Smart.
– Oui, Stella, soupira Feldrake, sarcastique. Étant donné que c'est la seule personne en vue, je dirais que c'est bien d'elle qu'on parle. »
Smart lui envoya un regard et un rictus assassins.
« C'est Agatha Raisin ! annonça Carstairs, toute contente d'avoir trouvé la réponse. Vous savez, la détective ! Je me demande si elle vient à notre conférence de ce soir.
– Elle est un peu trop habillée pour une salle paroissiale à Carsely, non ? renifla Smart. Une vieille poule faisane qui sort ses plumes d'apparat.
– Son plumage vaut largement le tien ! pouffa Feldrake.
– Arrêtez un peu de vous chamailler, vous deux, les supplia Carstairs. Pensons plutôt à la causerie de ce soir. Comment voulez-vous que ça se passe bien si vous vous crêpez le chignon en permanence ? »

Agatha, en avance, s'approcha de la porte du prieuré. Elle portait sur son bras non seulement l'anse de son sac à main, mais aussi un pashmina d'un vert sombre et richement bordé de délicats feuillages brodés au fil d'or. Il faisait encore bon en ce début de soirée, malgré une légère humidité ; mais, sachant d'expérience que l'air dans la vieille salle paroissiale pouvait être frisquet, elle avait jugé prudent de prendre ce châle au cas où. Elle remarqua la grosse voiture noire qui se garait devant la salle. Le véhicule des *twitchers*, sans doute. Deux de ses trois occupantes commencèrent à décharger du matériel, supervisées par la troisième.

Elle allait empoigner le marteau de la porte lorsqu'elle arrêta son geste. Elle avait déjà cogné bien des fois l'anneau de bronze contre la plaque de cette vieille porte en bois, mais elle remarquait pour la première fois qu'il était tenu entre les crocs d'un lion à l'air placide mais puissant. À présent, le lion la captivait. La tête du grand félin dépassait en noblesse ses deux chats réunis. Juste au moment où elle tendait le doigt pour lui caresser le museau, la porte s'ouvrit brusquement et elle se retrouva l'index pointé droit sur la figure du pasteur Alfred Bloxby. Celui-ci recula d'un bond.

« Mrs Raisin… Je… Je… », bégaya-t-il. Agatha savait que le mari de Margaret n'approuvait pas leur amitié, car il jugeait qu'elle avait une mauvaise influence sur son épouse. Il n'avait pas complètement tort. Agatha et Margaret s'étaient déjà retrouvées dans des situations épineuses, et même, une fois, face à un homme armé. Et comment oublier le jour où Margaret avait failli être embrochée par une flèche qui visait Agatha ? Il ne fallait pas s'étonner que le pasteur l'appelle « cette horrible bonne femme », et d'ailleurs elle n'avait pas été surprise le jour où elle l'avait appris. Ce qui était inévitable. Écouter ce qui se racontait faisait partie de son travail, et les ragots avaient le chic pour trouver le chemin de ses oreilles, souvent en passant par sa poche. Cependant, quoi qu'il pût raconter sur elle, Agatha ne pouvait pas traiter Alf Bloxby comme ses autres adversaires. Un éclat de colère ou une gifle auraient été tout à fait déplacés. Il était pasteur, tout de même. Et surtout, il était le mari de Margaret, qui ne jurait que par lui. Agatha, donc, s'efforçait de marcher sur des œufs en sa présence, enfilant ses plus légers chaussons de danse diplomatiques. Cela dit, elle était bien meilleure danseuse que diplomate.

« J'admirais la tête de lion, se justifia-t-elle en baissant son doigt tel un desperado rengainant son six-coups, bien décidée à converser poliment malgré son embarras. Je me… euh… je m'étonnais un peu qu'un homme tel que vous – un bon chrétien, un homme de paix – ait une si féroce créature sur sa porte.

– Pas du tout, répondit-il, reprenant ses esprits. Plusieurs saints sont associés à des lions, notamment saint Daniel, bien sûr. Et n'appelait-on pas Jésus “le Lion de Judée” ? Et… mais… je dois vous laisser. Je partais, je suis pressé. »

À l'évidence, le pasteur était aussi mal à l'aise qu'Agatha et il se hâta vers sa voiture. Margaret apparut alors dans l'entrée.

« Je vois que tu as croisé Alf, constata-t-elle.

– J'ai failli l'éborgner, oui.

– Allons bon. C'est quelque chose qu'il a dit ?

– Non, pas du tout… J'étais en train de… » Agatha remua la main comme pour effacer son début d'explication et montra plutôt du doigt la voiture noire garée devant la salle paroissiale. « Bref, aucun problème. Je crois que les *twitchers* sont arrivées, non ? »

Elles se dirigèrent vers la salle, où Feldrake et Carstairs apportaient des sacs tandis que Smart leur tenait la porte ouverte. Lorsqu'elles entrèrent, les trois femmes étaient en train de déballer leur matériel sur l'estrade. Margaret présenta Agatha. Carstairs voulut la saluer, mais Smart la bouscula pour être la première à serrer – ou plutôt broyer – la main de la détective.

« Ravie de vous voir ici, Mrs Raisin, dit-elle sur un ton poisseux d'amabilité factice. Nous ne savions pas que vous vous intéressiez aux oiseaux.

– Oh, je m'intéresse à toutes sortes de choses, répondit Agatha en pliant et dépliant ses doigts endoloris. Certaines pièces de votre matériel, par exemple, me sont très familières.

– Je ne sors jamais sans elles », clama Smart en levant dans sa main gauche une très grosse paire de jumelles. Elle y colla ses yeux et les tourna vers les poutres apparentes du plafond. « Dites donc, Mrs Bloxby, il y a des toiles d'araignée là-haut !

– Oui, je me suis souvent servie de jumelles », continua Agatha. Elle montra alors un appareil plus petit que Feldrake venait de sortir d'un étui.

« Mais je n'ai jamais vu ça. Qu'est-ce que c'est, Mrs Feldrake ?

– Un télescope monoculaire. Les jumelles, c'est parfois encombrant, surtout quand on transporte aussi un téléobjectif.

– Ah oui, ça prend de la place, surtout quand on est en planque dans une voiture, ce qui m'arrive souvent.

– Le télescope monoculaire est léger et compact, précisa Feldrake en le passant à Agatha. Il offre un bon agrandissement, et on peut même le clipser à son téléphone pour prendre des photos qu'autrement on raterait.

– Ah bon ? Je me suis déjà servie d'une petite longue-vue, mais ça, c'est bien mieux. Il m'en faut absolument un ! » Agatha l'utilisa pour scruter la salle, mais s'arrêta lorsque Smart apparut dans son champ de vision, floutée par la courte distance.

« Eh bien moi, je reste fidèle aux jumelles, déclara cette dernière d'un air supérieur. Grâce à elles, j'ai repéré plus d'espèces d'oiseaux que n'importe qui dans tous les Cotswolds.

– Bien sûr, commenta Carstairs à mi-voix. Sauf que dans la plupart des cas, on n'a que ta parole, pas vrai ? »

Smart se tourna hargneusement vers elle, mais Margaret s'interposa avant qu'un mot puisse être ajouté.

« Une tasse de thé ? proposa-t-elle. Je peux vous proposer une tartelette à la fraise pour l'accompagner, mais vous préférez peut-être attendre l'arrivée des dames. Toutes sont bien meilleures pâtissières que moi, et elles apportent toujours des gâteaux succulents. »

Margaret, passant devant les rangées de chaises pliantes qu'elle avait disposées plus tôt, les guida jusqu'à une longue table où, sur une nappe immaculée, trônaient fièrement des dizaines de tasses blanches et leurs soucoupes, trois présentoirs à plusieurs étages couverts de tartelettes à la fraise, des pichets de lait, des boîtes de sachets de thé et une haute fontaine à eau chaude en acier inox.

Agatha déploya son pashmina sur ses épaules et suivit les *twitchers* en les écoutant se chamailler à voix basse. Pas besoin de faire appel à son sens de l'observation de détective, ni même à une étincelle d'inspiration, pour percevoir l'animosité qui régnait entre elles. Au diable la conférence sur l'observation des oiseaux : la manière qu'elles avaient d'échanger des piques à la moindre occasion promettait une soirée extrêmement divertissante.

Elle accepta une tasse de thé, mais déclina l'offre d'une tartelette. Si affamée soit-elle, et si appétissantes que soient les tartelettes, son pantalon blanc et l'onctueuse garniture des fonds de tarte, dont elle voyait une goutte grossir au coin de la bouche de Miss Smart, constituaient une catastrophe annoncée. Dommage, car elles étaient bien tentantes, ces tartelettes. Pour penser à autre chose, Agatha observa les membres de la Société des dames de Carsely qui commençaient à entrer. Certaines portaient un cardigan bleu ou rose pastel, d'autres un petit haut léger, d'autres encore les deux. On annonçait de la pluie, mais pas avant le lendemain après-midi, et pourtant les plus âgées avaient pris toutes leurs précautions : leurs imperméables d'été mi-longs boutonnés de haut en bas sur le devant leur conféraient une silhouette de dames de cantine d'une époque révolue, ce qu'elles avaient bien pu être, d'ailleurs. Quelques-unes, légèrement plus audacieuses et plus jeunes, arboraient une petite veste imperméable qui leur arrivait sur les hanches. Agatha identifia quelques visages, mais elle n'en connaissait aucune particulièrement bien.

Elles se saluaient poliment et échangeaient des propos animés sur les enfants, les petits-enfants et le scandale du jour : le poissonnier n'était pas venu au village avec sa camionnette cet après-midi-là, contrairement à son habitude. Le saumon en boîte, ce n'était pas la même chose, tout de même ! Agatha entendit l'une d'elles raconter avoir dit à son mari, quand il était rentré du travail, qu'elle ne pourrait pas lui donner son *fish and chips* maison du vendredi parce qu'elle n'avait pas eu le temps d'aller au supermarché. Il était parti en coup de vent au Red Lion, et la légère rougeur alcoolisée sur les joues de la femme indiquait qu'elle l'y avait suivi.

Génoises, muffins et scones s'ajoutèrent aux tartelettes sur les tables. Margaret alla chercher des assiettes en papier et des fourchettes en plastique. Les femmes affluaient maintenant, la plupart reconnaissant aussitôt Agatha, qui dut affronter un barrage de questions telles que : « Un chat perdu compte-t-il comme personne disparue ? », ou « Comment savoir combien mon mari dépense au Red Lion ? », ou encore « Pensez-vous que le poissonnier a été assassiné ? ». Enfin, elle aperçut un visage connu : Doris Simpson, sa femme de ménage.

« Bonsoir, Mrs Raisin, lui lança gaiement cette dernière. Quelle surprise !

– Je pourrais en dire autant ! Mais c'est bien agréable de voir un visage ami. Je ne savais pas que vous vous intéressiez aux oiseaux.

– Je me fiche bien des oiseaux », répondit Doris en lissant son chignon blanc. Elle se pencha ensuite pour chuchoter : « Et la plupart des dames ici présentes aussi.

– Ah bon ? s'étonna Agatha, baissant aussi la voix malgré le brouhaha ambiant. Mais alors, pourquoi y a-t-il autant de monde ?

– Elles ne sont pas venues pour les oiseaux, pouffa Doris. Elles sont venues pour apprendre les derniers ragots et pour voir si ces trois-là (elle indiqua discrètement les conférencières qui montaient rejoindre Margaret sur l'estrade) vont réussir à tenir toute la soirée sans se battre comme des chiffonniers !

– Je comprends mieux. Quand je suis arrivée, elles se grondaient après comme des chats en colère. Pas les meilleures amies du monde.

– Oh, mais c'est ça le plus drôle, Mrs Raisin ! Ce sont *bien* les meilleures amies du monde. Depuis la petite école ! »

Doris s'en alla chercher encore du thé et une tartelette à la fraise pendant que les dames s'asseyaient. Agatha s'installa au dernier rang pour éviter d'attirer l'attention, et Margaret s'avança sur l'estrade pour présenter les demoiselles Smart, Feldrake et Carstairs.

Smart prit rapidement le relais : « Ce soir, je vais vous parler de quelques-unes des très nombreuses espèces que j'ai observées, dit-elle. Il est certain que j'ai repéré plus d'oiseaux que n'importe qui dans…

– … son imagination », termina Feldrake sur un ton comique en levant les yeux au ciel. Smart la fusilla du regard et Carstairs dissimula un sourire derrière sa main.

« … que n'importe qui dans la région. Miss Carstairs vous expliquera où vous avez le plus de chances d'observer différentes espèces d'oiseaux dans la région, et Miss Feldrake a réalisé quelques clichés pour tenter d'illustrer nos propos. Pardonnez-lui s'ils sont un peu flous… »

Margaret baissa la lumière et Carstairs vint expliquer ce qu'il fallait chercher dans différents environnements – terrain ouvert, prairie, marécages ou sous-bois – aux alentours de Carsely. Agatha, qui sentait son ventre gargouiller, finit par succomber à l'appel des tartelettes. Profitant de la pénombre, elle se faufila jusqu'à la table pour en prendre une sur une assiette en papier. Elle venait de se rasseoir et portait la tartelette à sa bouche lorsqu'il lui sembla entendre claquer la porte du hall. Tournant vivement la tête, elle crut percevoir un mouvement furtif dans l'ombre à côté du vestiaire. Elle reposa avec précaution sa tartelette sur son assiette, qu'elle remisa sur la chaise à côté d'elle pour mieux fouiller des yeux les recoins sombres de la pièce, mais en vain. C'était peut-être son imagination qui lui jouait des tours. Elle dirigea son attention vers l'estrade.

« Cette photo, dit Carstairs en faisant signe à Feldrake de passer à la diapo suivante, a été prise il y a quelques jours à peine…

– Sur mon terrain ! » tonna alors une voix dans le fond.

Agatha, avec la plupart de l'assemblée, se retourna vivement sur sa chaise pour voir un homme de haute taille surgir de l'ombre à côté du vestiaire. Margaret réagit aussitôt : elle se jeta sur les interrupteurs. Les lampes du plafond se réveillèrent en clignotant, de même que quelques dames qui somnolaient dans l'assistance. L'homme avait la peau tannée et burinée de quelqu'un qui a travaillé dehors toute sa vie, et une tignasse brune ébouriffée. Agatha lui donna une petite cinquantaine d'années, et le trouva plutôt bel homme, dans le genre mal dégrossi. Il pointa le doigt sur l'écran, puis sur les trois conférencières.

« Vous êtes encore entrées sur ma propriété ! gronda-t-il. Je vous avais dit de ne pas venir piétiner mes terres. En tout cas, je ne vous le redirai plus. Si jamais je vous attrape encore chez moi, vous êtes cuites !

– Et pourquoi, au juste ? demanda Smart en redressant ses larges épaules. La loi nous accorde un droit d'accès à la nature. Vous ne pouvez pas monopoliser le paysage. Il est à tout le monde ! »

Le grondement du bonhomme devint un rugissement.

« Vous n'avez rien à faire sur mes terres ! Gardez vos distances, ou vous le regretterez !

– Et vous comptez faire quoi ? s'enquit Feldrake, qui s'était avancée à côté de Smart. Nous envoyer un coup de tromblon ? Nous ne sommes pas des petites créatures sans défense, vous savez. Pas comme tous les lapins, les pigeons et les faisans que vous massacrez !

– Bien dit ! brailla Carstairs, brandissant le poing à côté de ses amies. Vous ne pourrez pas nous dégommer comme ces pauvres oiseaux. Jamais ! Nous savons nous défendre ! »

Agatha admira la façon dont elles avaient soudain cessé de se chamailler comme des gamines pour faire front ensemble, véritable escouade (quelque peu grisonnante) de vigiles à la retraite. Dans le public, les têtes pivotaient à l'unisson de l'estrade à l'homme en colère, et vice versa, comme devant un match de tennis. Si ces dames étaient venues avec l'espoir d'assister à un conflit divertissant, elles étaient servies, et elles semblaient aussi impressionnées qu'Agatha par la réaction des *twitchers*. Leur adversaire, cependant, restait imperturbable.

« Ah oui ? » Il avait baissé la voix, et pourtant celle-ci roulait encore de manière menaçante comme le tonnerre au loin. « Les gens comme vous sont un fléau. Dernier avertissement. Mettez encore un pied sur mes terres, et je vous extermine comme de la vermine ! »

Il tourna les talons, poussa la lourde porte en chêne comme s'il s'était agi d'une feuille soufflée par le vent, et s'en alla à grandes enjambées dans le crépuscule. Toute la salle en resta sonnée. Agatha se leva et trotta jusqu'à la porte pour entrevoir une dernière fois le bonhomme, mais n'aperçut que sa silhouette disparaissant vers les voitures garées plus loin dans la grand-rue. Elle referma et alla se rasseoir. Aussitôt, elle eut une étrange sensation. Et là, tout son corps se figea.

« Encore du thé ? proposa Margaret avec une gaieté forcée en dépassant les rangées de dames muettes pour s'approcher d'Agatha. Servez-vous, je vous en prie, et ensuite nous reprendrons la causerie. »

Un murmure de conversations enfla dans la salle jusqu'à devenir une véritable clameur : les dames de Carsely avaient retrouvé leur langue. Elles s'empressèrent d'apprendre des mieux informées qui était exactement l'intrus, avant de diffuser des ragots inquiétants sur ses méfaits passés. Le temps qu'elles soient toutes agglutinées autour du buffet, certaines anecdotes anodines étaient déjà devenues des contes abominables et on élaborait à présent des histoires encore plus scabreuses, et probablement calomnieuses. Il était fermier, mais il vivait seul dans sa ferme isolée. Pourquoi cherchait-il à écarter tout le monde ? Que fabriquait-il là-bas en cachette ? Quels secrets dissimulait-il ?

« Mrs Raisin, dit Margaret en s'approchant d'un air inquiet avant de s'accroupir à côté d'Agatha. Vous avez l'air un peu ailleurs. Est-ce que tout va bien ?

– Aidez-moi, Margaret, chuchota Agatha avec désespoir. Je ne peux pas bouger ! »

2

« Mais que se passe-t-il ? demanda Margaret en lui prenant la main. Que vous est-il arrivé ?

– Je ne peux pas bouger, répéta Agatha avec un regard affolé. J'ai besoin de votre aide. Je suis confuse. Je… Je me suis assise sur une tartelette à la fraise ! »

Faisant preuve d'une retenue, d'un self-control et d'une charité chrétienne proprement miraculeux, la femme du pasteur s'abstint du moindre sourire et conserva une expression de profonde inquiétude tout en se remettant lentement debout.

« Je vois, dit-elle avec sérieux. Pantalon blanc… tartelette à la fraise. Le résultat ne peut pas être bien beau. Ne bougez pas et tâchez de faire comme si de rien n'était. Je vais vous chercher une tasse de thé et trouver une solution. »

Quelques dames de Carsely se demandèrent peut-être pourquoi Mrs Bloxby semblait pleurer de rire en se frayant un chemin vers le buffet, alors qu'elles-mêmes étaient en train de disséquer la grave question de savoir pourquoi leur visiteur mal embouché tenait tant à éloigner les gens de sa ferme. Quel était son secret ? Il paraissait assez violent pour être un tueur, peut-être même un tueur en série ! Enterrait-il les corps dans ses champs ? À moins qu'il ne soit poursuivi pour autre chose ? Se pouvait-il qu'il soit un étranger se cachant en Angleterre ? Peut-être un fugitif international, un criminel de guerre recherché pour des atrocités commises lors d'un conflit lointain ! L'idée la plus croustillante venait des deux pipelettes les plus enthousiastes, lesquelles croyaient savoir qu'il était une sorte de savant fou et qu'il menait des expériences bizarres dans une de ses granges, convertie en laboratoire clandestin.

Sans le moindre élément de preuve, la théorie la plus délirante triompha, et l'homme fut vite assimilé à un Frankenstein des temps modernes. Les quelques dames qui osèrent timidement avancer qu'elles connaissaient la triste vérité furent simplement envoyées sur les roses, leurs explications étant bien trop banales. Agatha écouta tout cela de loin en feignant de prendre un appel urgent sur son portable, ce qui lui donnait une excuse pour rester à l'écart. L'une des dames lui envoya un regard curieux, mais la plupart étaient absorbées par leur annihilation verbale de l'intrus. Le temps de revenir avec une tasse de thé, Margaret, qui avait retrouvé son sérieux, avait aussi trouvé la solution.

« À votre place, je rangerais ça, dit-elle en indiquant le téléphone d'Agatha : tout le monde sait qu'il n'y a pas de réseau dans cette salle. Bien, tout ce que vous avez à faire, c'est rester ici sans bouger. Dans deux minutes, je renvoie les amies des oiseaux sur l'estrade et les dames à leurs places. Ensuite, dès que j'aurai éteint, je ferai un saut au prieuré. J'ai une jupe portefeuille verte qui devrait être à votre taille et aller avec votre chemisier. Vous irez discrètement vous changer dans les toilettes au fond de la salle. »

Agatha releva les yeux vers son amie. Ses épaules se détendirent, et elle ne prononça qu'un mot : « Merci. »

Les dames de Carsely passèrent la porte en pressant le pas aussitôt la causerie terminée. La plupart avaient hâte de rentrer chez elle avant que la soirée soit trop avancée. Elles avaient des coups de fil à passer. Certaines avaient déjà leur portable en main avant même d'être sorties dans la rue – les lignes téléphoniques allaient chauffer dans les heures à venir, aucun doute là-dessus. Ce n'était pas tous les jours qu'une réunion de la Société des dames de Carsely était interrompue par un homme qui, le temps que les ragots fassent boule de neige jusqu'à prendre des proportions d'avalanche, était probablement recherché par Interpol, le MI6 et la CIA.

Le changement de costume d'Agatha s'était déroulé sans encombre, même si la jupe la serrait un peu à la taille, et elle se réjouissait que Margaret ait eu absolument raison à propos de la couleur. Ce n'était pas un vêtement qu'elle aurait choisi pour elle-même, mais étant donné l'urgence, elle était prête à faire un compromis. Elle s'attarda avec Margaret devant le buffet en contemplant la montagne de tasses sales.

« Ne vous en faites pas pour ça, lui dit son amie. Je flanquerai tout au lave-vaisselle plus tard. Le club de badminton junior a besoin de la salle demain matin : ils rangeront les chaises – et feront disparaître les restes de gâteaux que je leur laisse ! Dans quel état est le pantalon ? Vous savez, vous pourrez peut-être le ravoir avec du…

– Merci, Margaret, mais je ne porte pas de vêtements qui ont eu des taches. Je préférais oublier complètement ce pantalon : je l'ai mis à la poubelle. Allons plutôt voir nos *twitchers.* »

« Tu aurais dû nous prévenir que tu allais là-bas ! grognait Smart contre Feldrake en la regardant ranger le matériel avec Carstairs.

– Je ne vais quand même pas vous tenir au courant de tous mes faits et gestes ! s'insurgea Feldrake. Je vais où je veux, et vous ne pourrez pas m'en empêcher. Ce que je fais ne vous regarde pas !

– Ça nous regarde si tu entres sur des propriétés privées et que tu nous attires des ennuis, fit remarquer Carstairs. Ce type est une brute, et on ne peut pas se permettre de tendre le bâton pour se faire battre !

– Je ne lui ai tendu aucun... » Feldrake se tut soudain en voyant qu'Agatha et Margaret les avaient rejointes.

« C'était une causerie fascinante, mesdames, malgré la petite intrusion, les félicita Margaret.

– Oui, vous avez très bien redressé la barre après l'esclandre qu'a fait ce bonhomme, renchérit Agatha. Qui était-ce ?

– Guy Fawkes, dit Carstairs tout en contemplant la jupe d'un air légèrement perplexe.

– Guy Fawkes ? s'étonna Agatha. Comme l'homme qui a essayé de faire sauter le Parlement il y a des siècles ?

– Il a le même nom, confirma Smart en agitant la main comme pour chasser tout souvenir de cet homme, mais lui, c'est un minable. Ce n'est pas la première fois qu'on a affaire à lui.

– C'est ce qu'il a dit, en effet, commenta Agatha, et ce soir il avait l'air mortellement sérieux. Il a émis une menace très claire contre vous trois.

– Oh, on ne va pas s'en faire pour ce crétin, Mrs Raisin, protesta Smart avec un petit rire. Il ne nous fait pas peur. Allez, les filles. Portons le matériel à la voiture. »

Carstairs et Feldrake se chargèrent de multiples sacs, déclinant poliment l'aide d'Agatha ou de Margaret, après quoi les amies des oiseaux grimpèrent dans la voiture de Smart et disparurent. Margaret emmena Agatha au presbytère pour qu'elles prennent le verre de vin promis.

« Tout compte fait, la soirée a été bien plus mouvementée que je ne m'y attendais », fit observer Agatha en s'enfonçant dans les coussins en plume d'un fauteuil moelleux devant la cheminée du salon. À part son cottage dans Lilac Lane, il y avait peu d'endroits où Agatha se sentait aussi bien. La pièce fleurait bon la lavande et l'encaustique, avec une légère trace d'odeur de feu de bois qui, supposait Agatha, devait tout imprégner depuis longtemps puisque la cheminée n'avait pas été allumée de l'été.

« Il faut dire que c'est rare d'être traumatisée par un accident de tartelette », répliqua Margaret en lui tendant un verre de merlot. Elle s'installa dans l'autre fauteuil après s'être penchée un instant pour rectifier la position d'une des fleurs du bouquet qui, dans un grand vase posé à même le foyer, égayait la cheminée.

« Je ne parlais pas de ça, dit Agatha, presque comme si l'incident était déjà oublié. Je parlais de l'homme qui a fait irruption pour menacer les *twitchers*, ce Guy Fawkes.

– Je ne pense pas que ce soit son vrai nom. Enfin, son nom de famille est bien Fawkes, mais je suis sûre que quand on s'appelle comme ça, tout le monde finit par vous rebaptiser Guy, même si ce n'est pas votre prénom.

– Et donc vous ne le connaissez pas ?

– Pas vraiment. Je sais qu'il a une ferme quelque part en bordure du domaine de Barfield et que sa femme est morte il y a quelques années, mais c'est à peu près tout.

– C'est Alf qui l'a enterrée ?

– Non, nous n'avons pas du tout été mêlés à ça. Je crois bien que Mr Fawkes et son épouse étaient tous les deux originaires du pays de Galles. Je me rappelle qu'elle s'appelait Rhiannon : j'ai toujours beaucoup aimé ce prénom. Les obsèques se sont tenues là-bas. Alf l'a contacté à l'époque, mais apparemment il n'avait pas besoin de notre aide. Il est farouchement indépendant.

– En tout cas, il est farouche. Il nous a bien montré son sale caractère.

– Les gens ont toujours des raisons de se comporter comme ils le font, dit Margaret, qui se tut un instant pour prendre une gorgée de vin. Il y a certainement un malheur plus profond qui alimente sa colère.

– Certainement, convint Agatha, mais il a aussi le sens du spectacle. Ce soir, il est parti tel un personnage de roman des sœurs Brontë.

– C'est vrai ! s'esclaffa Margaret. On aurait dit le Mr Rochester de *Jane Eyre* !

– En moins aristocratique, nuança Agatha. Mais un sacré personnage quand même.

– Mon Dieu, ça fait combien de temps…, dit Margaret en se caressant le menton comme pour faire remonter un souvenir. Je n'ai pas dû relire *Jane Eyre* depuis mes douze ans, je me rappelle… »

La conversation s'éloigna rapidement des événements de la soirée, mais Agatha en conserva une image puissante du ténébreux Mr Fawkes, qui ne cessait de faire irruption dans sa tête. Elle avait beau s'efforcer de le chasser, de fermer à clé la porte de son esprit, il la rouvrait sans cesse avec fracas. Elle finit par s'avouer qu'elle aurait préféré qu'il reste. Quelque chose chez cet homme l'intriguait, et elle savait qu'elle ne pourrait plus l'oublier tant qu'elle n'en saurait pas davantage sur lui.

Agatha fut réveillée avant l'aube par un bruit évoquant des graviers jetés contre la fenêtre de sa chambre. Lorsqu'elle tira le rideau, elle vit qu'une tempête faisait rage. Les fleurs du jardin et les beaux lilas des voisins, desquels Lilac Lane tenait son nom, avaient perdu leurs couleurs vives sous l'éclairage des réverbères, et le vent les secouait violemment et menaçait de complètement les aplatir. Elle recula lorsqu'une bourrasque projeta un barrage de gouttes de pluie contre la vitre. Ce n'était plus le même monde que la calme soirée d'été dans laquelle Carsely baignait encore quelques heures plus tôt : tout était alors tranquille, mis à part les événements survenus à la salle paroissiale.

Elle referma les rideaux et se remit au lit non sans noter que ses deux chats dormaient à ses pieds, complètement indifférents à la tempête. Alors qu'elle se rendormait, le mystérieux Mr Fawkes lui apparut subitement. Il mettait le feu à un grand bâtiment… pas le Parlement, mais Thornfield Hall, où vivait Mr Rochester dans *Jane Eyre*. L'édifice flambait, comme dans le roman, et quelqu'un, qui ressemblait beaucoup à John, s'affairait à sauver du brasier les domestiques et les chats. Puis Agatha se sentit tomber, dégringoler d'une haute fenêtre, comme la femme de Rochester. Elle sentait la chaleur des flammes mais, à son grand étonnement, trouvait la chute agréable. Bizarrement, elle ne redoutait pas le moins du monde l'instant où elle toucherait le sol, qui promettait pourtant d'être aussi douloureux que définitif. Et soudain elle fut sauvée, attrapée et tenue solidement dans les grands bras de Fawkes.

Elle se réveilla en sursaut, cherchant de l'air comme si on lui avait coupé le souffle et presque convaincue de sentir les bras de Fawkes autour d'elle. Elle s'assit dans son lit et vit, dans la lumière chiche qui traversait les rideaux, que Boswell et Hodge la contemplaient fixement.

« C'était quoi, ça ? demanda-t-elle sans recevoir de réponse de ses chats. Qu'est-ce que ça voulait dire ? Je sais, je sais… les rêves n'ont aucun sens. C'est juste l'esprit qui s'amuse pendant sa pause. Circulez, y a rien à voir. Rendormez-vous. »

C'est exactement ce que firent les chats, et elle aussi.

Plus tard dans la journée, Joan Feldrake s'installa avec un café à la table de sa cuisine, à Tweeting Bottom, pour trier ses photos sur son ordinateur portable. Elle jeta un coup d'œil au bouleau argenté qui agitait ses branches dans le jardin. La pluie avait cessé, chassée vers le nord-est, dans la direction de Coventry et Leicester, et le ciel s'éclaircissait, mais les Cotswolds étaient encore balayés par un grand vent.

Feldrake avait passé l'essentiel de la journée à classer ses photos par dossiers sur son ordinateur afin de les retrouver facilement. Certaines avaient bénéficié d'une petite retouche, et elle était contente du résultat. En relevant les yeux vers la pendule, elle se rendit compte que l'heure du déjeuner était largement dépassée. Elle était en train de se demander si elle allait prendre la peine de se préparer quelque chose lorsqu'une vibration de son téléphone lui annonça l'arrivée d'un SMS.

Le message provenait d'un numéro que ni elle ni son téléphone ne reconnaissait, et il était on ne peut plus laconique :

PARULINE TÊTE CENDRÉE. ANCOMBE VALE.

Le cœur de Feldrake fit un bond. Les messages de ce genre n'apparaissaient que très rarement, lorsque d'autres *twitchers* voulaient répandre la nouvelle d'une observation exceptionnelle. Et ça, c'en était une. La paruline à tête cendrée n'était pas un oiseau natif du Royaume-Uni. Feldrake était à peu près sûre qu'il s'agissait d'une espèce américaine, et pour s'en assurer elle empoigna le livre posé à côté de son ordinateur. Elle avait raison. La paruline à tête cendrée était un petit passereau migrateur. Elle passait l'hiver dans les Caraïbes et l'été aux États-Unis ou au Canada. En règle générale, elle ne fréquentait pas l'Europe. Feldrake se dit que celle-ci avait dû commencer sa migration tardivement, qu'elle était partie plein nord vers les États-Unis et qu'elle avait dû être déviée par la tempête qui balayait l'Atlantique. Il n'y avait pas de temps à perdre. D'autres *twitchers* devaient déjà être en chemin, y compris Stella Smart… à moins que non ? Avait-elle reçu le message ? Après tout, elle n'était pas très réputée dans la communauté des ornithologues amateurs… Beaucoup de gens la considéraient comme envahissante, dominatrice, voire franchement odieuse. Qui aurait pris la peine de la contacter ? Cette paruline à tête cendrée allait peut-être faire son entrée dans son panthéon photographique sans même que cette chère vieille Stella soit au courant !

Feldrake se leva d'un bond et courut au frigo, où elle prit une boîte en plastique qui contenait quelques snacks et une petite bouteille de jus de fruits. Elle la gardait toujours prête, renouvelant son contenu toutes les semaines. En amie des oiseaux dévouée, elle était parée pour agir sans délai chaque fois qu'elle avait vent d'une observation intéressante. Ce casse-croûte lui permettrait de chercher la paruline en toute tranquillité. Les bras chargés de la boîte et de son sac d'appareils photo, elle attrapa un ciré jaune sur le portemanteau de l'entrée et courut jusqu'à sa voiture. Elle sourit en s'installant au volant de sa petite auto bleue et démarra le moteur. Sa cinq-portes n'était peut-être pas aussi spacieuse que l'énorme voiture de Stella, mais elle l'amènerait à Ancombe Vale avant Mme Je-Sais-Tout ! Lorsqu'elle prit à gauche à la sortie de Tweeting Bottom, elle visualisait déjà l'emplacement idéal pour se garer sur place : un terre-plein au bord de la route, non loin de la rivière. De là, elle pourrait rejoindre à pied le sous-bois, où elle aurait le plus de chances de trouver la paruline. Elle soupira. Ce bois se trouvait sur les terres de Guy Fawkes, mais tant pis, l'affaire était bien trop importante pour qu'elle se soucie de cet affreux bonhomme !

Après sa nuit agitée, puisqu'on était samedi, Agatha fit la grasse matinée. Cédant aux miaulements de ses chats, elle finit par descendre les nourrir. Elle portait un grand pyjama une pièce en moumoute rose, qu'elle avait acheté un jour sur un coup de tête et qu'elle ne s'était jamais décidée à jeter. S'il était fabuleusement confortable pour traîner chez elle, elle ne le portait pas souvent. « En temps normal, se dit-elle en s'observant avec sévérité dans la glace du couloir, plutôt mourir qu'être vue là-dedans. »

Elle haussa les épaules et repartit vers la cuisine en se demandant si elle aurait le choix, une fois l'heure venue. Dans quoi la verrait-on lorsqu'elle serait morte ? Elle ne serait probablement pas avertie de sa fin à l'avance, si bien qu'elle n'aurait sans doute pas le temps de se changer. Si jamais elle l'avait, elle choisirait quelque chose de coloré mais élégant, et elle soignerait son maquillage. On la trouverait dans une pose dramatique mais sereine, gracieusement alanguie sur le canapé du salon. Elle chassa cette idée. Quelle blague ! Elle avait déjà vu assez de cadavres pour savoir qu'ils avaient l'air morts, point barre. Certes, il y en avait de plus abîmés que d'autres, mais aucun ne suscitait l'admiration. Il n'y a nulle dignité dans la mort. Lorsque la vie vous déserte, elle emporte tout ce qu'il y a de bien avec elle.

D'où lui venaient ces pensées morbides ? Il lui fallait un café. Elle remplit la gamelle des chats, ramassa le journal et un tas de prospectus sur le paillasson, et alla s'asseoir dans la cuisine pour prendre sa première dose de caféine de la journée. Et elle y était encore une heure plus tard, en train de lire d'un bout à l'autre le supplément week-end, lorsque le téléphone sonna. C'était John. Elle sourit. Elle se faisait une joie de lui parler.

« Je me demandais quand tu pourrais enfin appeler, dit-elle. S'il faut en croire le journal de ce matin, j'imagine que la route a été difficile hier soir.

– J'ai mis plus de quatre heures à rentrer chez moi, confirma John en étouffant un bâillement. D'habitude il me faut moitié moins de temps, mais toutes sortes d'obstacles m'ont retardé : quand ce n'était pas une inondation, c'étaient des branches d'arbres sur la route.

– Comment te sens-tu ? Tu ne devais plus en pouvoir.

– Un peu crevé, mais ça va. Écoute, il faut qu'on parle de deux ou trois choses. Ça t'irait qu'on aille dîner tôt au Feathers, à Ancombe ? Je peux passer te chercher vers six heures et demie.

– Ça me va. De quoi veux-tu parler ?

– C'est cette croisière norvégienne… Je ne suis pas du tout convaincu. Je voudrais simplement… enfin, j'ai besoin que tu m'aides à clarifier les choses dans ma tête.

– Eh bien, à mon avis, rien de tel pour s'éclaircir les idées qu'un bon dîner et quelques verres de vin. »

Avant même d'avoir raccroché, Agatha s'interrogeait déjà sur la manière dont elle allait s'habiller. Elle voulait avoir de l'allure pour son dîner avec John, sans pour autant être trop apprêtée. Le Feathers était un pub traditionnel, le genre avec plafond bas, poutres apparentes et bronzes luisants, mais on y mangeait très bien – en tout cas nettement mieux qu'au Red Lion, la cantine d'Agatha à Carsely. On y mangeait aussi pour nettement plus cher, ce qui rendait l'endroit un peu prétentieux. Quiconque avait les moyens d'y aller avait aussi les moyens de se vêtir correctement. Il lui fallait trouver l'équilibre idéal : pas trop habillé, mais pas trop négligé non plus.

Elle fila à l'étage, passant déjà mentalement sa garde-robe en revue, puis farfouilla parmi les cintres, tenant une tenue après l'autre devant son pyjama, face au miroir en pied. Elle jeta jupes, hauts et robes par terre jusqu'à être convaincue qu'elle n'avait tout simplement rien à se mettre. Une virée shopping s'imposait. Un coup d'œil à son radio-réveil lui apprit qu'il lui restait à peine cinq heures avant que John vienne la chercher. Ce n'était pas suffisant pour une virée dans ses boutiques préférées du *West End* de Londres. Il y avait cependant un grand magasin raisonnablement raffiné dans la grand-rue de Mircester, où elle avait déjà trouvé des tenues étonnamment correctes. Pas de temps à perdre : elle fonça sous la douche et se prépara à batailler contre la foule des samedis après-midi.

« Non ! Ça ne suffit pas ! Écoutez-moi bien, espèce de clown ! » Stella Smart hurlait si fort dans son téléphone que pour un peu, il aurait fondu. « Taisez-vous ! Je vous interdis de me couper la parole ! Je vous ai dit de m'écouter, non ? On écoute avec les oreilles, pas avec la bouche, il me semble ! Je me fiche de savoir si vous devez faire bosser votre bon à rien de fainéant de comptable toute la journée de dimanche : je veux ces chiffres sur mon bureau lundi matin. Pas mardi. Ni mercredi. Lundi matin ! »

Elle brandit le téléphone comme pour le fracasser sur son bureau, puis se ravisa et toucha l'icône mettant fin à l'appel. Qui avait inventé une ânerie pareille ? Un minuscule contact du doigt, ça ne servait à rien ! Ce qu'il y avait de bien dans les téléphones d'autrefois, c'était qu'on pouvait raccrocher violemment chaque fois qu'on le voulait. C'était thérapeutique. Cela aidait à se sortir de la tête l'imbécile avec qui on venait de parler et à passer à autre chose. L'interlocuteur comprenait de son côté que le téléphone avait été violemment raccroché, ce qui doublait l'avantage : l'imbécile en question était prévenu qu'il ne fallait pas vous chercher. Il aurait peut-être fallu inventer une appli « raccrochage violent » pour les smartphones. Elle faillit lâcher le sien lorsqu'il se mit à vibrer et à biper dans sa main. Un texto s'affichait à l'écran :

PARULINE TÊTE CENDRÉE. ANCOMBE VALE.

Smart lut et relut le message. Elle savait que la paruline à tête cendrée se montrait très rarement dans les Cotswolds, comme dans tout le reste du Royaume-Uni, d'ailleurs. Elle devina qu'un *twitcher* bien intentionné avait envoyé ce message à tous ses contacts, étant donné le caractère exceptionnel de l'observation. C'était bien simple : elle *devait* ajouter la paruline à la liste de ses conquêtes. Attrapant en coup de vent ses jumelles et ses clés de voiture, elle se hâta de sortir et de troquer sur le perron ses chaussures contre des bottes en caoutchouc, semblables à celles que la reine portait à Sandringham ou à Balmoral. Sa grosse voiture noire, un vrai paquebot, l'attendait docilement devant chez elle. Elle y jeta une veste de chasse en toile enduite et se hissa derrière le volant. Ancombe Vale n'était qu'à quelques minutes de route. Avec un peu de chance, elle serait la première sur place.

Agatha Raisin était très contente d'elle-même. À Mircester, elle avait déniché une robe en crêpe georgette bleu nuit à petits mancherons et décolleté plongeant. La coupe était flatteuse, la jupe virevoltait doucement à hauteur des genoux et la taille était marquée par une ceinture à boucle argentée. Elle avait presque renoncé à l'acheter, sentant bien qu'il fallait quelque chose pour l'agrémenter, mais dans un autre rayon elle avait repéré un boléro presque exactement de la même couleur, auquel un motif de volutes florales damassées apportait de la texture, plus quelques paillettes argentées pour la touche de glamour. La veste et la robe se mariaient divinement, et, assise sur le siège passager dans la voiture de John, elle se serait sentie fabuleusement élégante s'il n'y avait eu le diablotin qui jouait du tam-tam dans son estomac. Le Feathers proposait toutes sortes de délices gastronomiques, mais là, tout de suite, elle aurait volontiers englouti une assiette de frites avec un burger géant... et du fromage... et un supplément oignons frits... et un supplément frites. Qui n'étaient pas au menu. En revanche, elle connaissait si bien la carte du Feathers qu'elle la visualisait déjà et commençait à faire son choix. Ce qui, bien sûr, lui donnait encore plus faim.

Préoccupée comme elle l'était par son estomac, elle n'écoutait que d'une oreille ce que lui racontait John, et ils furent tous les deux pris par surprise lorsqu'au détour d'un virage, sur la route de campagne étroite et bordée de haies, ils tombèrent sur une file de voitures arrêtées, éclairées de manière inquiétante par les gyrophares bleus des véhicules de secours.

Il n'y avait que quatre autos devant eux, plus une voiture de police et une ambulance, en tête de file. En outre, trois véhicules étaient arrêtés sur le terre-plein de l'autre côté de la route : une grosse voiture noire, une petite cinq-portes bleue, et enfin, garée dans le sens inverse, face à eux, une berline gris métallisé. La cause immédiate de l'arrêt de la circulation était évidente : un grand hêtre était tombé sur la chaussée et barrait entièrement le passage.

« Qu'est-ce qui se passe ? s'interrogea Agatha en débouclant sa ceinture. Pourquoi les gyrophares ?

– Aucune idée, dit John en coupant le moteur. Allons voir. »

Ils s'approchèrent d'un petit attroupement, clairement formé par les occupants des autres voitures, auxquels s'adressait un policier en uniforme.

« Reculez, je vous prie, leur disait-il. Laissez-les travailler. »

Les sauveteurs de l'ambulance étaient visibles derrière le tronc d'arbre, avec un autre policier et un certain nombre d'individus en civil. Un homme mince en veste sport et chemise de flanelle observait les événements par-dessus le tronc abattu, les mains sur les hanches, dos à l'attroupement.

« Qu'est-ce qui se passe, Kenny ? lança John au policier le plus proche.

– Il y a eu un accident, et... » Le policier comprit soudain à qui il s'adressait. « Ah... c'est vous, monsieur...

– Il n'y a plus de "monsieur" qui tienne, Kenny, répliqua John en souriant. Appelez-moi par mon prénom. Alors, c'est quoi, l'histoire ?

– Oui, pouvez-vous nous raconter ? » intervint une jeune femme svelte, brune, arborant avec un certain style des lunettes trop grandes pour ses traits délicats. Agatha la reconnut : c'était Charlotte Clark, reporter au *Mircester Telegraph*. Elle avait déjà eu bien des occasions de prouver sa fiabilité, et Agatha la respectait pleinement.

« D'après mes sources, continua Charlotte, il y a une victime.

– Je ne peux rien vous dire, mademoiselle, lâcha nerveusement le policier.

– Ne l'embêtez pas, Charlotte, souffla Agatha à mi-voix. Monsieur l'agent ne peut rien vous dire, mais je vois là quelqu'un qui peut. » Elle lança alors un appel en faisant signe à l'homme à la veste. « Bill ! Par ici ! »

Bill Wong, inspecteur de la police de Mircester et l'un des premiers amis qu'Agatha s'était faits en arrivant à Carsely, se retourna. Il était grand et bien bâti, mais le sourire qu'il lança à Agatha ne suffit pas à masquer la gravité de son expression. Il s'avança vers elle en indiquant un endroit à côté du petit attroupement, où Agatha et John allèrent le rejoindre. Charlotte s'attarda derrière eux, l'oreille tendue.

« C'est tragique, ce qui s'est passé, leur apprit Bill à voix basse. Une femme a été tuée par la chute de l'arbre. Je suppose que vous étiez dans une des voitures arrêtées ?

– Nous allions au Feathers, expliqua John.

– Nous aussi », dit Bill. Il indiqua du menton un petit groupe qui venait de sortir des bois en contournant la base de l'arbre dont les racines immenses se tendaient vers le ciel, encore chargées de blocs de terre. Il y avait la femme de Bill, l'enquêteuse de police Alice Wong, en train d'accompagner un couple d'un certain âge vers la route, ainsi qu'une secouriste et une femme au physique imposant qui portait une veste en toile enduite. « C'était notre première soirée libre depuis une éternité. Les parents d'Alice gardent les enfants.

– C'est Miss Smart, là-bas, non ? dit Agatha, reconnaissant la femme à côté de la secouriste. Et est-ce que ce n'est pas Miss Carstairs avec Alice ?

– Je vois que vous les connaissez, constata Bill tandis qu'elles approchaient. Elles sont terriblement choquées, je le crains. »

Alice les salua poliment du menton sans cesser de guider Mary Carstairs, ainsi qu'un homme qu'Agatha ne reconnaissait pas, vers la berline gris métallisé. Stella Smart s'arrêta en voyant Agatha. Très pâle, elle avait perdu la démarche assurée et l'attitude fanfaronne qui la caractérisaient d'habitude.

« Mrs Raisin, dit-elle lentement, il est arrivé quelque chose d'affreux. C'est Joan… Elle est morte !

– Morte ? Mais qu'est-ce qui… ? Comment… ? » Agatha se tut en suivant le regard de Smart vers l'arbre tombé. « Elle était sous l'arbre ? demanda-t-elle, abasourdie. Oh, Miss Smart, je suis profondément navrée.

– Nous étions amies depuis presque soixante ans.

– Écoutez, si je peux faire quelque chose, quoi que ce soit, n'hésitez pas à m'appeler », proposa Agatha en cherchant sa carte dans son sac.

Smart fourra la carte dans sa poche. « Merci, Mrs Raisin. Je n'y manquerai pas. »

Sur ces mots, elle repartit très lentement vers sa voiture.

« Un sale accident, vraiment, commenta Bill. Apparemment, elle était dans les bois, et elle retournait vers sa voiture quand l'arbre lui est tombé dessus. D'après les secouristes, elle n'avait aucune chance de s'en tirer. Un énorme trauma crânien.

– La pauvre femme, se lamenta Agatha. J'ai peine à y croire. Je lui parlais encore hier soir ! »

Elle raconta la conférence des *twitchers* à la salle paroissiale, sans entrer dans les détails de l'intrusion de Fawkes.

« Navré pour votre amie, dit Bill.

– Ce n'était pas vraiment une amie, mais ça fait quand même bizarre. Car enfin, qu'est-ce qu'elle pouvait bien faire toute seule dans les bois ?

– D'après Miss Smart, elle cherchait sans doute un oiseau rare.

– Elles étaient toutes parties observer les oiseaux ? Miss Carstairs n'a pas l'air habillée pour… et qui est cet homme avec elle ?

– Je ne peux pas tout vous expliquer maintenant. J'attends des agents supplémentaires, et j'ai encore à faire repartir ces voitures, barrer la route plus loin, mettre en place une déviation…

– Je peux me rendre utile ? proposa John.

– Non, merci », répondit Bill avec gratitude. Il semblait apprécier de parler avec quelqu'un qui comprenait sa situation. « J'ai d'autres agents qui sont en route, mais nous sommes débordés en ce moment. Il y a des inondations et des chutes d'arbres dans tout le comté, et je crois bien qu'Alice et moi allons devoir remettre à plus tard notre soirée en amoureux. Les amies de Miss Feldrake ne sont pas en état de conduire : je vais déjà les faire ramener chez elle, et ensuite j'organiserai tout ça. Nous allons annuler notre réservation au restaurant.

– Je peux au moins faire ça pour vous, dit John en prenant son téléphone. De toute manière, je dois prévenir que nous aurons un peu de retard. Il va falloir faire un détour. Du moins, si tu veux encore y aller, Agatha ?

– Et pourquoi pas ? Je meurs de faim », répondit-elle distraitement en contemplant, sourcils froncés, les voitures sur le terre-plein et l'arbre tombé.

Le petit attroupement se dispersa, chacun regagnant sa voiture pour entreprendre les manœuvres laborieuses d'un demi-tour sur la route étroite et repartir par où il était venu. L'arbre tombé allait encore bloquer la route pendant un certain temps. Constatant que la voie était libre, Agatha en profita pour s'aventurer un peu plus près de l'arbre, et vit que la police faisait aussi faire demi-tour à deux voitures de l'autre côté. Elle put même entrevoir Joan Feldrake étendue sous l'arbre, dans un ciré jaune fluo tout propre. Elle ne distinguait pas la blessure à la tête et eut légèrement honte de tordre le cou pour essayer de voir derrière le secouriste agenouillé près du corps, en train de fermer sa trousse médicale.

Elle observa les branches cassées, le tronc massif et le réseau des racines, certaines toutes fines, d'autres grosses comme le bras, et toutes violemment arrachées du sol.

« C'est triste, hein ? » Charlotte Clark ne lâchait pas Agatha d'un pouce. Elle avait un calepin et un stylo dans les mains. « La vie d'une femme d'âge moyen est tragiquement interrompue, tout comme la vie d'un arbre qui peut avoir trois cents ans. Cet arbre était probablement déjà là avant les deux guerres mondiales, avant la reine Victoria, avant même l'existence des États-Unis...

– J'espère que ce n'est pas ce que vous allez écrire dans votre article, Charlotte, l'avertit Agatha. Vos patrons voudront y lire ce qu'ils veulent toujours dans ce genre d'histoires : ils voudront qu'on sache précisément comment elle est morte, quel âge elle avait, et que vous parliez d'argent : combien elle gagnait, combien vaut sa maison, si elle était mariée, s'il y a des héritiers... la routine habituelle. Ils ne veulent pas vous voir déblatérer sur un vieil arbre pourri.

– Je sais, et j'écrirai ce qu'ils veulent, répondit Charlotte, mais cet arbre est tellement immense, un organisme vivant si gigantesque... Ça me fait simplement penser que l'histoire ne s'arrête pas là.

– Vous savez, Charlotte, dit Agatha en observant de nouveau les racines, vous n'avez sans doute pas tort. Regardez ces racines. Elles n'ont pas quitté la terre sans se battre. Elles ont été arrachées. Et puis il y a toutes ces branches cassées... » En proie à une réflexion intense, elle donna un coup de pied dans un rondin déchiqueté, puis releva les yeux vers les frondaisons voisines. « Ce vieil arbre a clairement brisé de grosses branches alentour quand il s'est effondré entre les autres.

– Il n'a pas cédé sans lutter, hein ?

– Non, en effet, et cette lutte a dû faire un raffut de tous les diables. De plus, elle a dû se dérouler relativement lentement. Comment imaginer que Miss Feldrake n'aurait pas entendu les racines craquer, l'arbre entier basculer peu à peu ? Elle aurait dû s'en rendre compte et…

– Et avoir le temps de s'écarter, enchaîna Charlotte en tapotant de son crayon sur son calepin. Elle ne courait peut-être pas très vite, mais étant donné que la chute n'a pas été instantanée, il lui suffisait de faire quelques pas le long de la route pour éviter le danger.

– Peut-être qu'elle n'a pas pu bouger, raisonna Agatha. J'ai déjà vu des gens paralysés par la terreur… mais là, c'est différent. Ce n'était pas ce genre de peur. Elle aurait dû pouvoir s'écarter.

– Êtes-vous en train de dire qu'à votre avis il y a quelque chose de louche là-dedans ?

– Tout ce que je dis, c'est que c'est curieux.

– Si vous vous mettez à enquêter, vous me tiendrez au courant ?

– Et vous, si vous apprenez quelque chose de votre côté, vous ferez pareil avec moi ? »

Elles se regardèrent dans les yeux et échangèrent un imperceptible hochement de tête. Un marché était passé.

« Agatha, il faut qu'on y aille, l'appela John en lui faisant signe depuis la voiture. On gêne, là.

– Passez une bonne soirée, Mrs Raisin, dit Charlotte. On reste en contact. »

3

La salle à manger du Feathers était située à l'écart, le plan du bâtiment ancien contribuant fortuitement à y créer une ambiance plus tranquille que du côté bar, où l'atmosphère était plus exubérante. Il y avait dans cette disposition une certaine harmonie qui n'était pas pour rien dans le charme particulier de l'établissement. Le brouhaha des conversations n'était pas trop envahissant côté restaurant, tout en y insufflant quand même de la vie.

Aussitôt entrée, Agatha sentit qu'elle se détendait. Comme ils passaient devant d'autres couples pour rejoindre leur table, escortés par le maître d'hôtel, elle eut une bouffée de satisfaction orgueilleuse en entendant une femme glisser à son mari : « C'est *exactement* la robe que je voudrais ! »

Dans la voiture, sa conversation avec John avait principalement tourné autour de l'itinéraire le plus rapide pour rejoindre le restaurant, et des dégâts provoqués dans la campagne par la tempête. John avait même dû contourner prudemment une petite mare sur la route, à un endroit où la rivière était sortie de son lit. Il n'y avait qu'un peu plus de trois kilomètres entre Carsely et Ancombe par le chemin le plus direct, mais une bonne quinzaine par la déviation. Au moment où ils s'assirent, Agatha savait déjà ce qu'elle demanderait quand le serveur viendrait prendre leur commande de boissons.

« Un gin-tonic, s'il vous plaît ! »

John commanda la même chose. « Tu sais, lui dit-il en dépliant sa serviette en tissu sur ses genoux, cette triste histoire m'a complètement détourné de ce dont je voulais te parler.

– C'est vraiment étrange, tout ça, non ? répondit Agatha sans l'écouter, toujours préoccupée par l'accident. Tu l'as senti aussi, non ? Ça ne paraît pas vraisemblable que cette femme ait été tuée par la chute d'un arbre. C'est bien simple, ça ne colle pas ! D'ailleurs, maintenant que j'y repense, son affreux ciré jaune n'était pratiquement pas sali ni abîmé. Plutôt bizarre, si un arbre lui est tombé dessus, non ?

– Oui, sans doute, mais…

– Et ce n'est pas tout ! Quand j'ai vu ces femmes à leur conférence hier soir, Miss Feldrake m'a paru très en forme. Comment se fait-il qu'elle ne se soit pas écartée à temps ?

– Tu n'imagines quand même pas autre chose qu'un accident tragique ?

– Bien sûr que si ! » La voix d'Agatha était montée à un volume trop élevé pour une conversation polie dans un restaurant, et qui se rapprochait plus de celui du bar. « Hier soir, j'entends un homme menacer d'exterminer ces trois femmes, et aujourd'hui l'une d'elles est morte !

– Mais enfin, on ne peut pas assassiner quelqu'un en l'assommant avec un arbre entier ! »

John était clairement exaspéré, mais à en juger par les regards curieux des autres clients, lui aussi commençait à parler trop fort. Il déglutit, tête baissée, conscient qu'Agatha lui envoyait un regard noir par-dessus la table. Il lissa une fois de plus sa serviette et eut un petit rire.

« Regarde-nous… en train de nous chamailler comme…

– Comme un vieux couple. »

John, relevant les yeux, vit que son expression avait changé. Elle souriait. (L'arrivée de leurs boissons n'y était sans doute pas pour rien.) Et là, Agatha fit une chose qui aurait stupéfié quiconque la connaissait, et l'aurait même étonnée elle-même. Elle but une gorgée et céda du terrain.

« Assez parlé de cet "accident", dit-elle calmement. Tu voulais discuter de la croisière norvégienne.

– Tout à fait. » John hésita. « Mais ce n'est peut-être pas le…

– C'est important pour toi, donc c'est important pour moi.

– Bon. Ils m'ont proposé ce contrat…

– Je n'en ai jamais douté. Tu es trop doué.

– … mais ce n'est pas ce à quoi je m'attendais. » Il prit une grande inspiration et continua. « Le navire appareille dans trois semaines. C'est une croisière de quinze jours, mais suivie d'une courte pause avant une autre croisière de quinze jours, et ainsi de suite pendant les six mois à venir. Je finirais par passer autant de temps en mer qu'à la maison.

– Je vois, fit Agatha en le regardant droit dans les yeux. Et c'est ce que tu veux ?

– Non… enfin si, mais… je n'ai pas envie de passer tant de temps loin de toi.

– Tu me manques beaucoup quand tu n'es pas là, reconnut-elle, mais il faut peut-être qu'on s'y prépare.

– Ce n'est pas idéal pour nous, de rester séparés si longtemps.

– Cela nous aidera peut-être à apprécier ce qu'on a quand on est ensemble.

– Peut-être… mais je me disais que… si tu en avais envie… tu pourrais venir avec moi. Nous pourrions peut-être envisager de nous…

– Si tu étais sur le point de dire “nous marier”, le coupa Agatha le doigt levé, je t'arrête tout de suite. Nous avons déjà essayé, l'un comme l'autre, tu te rappelles ? Tu as été marié ; moi aussi… deux fois… et ça n'a pas été une franche réussite, ni pour toi ni pour moi, n'est-ce pas ? »

Elle se tut une seconde, reprit une gorgée de gin-tonic, releva le doigt en voyant qu'il allait parler, et continua.

« Nous avons chacun notre vie à mener et je veux faire partie de la tienne, mais ça ne veut pas dire qu'il faille pour autant que nous restions coulés... euh, collés, pardon. Ce que nous partageons est précieux et je veux que ça le reste. Je ne tiens pas à tout gâcher en t'empêchant de faire ce qui, de toute évidence, te plaît énormément. La terrine de campagne, et ensuite le gigot. »

Cette dernière phrase s'adressait au serveur. Il était arrivé avec des cartes, mais comprit qu'elles étaient inutiles quand John fit signe qu'il prendrait la même chose. Il s'éclipsa aussitôt.

« Tu penses qu'on peut avoir le meilleur des deux mondes ? demanda John.

– Et pourquoi pas ? On peut avoir le beurre *et* l'argent du beurre. D'ailleurs, j'adore le beurre... peut-être un peu trop... Enfin bref, une très bonne amie m'a donné récemment un excellent conseil. Elle m'a dit que nous devions profiter à fond du temps passé ensemble. Je pense que c'est la marche à suivre.

– Eh bien, je vote pour ! conclut John en levant son verre. À nous, et au bonheur dans tous les moments passés ensemble.

– À nous, dit Agatha en trinquant avec lui. Bon, qu'est-ce qu'on boit comme vin avec le dîner ?

– Comme tu veux. Je ne peux plus vraiment boire : je conduis.

– Tu pourrais laisser ta voiture ici. On rentrera chez moi en taxi, et je te reconduirai ici demain pour que tu la récupères.

– J'aime beaucoup l'idée. Comme ça, on pourra profiter toute la nuit de ce moment passé ensemble. »

Tard dans la matinée du lendemain, Agatha reconduisit John au Feathers. Ils durent encore prendre la déviation, la route directe étant toujours barrée par l'arbre tombé, mais cela au moins leur donna plus de temps pour profiter de l'époustouflant paysage des Cotswolds. Le vent était tombé, il ne soufflait plus qu'une douce brise, et si les inondations et les débris sur les routes témoignaient encore de la tempête, les collines et les champs, soulagés du coup de tabac, resplendissaient sous le doux soleil.

Une poignée d'autres véhicules avaient passé la nuit dans le parking du Feathers, mais il n'y avait personne quand Agatha et John descendirent de voiture. John sortit ses clés de sa veste, déverrouilla les portes et remit les clés dans sa poche. Puis il enlaça Agatha qui, en l'absence de témoins, rit en se laissant serrer dans ses bras, une démonstration d'affection qu'elle jugeait d'habitude inacceptable en public. Il sourit et l'embrassa en desserrant quelque peu son étreinte.

« Je sais que tu retournes au bureau demain, dit-il, et j'ai des choses à faire aujourd'hui, après quoi je vais devoir préparer la croisière, ce qui veut dire beaucoup d'allers-retours entre ici et Southampton, mais on trouvera quand même du temps l'un pour l'autre, hein ?

– Bien sûr. D'ailleurs, je vais peut-être avoir besoin de tes lumières.

– À quel sujet ?

– Eh bien... Sais-tu s'il va y avoir une enquête de police sur la mort de Joan Feldrake ?

– Bravo, félicitations ! s'esclaffa-t-il en la libérant de ses bras.

– Comment ça ?

– Je me demandais combien de temps tu tiendrais sans reparler de l'accident : tu as réussi à résister au moins quinze heures !

– Ce n'est pas juste ! clama-t-elle, boudeuse. Je voulais qu'on passe un bon moment, mais...

– Je sais, je sais. Si tu ne tenais pas à avoir le fin mot de ce qui est arrivé à cette pauvre femme, tu ne serais pas Agatha Raisin. Tu ne serais pas la femme que j'aime.

– Alors, tu vas m'aider à chercher ?

– Je ferai ce que je pourrai. Bill Wong et son équipe vont prendre les dépositions de ceux qui ont trouvé le corps ou qui se trouvaient sur place – il va vouloir s'entretenir avec toi –, après quoi il soumettra son rapport, tout comme le médecin légiste. Si c'était moi, je voudrais refermer rapidement ce dossier. Tout est assez simple, et rien n'indique un acte criminel.

– Je n'en suis pas si sûre, mais… » Agatha vit un véhicule entrer dans le parking. « Encore des gens qui viennent chercher leur voiture. Ne restons pas dans le chemin. Appelle-moi tout à l'heure. »

Sur ce, elle reprit le volant et rentra à Carsely.

Il n'y avait pas de *Mircester Telegraph* le dimanche, mais l'histoire de la « Femme tuée par la chute d'un arbre » avait droit à des entrefilets dans les journaux nationaux. Agatha les avait étalés à côté d'elle sur le canapé de son salon. Elle avait aussi son iPad sous la main, et en consultant le site du *Mircester Telegraph* elle vit que les journaux nationaux n'avaient fait que résumer l'article de Charlotte Clark, publié intégralement en ligne. Le site était en effet alimenté même en l'absence d'édition papier. Charlotte décrivait Joan Feldrake comme une célibataire vivant dans une maison à trois cent cinquante mille livres à Tweeting Bottom. Elle avait même glissé une allusion au fait que l'arbre était déjà là avant la bataille de Trafalgar. Agatha sourit en imaginant qu'elle avait dû négocier dur pour que le rédacteur en chef conserve cette minuscule référence historique. À ce moment-là, son téléphone sonna. Ce n'était autre que Charlotte Clark, justement.

« Charlotte ! C'est drôle, j'étais en train de vous lire. Il est bien, votre article.

– Merci, Mrs Raisin, mais je vais être brève : je dois filer couvrir un accident de la circulation. Ce que je voulais vous dire, c'est que l'homme qui accompagnait Mary Carstairs était Anthony Feldrake, le frère de la défunte. Il paraît qu'Anthony et Mary sont en couple depuis peu.

– Intéressant, dit Agatha, intriguée. Ce n'est pas un crime, bien sûr, mais il se peut que ça ajoute une dimension à l'affaire.

– Comme c'est charmant. Mary Carstairs et Stella Clark refusent toutes les deux de me parler, ajouta la journaliste. Si vous dénichez quelque chose sur elles…

– Je vous tiendrai au courant, Charlotte. »

Agatha resta un moment à soupeser cette nouvelle information. Cela changeait-il quelque chose ? Seul le temps le dirait. Hodge apparut soudain et sauta sur le canapé, au milieu des pages mode du *Sunday Times*. Agatha le gronda, puis ce fut Boswell qui déboula dans la pièce, à la poursuite d'une nouvelle mouche bleue.

« J'espère que tu ne vas pas prendre l'habitude de manger ces sales bêtes », le prévint-elle avant de sortir dans le paisible soleil du jardin. Elle n'était pas plus tôt installée sur un transat que son téléphone sonna de nouveau.

« Agatha, ma chérie ! » C'était Roy Silver, un ami de Londres qu'Agatha connaissait depuis des années. Il avait travaillé avec elle à l'époque où elle dirigeait une agence de relations publiques, et il avait été un atout précieux dans certaines de ses enquêtes passées. Roy était toujours londonien et toujours dans les relations publiques, du moins quand il n'était pas en visite dans les Cotswolds. « Je parie que tu es cloîtrée chez toi en train de te barber avec les journaux du dimanche, pas vrai ? Ça te dit, un délicieux bol d'air frais à la place ?

– En fait, Roy, je prends un bain de soleil dans mon jardin en ce moment même. J'imagine que tu es chez Tamara.

– Exactement ! Je l'aide à tout remettre en état après cette tempête épouvantable, et à faire prendre de l'exercice aux chevaux. » Roy était tombé amoureux de l'équitation au cours d'une enquête qu'il avait menée avec Agatha, et passait beaucoup de temps au club hippique de Tamara Montgomery. « Vois-tu, on fait un petit barbecue cet après-midi vers quinze heures, et je me demandais si tu voulais venir.

– Pour être franche, j'ai des tonnes de choses à faire cet après-midi, répondit Agatha alors qu'elle s'apprêtait à ne rien faire du tout.

– Oh, mais il faut absolument que tu viennes, ma cocotte. Il y aura une voisine de Tamara, une femme charmante – Jessica Barnes –, qui rêve de faire ta connaissance. C'est qu'elle va peut-être avoir besoin de ton aide professionnelle, tu comprends. Elle est victime d'un voleur de brebis !

– Honnêtement, Roy, gardons ça pour les heures de bureau, et puis…

– Mon chou, tu n'as pas encore entendu le meilleur. Figure-toi que le suspect numéro un a un nom fabuleux : Guy Fawkes !
– Quinze heures ? J'y serai. »

Agatha prit son temps sous la douche, puis se lava les cheveux tout en luttant avec un dilemme qu'elle avait déjà repoussé à de nombreuses reprises, mais qui avait l'habitude pénible et prévisible de se relever sans cesse pour revenir à la charge. Cela n'avait rien à voir avec le travail, ni avec le meurtre en général, non, c'était bien plus grave : comment allait-elle s'habiller ?

Elle se souvint alors d'une tenue qu'elle avait repérée pendant la descente de la veille sur son armoire et, les cheveux enveloppés d'une serviette, alla y puiser un gilet et un short couleur crème. Elle se rappela que la maison de couture avait décrit le tissu comme du « lin naturellement infroissable ». Il y avait intérêt. Chaque fois qu'elle avait essayé le lin, au bout d'une demi-heure elle avait eu l'air de porter un emballage de *fish and chips* chiffonné. Étant arrivée de la salle de bains nue à l'exception de la serviette sur sa tête, elle tint l'ensemble devant elle face au miroir. Le problème lui sauta immédiatement aux yeux : ses jambes étaient bien trop blanches. Un peu de bronzage en tube allait arranger ça. Elle l'appliquerait avec modération. Après tout, elle visait davantage un look de rose anglaise que de surfeuse californienne.

Sa coiffure et son maquillage lui demandaient toujours plus de temps et de concentration à mesure que les années passaient. Les femmes plus jeunes, comme son assistante Toni, ou la charmante Alice Wong, n'avaient aucune idée de la chance que c'était d'avoir une peau lisse ne demandant aucun entretien. Cela dit, l'âge ne faisait pas tout. Si seulement elle avait possédé tout son savoir actuel vingt ans plus tôt ! Le grand avantage de... l'expérience, disons, était qu'on savait mettre en valeur ses points forts. Elle avait toujours pensé que le sien était ses jambes, et une touche de coloration leur irait à ravir. Son visage, en revanche, exigeait son attention pleine et entière. Elle fit disparaître les rides contrariantes avec ses crèmes hors de prix et éradiqua tout poil intempestif à l'aide d'une pince à épiler de compétition. Malgré la concentration exigée par ses soins de beauté, elle ne put empêcher ses pensées de dériver vers le mystérieux Guy Fawkes. À l'évidence, il pouvait être profondément désagréable et se fichait de ce qu'on pensait de lui. Et pourtant elle le trouvait étrangement captivant. Peut-être en apprendrait-elle un peu plus dans l'après-midi.

La route entre Blockley et Draycott, tout comme celle qui reliait Carsely à Ancombe et tant d'autres dans la région, était bordée d'arbres et de haies. Mais contrairement à celle d'Ancombe, elle avait été déblayée depuis la tempête. Ici et là, Agatha aperçut de grosses branches qu'on avait traînées dans les fossés, ainsi que des cicatrices de bois blanc sur les arbres dont les membres avaient été cruellement arrachés. Le tout témoignait de la violence des éléments déchaînés. Le ciel bleu et le chaud soleil de ce nouveau jour, en revanche, donnaient l'impression que la tempête était déjà de l'histoire ancienne. Agatha avait poussé la clim à fond dans la voiture. Elle ne voulait pas arriver rouge et en sueur, et se refusait à baisser la vitre : les cheveux dérangés par le courant d'air, elle aurait eu l'air d'avoir sauté à l'élastique au cœur d'une tornade.

Elle quitta la route et s'engagea sur un chemin de terre qui traversait un patchwork de champs pour rejoindre le hameau où se trouvait le club hippique de Montgomery. Elle s'était déjà rendue chez Tamara et constata avec plaisir que l'endroit n'avait pas changé. D'un côté du chemin, il y avait un bosquet de chênes qui, comme elle le constata avec soulagement, s'était tiré à peu près indemne de la tempête. De l'autre, une carrière au sol couvert d'un mélange de sable et de fibres de moquette recyclées, Agatha s'en souvenait maintenant. C'était là que les chevaux et leurs cavaliers s'entraînaient. Elle n'en revenait pas que la zone soit restée si lisse et impeccable.

Un vieux bâtiment de ferme s'élevait derrière la carrière, et à côté une petite grange qui jouxtait une autre carrière, celle-là équipée d'obstacles peints de couleurs vives. Quelques chevaux broutaient au soleil à l'autre bout. Tout était bucolique et relaxant. Agatha se gara devant le bâtiment de ferme, descendit de voiture et reçut l'accueil enthousiaste d'un labrador noir, véritable tourbillon d'énergie, dont la queue tournoyait comme une hélice. Jeune, Agatha ne s'était jamais considérée comme une amie des animaux. Elle était bien trop prise par le travail, à économiser désespérément sou après sou pour pouvoir partir de chez elle, puis à essayer désespérément de se faire un nom à Londres. Cela avait changé quand elle était arrivée à Carsely et que Bill Wong lui avait donné un chaton tigré abandonné nommé Hodge. Boswell, un autre chat tigré errant qu'elle avait tout d'abord pris pour Hodge, était arrivé un peu plus tard. Maintenant, même si elle savait que sa passion pour ses animaux de compagnie la mettait en danger de devenir le genre de personne qu'elle avait entendu décrire comme « une mémère à chats », elle ne pouvait plus imaginer vivre sans Boswell et Hodge.

Le chien qui réclamait son attention en ce moment, c'était autre chose. Elle n'aurait jamais avoué à personne qu'elle avait un peu peur des chiens. Cela aurait révélé une faiblesse, et Agatha Raisin était tout sauf faible. Néanmoins, les chiens avaient un certain nombre de crocs plutôt grands, et celui-ci lui en montrait beaucoup. Heureusement, elle savait que c'était un sourire et non une menace. Elle le connaissait, ce labrador noir.

« Coucou, Piper, dit-elle. Tu te souviens de moi ? Tu t'es étalé sous la table de la cuisine et tu as dormi avec tes grosses babines chaudes sur mes orteils la dernière fois que je suis venue, pas vrai ? »

Piper s'appuya contre elle, poussant son cou contre sa cuisse, réclamant des caresses.

« D'accord, on est copains, continua Agatha en le grattant derrière les oreilles, mais si tu baves sur mon short en lin ou si tu y mets tes pattes pleines de gadoue, je te démolis, c'est compris ? »

Il releva la tête vers elle, avec de l'adoration dans ses grands yeux couleur d'ambre, la gueule ouverte, la queue toujours en mouvement.

« Tu sais bien que je n'en pense pas un mot, hein ? »

Piper renifla sa jambe puis releva les yeux vers elle, la tête inclinée sur le côté comme pour lui poser une question.

« De l'autobronzant, chuchota-t-elle en se baissant pour lui faire une nouvelle caresse. Tu gardes ça pour toi, c'est notre secret.

– Agatha ! Quel plaisir de vous revoir ! » Tamara Montgomery était apparue au coin de la maison, un grand sourire aux lèvres, et arrivait à grands pas pour accueillir son invitée. La dernière fois qu'Agatha l'avait vue, elle portait un grand pull informe, un pantalon de cheval boueux et des bottes encore plus boueuses. Là, elle arborait un tee-shirt à col en V d'un blanc étincelant, un short en toile beige et des sandales. À l'approche de la quarantaine, elle arborait le teint frais et rose d'une personne qui mène une vie saine au grand air. Agatha en fut impressionnée. La Tamara qu'elle avait connue au début était une créature terne et mal fagotée baignant en plein marasme : rien à voir avec la femme mince, en forme et épanouie qu'elle avait devant elle.

« Tamara, vous avez une mine superbe ! lui lança-t-elle.

– Merci, répondit Tamara en lissant légèrement ses cheveux. Vous aussi, mais c'est votre état naturel. Moi, ça me demande un peu plus d'efforts. »

Agatha reçut le compliment avec un sourire et s'abstint de débattre de laquelle d'elles deux travaillait le plus son physique. Ce n'était pas une compétition, et puis elle aurait sans doute gagné.

« J'ai apporté un petit quelque chose, dit-elle en se penchant dans la voiture pour en sortir une bouteille de champagne. Il doit être encore frais. »

Tamara la remercia avec effusion puis l'emmena derrière le bâtiment, vers un jardin dominé par une vaste pelouse et une grande terrasse meublée de quelques bottes de paille et d'une large table ronde entourée de chaises. La table était mise pour quatre et abritée par un parasol vert. Tamara disparut dans la cuisine pour aller mettre le champagne dans la glace juste au moment où Roy Silver en sortait avec un plateau de saucisses pour le barbecue.

« Agatha, ma chérie ! » Il la gratifia d'un large sourire, qui faiblit quelque peu lorsqu'il comprit qu'elle observait sa tenue : un short couleur crème pâle avec le gilet assorti. « Oh non, il va falloir que l'un de nous se change… »

Agatha plissa les yeux. Malgré la chaleur de l'après-midi, Roy sentit passer son regard glacial.

« … et ce sera moi, termina-t-il. Tiens, mon chou, prends les saucisses. Je reviens tout de suite. »

Il rentra dans la maison et Agatha déposa les saucisses sur une petite table à côté d'un gros barbecue noir taillé dans un bidon. Piper s'assit immédiatement en dessous, les yeux implacablement rivés sur le plateau. Agatha l'avertit, le doigt pointé.

« Piper, pas touche à ces saucisses ! lui dit Tamara en arrivant de la cuisine avec un plateau de côtelettes et de cuisses de poulet. Agatha, vous ne connaissez pas Jessica ? »

Une femme menue au visage rond et aux courts cheveux noirs la suivait. Elle apportait une bouteille de château-barfield et un verre, et prit maladroitement les deux dans une seule main pour serrer celle d'Agatha. Elle eut un bref sourire mais ne croisa pas son regard. Si Agatha avait été charitable, ce qui n'était pas franchement dans sa nature, elle aurait classifié Jessica Barnes comme « timide », mais la première impression et la poignée de main molle la faisaient déjà pencher vers « insipide ».

« Voulez-vous boire une goutte en attendant Roy ? proposa Tamara. C'est le vin du domaine de Barfield. Je le trouve très agréable.

– En effet, dit Agatha en prenant le verre. Les vignes de Charles ne donnent pas encore, mais le vignoble obtient de très bons résultats avec des raisins anglais venus d'autres domaines.

– Vous en avez déjà bu ? demanda Jessica en la servant chichement, après quoi elle contempla l'étiquette comme si elle cherchait désespérément un sujet de conversation.

– Sir Charles Fraith et moi sommes de vieux amis, expliqua Agatha. C'est moi qui ai organisé le grand lancement du château-barfield, avec un peu d'aide de Roy.

– Une journée mémorable ! » intervint ce dernier en sortant de la cuisine. Il portait maintenant une éblouissante chemisette décorée d'oiseaux exotiques et de fleurs tropicales. « Qu'en pensez-vous ? Parfait pour un barbecue, non ? »

Il fit une pirouette et prit la pose, ce qui fit rire Tamara.

« Nous formions l'équipe parfaite pour la sauterie de Sir Charles à Barfield House, enchaîna-t-il. Et ça a été du boulot, croyez-moi.

– Il travaille beaucoup ici aussi, Agatha, précisa Tamara. Il vient de passer deux jours à déblayer les feuilles et les débris de la carrière et à lisser le sol.

– Du travail manuel ? s'étonna Agatha. Mais qu'est-ce qui t'arrive, Roy ?

– C'est l'antidote au travail de bureau à Londres, mon chou, dit-il en gonflant ses biceps. À force de travailler dans les écuries presque tous les week-ends cet été et de monter chaque fois que je le peux, je suis plus en forme que jamais ! »

Ils continuèrent de bavarder pendant que Tamara faisait griller les saucisses et le poulet. Jessica écoutait d'un air concentré, comme si elle n'avait jamais entendu une conversation légère. Le château-barfield finit par céder la place au champagne, mais Agatha veilla à modérer sa consommation, bien décidée à rentrer au volant après le repas et à en apprendre davantage sur les problèmes de Jessica avec Guy Fawkes. Elle s'abstint de la questionner sur le sujet tant qu'ils ne furent pas tous assis à table devant un délicieux assortiment de viandes grillées, de légumes et de salades. Enfin, elle n'y tint plus.

« Roy m'a dit que vous aviez des brebis, Jessica, dit-elle.

– En effet, répondit faiblement l'intéressée, mais j'essaie de ne pas trop en parler. Voyez-vous, une fois sur ma lancée, j'ai tendance à être intarissable et je crois comprendre que certains trouvent ça un peu lassant.

– Sans doute, convint Agatha. C'est bien de là que vient l'idée de compter les moutons avant de dormir, non ?

– Moi, au contraire, ça m'empêche de dormir, répliqua Jessica avec un discret soupir.

– Pourquoi ? Vous avez un grand troupeau ?

– Pas du tout. Je n'en ai qu'une douzaine.

– Mais justement, le nombre n'arrête pas de changer, intervint Roy en remuant les sourcils comme pour suggérer de sombres intrigues. Il y en a parfois un peu moins, et puis ça remonte à douze.

– Et ça arrive souvent ?

– Beaucoup plus ces derniers temps », dit Jessica en fixant son assiette. Agatha remarqua que la femme avait un morceau de poulet niché dans sa salade et ses pommes de terre, mais aucune des autres viandes. Elle-même, ayant toujours considéré les barbecues comme l'occasion de se gaver sans compter, s'était joyeusement servi une part de poulet, une saucisse et une côtelette d'agneau.

« C'est un des vôtres ? demanda-t-elle en piquant sa côtelette avec sa fourchette.

– Oh, non ! lança Jessica, visiblement horrifiée par cette idée.

– Jessica élève des brebis de concours, Agatha, clarifia Tamara. Elles ont remporté des prix dans beaucoup de foires.

– Il y a des concours de beauté pour les brebis ? » Agatha jeta à Roy un regard montrant sans équivoque qu'elle voulait être sûre qu'on ne se payait pas sa tête.

« Mais oui, mon chou. Enfin, ce ne sont pas vraiment des concours de beauté. C'est plutôt comme des expositions canines, mais en version ovine.

– Et donc, vous avez des brebis championnes ?

– Oui. Mes filles ont toutes été très bien classées, répondit Jessica en sortant un smartphone de sa poche pour montrer des photos. Ce sont toutes des Bowmont – c'est leur race. Mabel fait des étincelles chaque fois qu'elle se produit. Gloria a remporté trois fois le titre de meilleure de sa race. Quant à Jemima…

– Attendez… Elles ont toutes un prénom ?

– Bien sûr ! Comment pourrais-je les différencier, sinon ?

– En effet », lâcha Agatha tout en étudiant les têtes blanches et les grands yeux tristes des animaux qui la regardaient depuis l'écran où Jessica faisait défiler une farandole de photos. Agatha les trouvait toutes identiques.

« Olivia et Delia s'entendent très bien avec Poppy et Selena, mais Mabel est un peu solitaire. Elle peut avoir mauvais caractère, et… »

Agatha tendit la main vers son verre. Elle commençait à regretter d'avoir voulu rentrer en voiture. Par-dessus la table, elle jeta un coup d'œil à Roy. Il se tortilla sur sa chaise devant ce regard qui disait clairement : « Comment as-tu pu m'entraîner là-dedans ? » Au moment où Jessica se lançait dans une histoire compliquée à propos des bêtises exaspérantes de la malicieuse Mabel, Roy se décida enfin à la remettre sur les bons rails.

« Et si vous parliez plutôt à Agatha des disparitions, Jessica ? suggéra-t-il. Je suis sûr qu'elle pourrait vous aider. »

Agatha la vit inspirer à fond et en conclut qu'il allait lui falloir des réserves pour endurer le flot de paroles à venir. Elle s'intéressa de nouveau à son assiette, et elle allait couper dans une pomme de terre à l'eau quand la forme et la blancheur jaunâtre du tubercule lui rappelèrent les photos de brebis qu'elle venait de voir – Poppy, ou peut-être Selena. Elle se rabattit sur le poulet et poussa sa côtelette sur le côté de l'assiette. Cela paraissait presque cruel de dévorer cet agneau si tentant sous les yeux de Jessica.

« Eh bien, la fenêtre de ma chambre donne sur le pré où vivent mes filles, dit Jessica, et j'aime leur souhaiter bonne nuit à toutes avant de me coucher. Mais récemment, il m'est arrivé de n'en compter que dix, ou même parfois neuf, au lieu de douze.

– Ça doit être ennuyeux, juste au moment de vous mettre au lit, commenta Agatha en essayant de prendre un air compatissant.

– Oui, très, répliqua aussitôt Jessica, apparemment heureuse de cette compréhension. Trois fois, je suis sortie dans la nuit avec une lampe de poche pour chercher celles qui manquaient, mais je n'ai rien trouvé. Je me suis fait un sang d'encre jusqu'à l'aube, et voilà qu'au matin, à la lumière du jour, les douze étaient là !

– C'est peut-être la vilaine Mabel et ses copines qui vous font des farces. »

Jessica ignora totalement la pointe de sarcasme présente dans cette remarque. « Non, ça ne peut pas être ça. Elles ont été enlevées pendant la nuit, puis ramenées avant l'aube. Plutôt sinistre, vous ne pensez pas ?

– Ce que je pense, c'est que ce ne sont pas vos brebis que vous perdez, dit Agatha avant de reprendre une gorgée de vin. Ça ne serait pas plutôt la tête ? »

Jessica fixa sur elle un regard décontenancé, et il y eut un bref silence, vite rompu par Roy avec le rire le plus forcé qu'Agatha avait jamais entendu.

« Oh, ha ha ha, fit-il. Sacrée Agatha ! Je vous avais dit qu'elle vous plairait, Jessica. Toujours prête pour la rigolade, hein ? Parlez-lui de votre voisin, chérie. C'est surtout lui qui a retenu l'attention d'Agatha quand je l'ai appelée.

– Oui, bien sûr, souffla Jessica avec hésitation. Fawkes… Je crois que c'est lui qui est derrière tout ça. Je pense qu'il kidnappe les filles la nuit et qu'il les ramène à l'aube en pensant que je ne m'aperçois de rien.

– Quelle idée. Pourquoi ferait-il une chose pareille ?

– Je n'en sais rien ! s'énerva Jessica. Peut-être qu'il essaie de me rendre folle… ou de me chasser d'ici. J'ai aussi entendu raconter qu'il faisait des expériences horribles dans sa grange.

– Des expériences ? » Agatha dressa l'oreille. C'était la deuxième fois qu'elle entendait cette accusation à propos de Fawkes. Sachant qu'il n'y a pas de fumée sans feu, elle était désormais tout ouïe. « Quel genre d'expériences mènerait-il sur vos bêtes ?

– Je n'en sais vraiment rien. Mais je frémis rien qu'à y penser.

– Avez-vous une preuve qu'il enlève votre bétail ? »

Jessica répondit dans un chuchotement. « Je l'ai vu. Pas en train de les prendre, mais je l'ai vu porter Delia – ou peut-être Dolores ? – par-dessus la clôture pour la remettre dans mon pré. Quelques minutes plus tard, il a fait de même avec Jemima. Oui, c'était Jemima, sans aucun doute. Aucune des autres n'a son sourire.

– Leur avait-il fait du mal, avaient-elles des blessures ?

– Pas du tout, dit Jessica d'un air soulagé. Au contraire, il s'est penché par-dessus la clôture pour les reposer tout doucement au sol.

– Il portait une brebis dans ses bras et il s'est penché pour la poser "doucement" ? s'étonna Agatha en tendant les deux bras devant elle comme pour peser un mouton invisible. Ça pèse combien, une bête pareille ?

– Un peu plus de quarante kilos.

– C'est-à-dire... ? » Agatha, qui maîtrisait mal le système métrique, tourna les yeux vers Roy et Tamara.

« Plus de quatre-vingt-dix livres, précisa Tamara.

– Vous imaginez, porter ça et se pencher avec par-dessus une clôture ? dit Agatha en laissant retomber ses bras. Il doit être costaud, le gars.

– Mais qu'est-ce qu'il fait de ces brebis ? demanda Roy, détendu sur sa chaise, son verre de vin au creux de la main, heureux qu'Agatha s'intéresse enfin sincèrement à l'histoire de Jessica.

– C'est ce qu'il nous faut découvrir, bien sûr. Vous en avez parlé à la police, Jessica ?

– J'ai appelé, et deux jeunes agents très gentils sont venus me voir. Ils m'ont dit qu'ils ne pouvaient rien faire parce qu'aucun animal n'avait été blessé et qu'il n'y avait aucune preuve de leur enlèvement. Ils ont conclu à une absence de crime, et donc, pour eux, il n'y avait pas lieu d'ouvrir une enquête.

– Ils n'ont pas trouvé ça louche, quand même ? » Agatha était atterrée, mais pas vraiment étonnée. Tout le monde savait que la police de Mircester manquait de personnel et qu'elle était débordée.

« Non, ils m'ont dit qu'un inspecteur leur avait ordonné de ne pas perdre leur temps avec les affaires ou les plaintes qui ne promettaient pas "un bon résultat".

– Ça devait être notre vieil ami l'inspecteur Wilkes, Agatha ! » lança Roy, hilare. Il savait parfaitement que la seule mention de Wilkes serait le dernier appât nécessaire pour l'attirer dans cette ténébreuse histoire.

« C'est aussi mon avis, Roy. » Elle se rembrunit un instant en le regardant par-dessus la table, mais se tourna ensuite vers Jessica avec une expression plus sereine. « Laissez-moi commencer par me renseigner sur Mr Fawkes, Jessica. Et vous, gardez bien vos distances avec lui. Ne lui adressez pas la parole, mais prévenez-moi immédiatement s'il se produit de nouveaux incidents. Nous aurons tôt fait de découvrir ce qui se passe et de mettre vos bêtes hors de danger.

– Merci, Agatha, répondit Jessica avec un grand soupir de soulagement. Mes Bowmont, c'est toute ma vie.

– Bien sûr, je comprends », convint Agatha, dont l'attitude envers Jessica avait tourné à une douce empathie. Cela dit, il était temps de parler d'autre chose. « Le club hippique marche toujours aussi bien, Tamara ? »

La conversation se poursuivit autour des vestiges du repas et d'un excellent café avant qu'Agatha finisse par décider qu'il était temps de partir. Roy la raccompagna à sa voiture.

« Alors, que penses-tu des problèmes de Jessica avec Fawkes ?

– Les affaires sont calmes à Londres, Roy ? dit-elle en se retournant vers lui. C'est la saison des bêtises, pas vrai ? Beaucoup de gens sont en vacances et tout est ralenti, alors tu es venu ici t'amuser un peu et tu as trouvé l'occasion de te mêler de quelque chose d'un peu plus excitant.

– Quoi ? Mais…

– Ne prends pas la peine de nier, Roy. On se connaît depuis trop longtemps. Tu as décidé de me lancer sur le petit problème de Jessica Barnes histoire de pimenter un peu les choses.

– Pardon. Je ne voulais pas te contrarier.

– J'accepte tes excuses. Considère-toi comme pardonné, mais ne va pas t'imaginer que je ne vois pas ce que tu fais. Je n'aime pas qu'on joue avec moi, Roy, alors ne recommence pas. Ne t'inquiète pas, on est toujours amis, et je veux que tu restes un peu dans le coin. J'aurai peut-être besoin de toi. Ce qui arrive aux brebis de cette pauvre Jessica n'est peut-être que la partie émergée de l'iceberg. Il se passe quelque chose de louche, et j'ai bien l'intention de tirer tout ça au clair. Guy Fawkes vient de devenir ce que les enquêteurs aiment appeler "un sujet à surveiller".

– Je ne bouge pas d'ici, Agatha. Tu peux compter sur moi.

– Tant mieux, parce que mon instinct me hurle que la situation va bientôt devenir grave.

– Grave comment ?

– On ne peut plus grave, Roy. Grave comme un meurtre. »

4

Le temps qu'Agatha arrive chez elle, la lumière douce du soir nimbait d'un éclat tendre les bâtiments de la grand-rue de Carsely, la pierre des Cotswolds prenant de chaudes teintes de miel. C'était cette ancienne pierre calcaire qui conférait aux constructions, et à toute la région, leur caractère inimitable. Comme Agatha, les propriétaires étaient attirés par le confort accueillant des maisons construites avec la pierre locale. Un cottage comme le sien, au toit de chaume, était la parfaite image idyllique de carte postale, et pourtant les petits villages n'avaient pas le monopole de cette pierre. Le palais de Blenheim et la cathédrale St. Paul aussi avaient été bâtis avec. C'était James qui le lui avait appris.

Son ex-mari et voisin d'à côté actuel, James Lacey, était un ancien officier de l'armée devenu auteur d'ouvrages d'histoire militaire et de guides de voyage. Agatha était tombée éperdument amoureuse de ce bel homme grand et droit lors de son arrivée à Carsely et lui avait fait une cour effrénée, frôlant le harcèlement lorsqu'elle l'avait poursuivi jusqu'à l'étranger. Au début, malgré tous ses efforts pour le charmer, il n'avait pas paru intéressé le moins du monde. Elle avait pris cela comme un défi qui frisait l'obsession et qui rendait James encore plus désirable.

Elle sourit en se remémorant les cures de beauté contraignantes et les régimes draconiens qu'elle s'était imposés pour se rendre irrésistible à ses yeux. Puis elle se renfrogna légèrement. À présent, si elle y réfléchissait, elle consacrait tout autant de temps et d'efforts à son apparence. Elle ne le faisait plus pour James, pourtant. Il y avait longtemps qu'ils avaient convenu ensemble que lorsqu'ils étaient mariés chacun faisait ressortir le pire chez l'autre : ils se disputaient constamment. Depuis leur divorce, en revanche, ils étaient devenus les meilleurs amis du monde. Donc, elle ne faisait pas cela pour James. John ? C'était simplement un homme délicieux – un homme qui l'avait vue au plus haut et au plus bas, et qui l'adorait toujours. Faisait-elle tous ces efforts pour lui ? Un dicton lui revint en tête : « Plus la peine de courir une fois que tu as attrapé le bus. » Elle avait attrapé John, alors pourquoi courir encore ? En regardant dans le rétroviseur avant de mettre son clignotant pour tourner dans Lilac Lane, elle aperçut ses yeux et soupira.

« C'est pour toi, n'est-ce pas ? se dit-elle à elle-même. Tu fais tout ça pour toi, hein ? »

La vérité, c'est qu'elle aimait être belle pour elle-même et personne d'autre. Quand il était question de son physique, les autres étaient superflus. Agatha Raisin aimait simplement être au top.

« Et on ne peut pas courir après le bus si on le conduit déjà », conclut-elle avec un sourire en se garant devant son portail.

À l'heure qu'il était, le soleil ne brillait plus que sur la façade, et en remontant l'allée elle entendit James l'appeler.

« Agatha, très chère ! Je peux te dire un mot ? Viens me rejoindre ! »

Il était assis au soleil devant sa porte, avec à sa droite une petite table et une seconde chaise. Sur la table étaient posés une bouteille de vin rouge et un verre vide. Celui qu'il tenait à la main était plein, et levé dans sa direction. James était habillé avec soin, comme toujours : chemisette à carreaux et pantalon de toile claire au pli nettement repassé.

« Avec grand plaisir, répondit-elle. Après tout, je ne vais plus conduire aujourd'hui. »

Elle enjamba le muret qui séparait leurs jardins, une manœuvre qui aurait été plus compliquée si elle avait été en jupe et non en short, et s'installa pendant qu'il remplissait son verre.

« On dirait que tu m'attendais, fit-elle remarquer en trinquant avec lui.

– Je voyais bien que tu étais sortie, et j'espérais t'attraper à ton retour. Car vois-tu, je vais m'absenter deux ou trois semaines.

– Ce n'est pas… » La main libre d'Agatha alla machinalement toucher l'arrière de son crâne. James avait une tumeur inopérable. La dernière fois qu'il avait disparu, c'était pour être admis en urgence à l'hôpital.

« Oh non, rien à voir ! Mon traitement garde tout ça à distance. En fait, je vais travailler un peu. Mon éditeur veut m'envoyer en Islande.

– Et tu te sens d'attaque ?

– En pleine forme, ma chère. Enfin, bien sûr, j'ai connu mieux, mais je me bats et j'ai hâte de partir. Rester traîner ici ne me fait aucun bien. J'ai besoin de retourner au front. Que dirais-tu de poser des petites vacances pour y aller avec moi ?

– C'est très gentil de ta part, dit-elle en se penchant pour lui toucher la main, mais je ne peux pas.

– Ah, je vois. J'imagine que certains penseraient…

– Ce que pensent les gens, je m'en fiche comme de l'an quarante. Les gens ont toutes sortes d'idées tordues, mais tu comprends, John aussi va s'en aller. Lui aussi voulait que je l'accompagne. C'est à croire que les hommes auxquels je tiens le plus veulent tous me voir disparaître dans le soleil couchant.

– Le soleil ne se couche pas vraiment en Islande à cette saison…

– Façon de parler, James, dit Agatha avec un petit rire. Ce qu'il y a, c'est que je ne veux pas risquer de contrarier John en refusant de partir avec lui, pour aussitôt m'envoler avec toi. Je ne voudrais pas qu'il se sente… trahi.

– Oui, je comprends bien. Tu tiens beaucoup à lui, n'est-ce pas ?

– Euh, certes, mais… ce n'est pas tout à fait la question, dit Agatha, soudain gênée de parler avec son ex-mari de ses sentiments pour son amant actuel. J'ai besoin d'avoir ma vie à moi, et cette vie se passe ici.

– On a tous besoin de vacances de temps en temps.

– Je sais bien, et c'est moi qui décide de quand et où j'irai », insista Agatha avant de boire une gorgée de vin.

La vérité, c'était que depuis qu'elle était installée à Carsely, quitter le village pour plus de quelques jours l'angoissait toujours un peu. Elle aurait beau faire des efforts, elle ne serait jamais acceptée comme une personne « du cru ». Elle tenait absolument à s'intégrer, mais elle savait au fond qu'il fallait être né et avoir grandi dans les Cotswolds pour ne pas avoir un statut d'intrus. Car même si on était là depuis des années, et qu'on faisait tout son possible pour entrer dans la communauté, on restait à jamais un étranger.

Agatha n'aurait jamais reconnu qu'elle se souciait de ce qu'on pensait d'elle. Ceux qui ne l'aimaient pas pouvaient aller se faire voir, mais elle aurait voulu se *sentir* chez elle. Elle avait quitté Birmingham pour Londres, puis Londres pour Carsely, sachant que c'était là qu'elle voulait vivre. Si pour être acceptée elle devait s'absenter le moins possible, eh bien soit. S'il fallait qu'elle écoute tous les ragots les plus scabreux pour savoir ce qui se passait dans les environs, pas de problème. D'ailleurs, c'était plus un plaisir qu'une corvée. Elle aimait apprendre des choses sur les gens – c'était ce qui faisait d'elle une bonne détective –, et justement il y avait quelqu'un sur qui elle devait en apprendre davantage.

« De toute manière, j'ai du travail, continua-t-elle en reposant son verre sur la table. Il y a un individu à qui je m'intéresse professionnellement, et il faut que je me renseigne sur lui.

– Ah bon ? Qui ça ?

– Les gens l'appellent Guy Fawkes.

– Ah, mais j'en sais assez long sur lui, dit James d'un air surpris. Il a été soldat de métier. Il se faisait appeler Guido quand il se battait aux côtés des Espagnols dans l'Europe des années 1590.

– Mais non, ce n'est pas ce Guy Fawkes là qui m'int... attends. Il était espagnol ?

– Non, il était du Yorkshire. La guerre en Europe était plutôt une mission religieuse, pour lui. Il était catholique et se battait pour le roi catholique Philippe d'Espagne contre la république protestante des Pays-Bas. Quand il est rentré en Angleterre, la conspiration des Poudres était aussi une question de religion et de changement de régime.

– Bon, je pense que je n'ai pas à m'inquiéter d'événements survenus il y a plus de quatre cents ans.

– En tout cas, Fawkes connaissait son affaire. Il avait fait des expériences avec la poudre pendant la guerre, et il en avait caché suffisamment sous la Chambre des Lords pour l'éparpiller façon puzzle. Il aurait tué tout le monde à l'intérieur, y compris le roi.

– Des expériences ? releva Agatha. J'entends sans cesse mentionner des expériences quand les gens parlent de mon Fawkes des temps modernes. Apparemment, c'est un type sur qui tout le monde sait quelque chose, mais que personne ne connaît réellement.

– Sois prudente, lui conseilla James. Ça peut vite mal tourner quand on fricote avec les mauvaises personnes.

– Je sais me défendre, tu le sais bien. Allez, parle-moi plutôt de ton voyage en Islande… »

Agatha mettait un point d'honneur à arriver tôt au bureau. Pas aux aurores, quand les premiers travailleurs et agriculteurs commençaient leur journée, mais suffisamment tôt pour pouvoir prendre sa place préférée dans le parking municipal et feuilleter la presse à son bureau avant que la vraie journée de travail ne commence. À cette heure-là, seuls les cafés et les snack-bars étaient ouverts dans le centre de Mircester. D'aucunes auraient considéré cela comme un avantage qui les empêchait de se ruiner dans les boutiques. Mais pour Agatha, la question n'était même pas là : il y avait rarement quoi que ce soit dans les vitrines de Mircester qui la tentait le moins du monde, et elle savait résister à ces rares tentations.

Une chose à laquelle elle ne résistait pas, en revanche, c'était vérifier son apparence dans le reflet des vitrines. Elle était particulièrement contente de la robe jaune vif qu'elle avait achetée récemment à Londres. Elle était assez légère pour être portée en été, mais sa pudique encolure en V et ses manches courtes qui couvraient les épaules la rendaient tout à fait portable au travail. Le bustier était raisonnablement serré jusqu'à la taille, d'où la jupe s'évasait jusqu'au-dessous du genou. Un style rétro qui, à son avis, n'aurait pas été déplacé sur Grace Kelly ou Audrey Hepburn. Négociant habilement les pavés glissants de la vieille ruelle où se trouvait son bureau, elle salua gaiement de la main Mr Tinkler, l'antiquaire du rez-de-chaussée, tout en se demandant à qui elle ressemblait le plus dans sa robe : Kelly ou Hepburn ? Ni l'une ni l'autre. Elle ne ressemblait à personne. Elle était Agatha Raisin. Elle poussa la porte et se hâta de monter à l'étage.

En entrant à l'agence, elle ne s'étonna pas un instant que ses employés soient déjà à leur poste. Elle aimait leur ponctualité, mais savait qu'ils préféraient arriver avant elle pour ne rien rater au cas où elle aurait une nouvelle affaire croustillante dans sa manche (courte et jaune en l'occurrence).

« Bonjour, cheffe ! » lui lança Simon Black, assis sur le coin de son bureau. Il la gratifia de son grand sourire habituel, qui creusait ses traits fins et poussait le bout de son nez pointu vers son menton osseux. Agatha lui avait toujours trouvé un physique un peu bizarre, même s'il ne semblait pas manquer de compagnie féminine, et il avait prouvé son courage et sa loyauté envers l'équipe. Aujourd'hui, cependant, il faisait très négligé. Les cheveux gras, pas rasé, il arborait un vieux tee-shirt des Ramones délavé avec un jean crasseux et troué. Elle baissa légèrement la tête (en veillant à ne pas faire naître un début de double menton) pour le regarder avec réprobation. Voyant qu'il restait toujours aussi radieux, elle tendit les deux bras vers sa tenue sans dire un mot.

« Je suis de service au centre commercial dès l'ouverture, vous vous rappelez ? expliqua-t-il. Comme les voleurs connaissent tous les surveillants employés sur place, je vais y traîner mes guêtres aujourd'hui. Je me suis habillé de manière à me fondre dans le décor, comme vous dites toujours, et ça, c'est l'uniforme des glandus qui passent leurs journées là-bas. »

Agatha releva le menton.

« C'est bien raisonné, Simon, mais je n'aime pas ce mot que vous venez d'employer, et... (elle se tut le temps de renifler), même si vous ne vous êtes pas rasé, vous n'avez pas lésiné sur l'after-shave Hugo Boss. Allez vous débarrasser de ça avant de partir : les *glandus* auraient vite fait de vous repérer. »

Simon, toujours souriant, leva les deux mains dans un geste de capitulation théâtral qui fit rire Toni Gilmour. Agatha avait longtemps pensé que Toni était particulièrement belle quand elle restait froide et réservée. Cela allait à merveille avec l'image de reine de glaces que projetaient son teint pâle, ses cheveux blonds et ses yeux d'un bleu irréel. Une fois sortie de l'adolescence, et à l'approche de ses vingt-cinq ans, la jeune femme s'était remplumée et son caractère avait commencé à façonner ses traits. Dans le passé, quand on les voyait ensemble, Agatha se crispait lorsqu'on la prenait pour la mère de Toni. Comment pouvait-on s'imaginer qu'elle était assez âgée pour avoir une fille adulte ? Mais désormais, même si elle trouvait encore son assistante un peu maigre, elle recevait cette méprise comme un compliment, car Toni était vraiment superbe.

« Bonjour, Agatha, lui lança aimablement la jeune femme. J'adore cette robe. J'aimerais pouvoir porter ce genre de choses.

– Bah, ne vous en faites pas. Un jour, peut-être, vous aurez la silhouette pour. »

Patrick Mulligan grommela un bonjour derrière son écran d'ordinateur. Policier à la retraite, il avait la mine bourrue d'un homme qui, quoi qu'il fasse, donnait l'impression qu'il aurait préféré être tranquillement assis devant une pinte au fond d'un pub. Or les apparences peuvent être trompeuses : son carnet d'adresses et ses années d'expérience faisaient de lui un enquêteur précieux. Agatha lui répondit par un grognement aussi distingué que possible et se dirigea vers son bureau.

Comme tous les matins, elle laissa tomber son sac dans un tiroir puis releva les yeux vers Helen Freedman, sa secrétaire, ange gardien de ces bureaux, qui lui tendait un café, un classeur dont certaines pages étaient marquées à son attention et le dernier numéro du *Mircester Telegraph*. Sans aucun conteste la personne la plus organisée qu'Agatha avait jamais rencontrée, Mrs Freedman était une femme d'âge moyen aux cheveux grisonnants : une tour inébranlable et un trésor absolu. Agatha la remercia, puis contourna de nouveau son bureau pour rejoindre la porte.

« Simon devra bientôt sortir, annonça-t-elle à la cantonade. Commençons la réunion tout de suite. »

Ses trois enquêteurs prirent ce qu'il leur fallait – téléphones, bloc-notes et papiers divers – et entreprirent le rituel du lundi matin qui consistait à traîner leurs chaises vers le bureau d'Agatha dans l'ordre habituel. Toni était suivie de Patrick, puis venait Simon, tandis que Mrs Freedman restait résolument dans l'antichambre pour répondre au téléphone et garder la porte tel un pitbull en tailleur vichy de chez Marks and Spencer.

« Bien », dit Agatha en les regardant tous s'installer. Elle consulta son bloc-notes. « Donnez-nous les dernières nouvelles, Toni. »

En tant que bras droit d'Agatha, la jeune femme tenait à jour tous les dossiers de l'agence.

« Simon commence la surveillance au centre commercial aujourd'hui, comme vous le savez. J'ai les dossiers des divorces Alcock et Bracegirdle. J'ai de bonnes preuves, y compris photographiques, que Mr Alcock trompe sa femme, mais l'affaire Bracegirdle avance plus lentement. Mrs Bracegirdle est très douée pour la dissimulation, et… »

Il y eut une brève discussion sur ces affaires de divorce, sur les preuves que Patrick rassemblait pour des procès au civil menés par deux cabinets d'avocats locaux, et une poignée de vérifications d'antécédents sur des demandeurs d'emploi que l'agence réalisait pour des entreprises.

« J'ai une nouvelle cliente potentielle, annonça Agatha. Jessica Barnes pense que ses brebis se font enlever par un certain Fawkes. » Elle s'abstint de l'appeler Guy Fawkes pour éviter de perdre du temps avec les blagues que Simon aurait inévitablement lancées.

« Il n'a pas intérêt à nous manger la laine sur le dos », dit-il quand même, avec le petit claquement de doigts qui exaspérait Agatha.

Sa plaisanterie arracha des gémissements à Toni et à Patrick. Agatha, elle, lui lança un regard noir. « Vous ne deviez pas partir, vous ? » lui dit-elle. Il se leva et sortit en traînant sa chaise derrière lui, ricanant encore de sa dernière saillie. « Et n'oubliez de vous rincer ! lui lança encore Agatha.

– Alors, c'est qui, ce Fawkes ? s'enquit Patrick.

– Je compte me renseigner sur lui. Mais il va me falloir les informations habituelles sur Jessica Barnes ainsi que quatre autres personnes. Stella Smart, Mary Carstairs, Joan Feldrake et son frère Anthony Feldrake.

– Joan Feldrake ? répéta Toni, les sourcils froncés. Ce n'est pas la femme qui a été tuée dans un horrible accident samedi ?

– Elle-même, confirma Agatha, qui enchaîna avec le récit de l'incident survenu à la soirée de la Société des dames, où Fawkes avait menacé les *twitchers*. Il se peut que ça ne donne rien, mais j'ai le sentiment que quelque chose ne tourne pas rond dans la mort de Miss Feldrake. Il va falloir faire preuve de discrétion. Découvrez tout ce que vous pourrez sur les Feldrake et sur les autres, mais ne montrez surtout pas que vous fouinez : ils pourraient essayer de brouiller les pistes.

– Des menaces comme celles de Fawkes, ça entre dans la définition des voies de fait, fit remarquer Patrick. Il pourrait finir au poste si quelqu'un le dénonce.

– Espérons que personne ne le fera. On en apprendra davantage sur lui s'il n'est pas mis en alerte par une arrestation.

– Par où on commence ? demanda Toni.

– La ferme de Fawkes appartient au domaine de Barfield, dit Agatha. Nous pourrions commencer par voir ce que Sir Charles Fraith connaît de ce Fawkes. Je vais lui demander un rendez-vous. J'aimerais que vous veniez avec moi, Toni. »

Agatha était fort capable de s'entretenir seule avec Sir Charles, mais la présence de Toni rendrait l'entretien plus officiel et éviterait peut-être qu'il essaie de relancer leur idylle. Ses tentatives de reconquête étaient devenues pénibles, et elle se passait volontiers des joutes verbales nécessaires pour repousser ses avances. Au pire, elle pourrait toujours finir par s'énerver contre lui, mais elle préférait essayer de préserver son amitié.

Toni et Patrick venaient de sortir du bureau lorsque Mrs Freedman frappa poliment à la porte.

« Un certain Mr Randall demande à vous voir, dit-elle. Il n'a pas rendez-vous.

– Martin ? s'étonna Agatha, agréablement surprise. Donnez-moi juste une minute, et envoyez-le-moi. »

Agatha se pencha sur le tiroir qui contenait son sac, où elle trouva rapidement un petit compact de poudre et son rouge à lèvres. Elle exécuta un raccord express, rectifiant le rouge étalé par sa tasse à café, et rabattit le miroir avec un claquement une fois satisfaite. Martin Randall ne serait peut-être jamais rien de plus qu'une relation de travail, mais une dame se devait d'être toujours impeccable lorsqu'elle recevait un homme.

Randall s'intéressait aux antiquités et dirigeait une salle des ventes prospère, où Agatha avait acheté un jour une vieille pendule qui l'avait menée au cœur d'une affaire de meurtre. Il avait aussi participé à une vente de charité à Barfield House dans le cadre du lancement du château-barfield.

« Agatha, quel plaisir de vous revoir ! » Randall était grand, brun, doté d'un charme élégant et désinvolte. Il portait une chemise de marque sans cravate, un costume superbement taillé, et affichait un bronzage qui, contrairement à celui d'Agatha, ne sortait pas d'un tube. Elle refit le tour de son bureau pour recevoir une bise sur la joue.

« Qu'est-ce qui vous amène en ville ? demanda-t-elle en se rasseyant après lui avoir proposé le seul autre siège.

– On me laisse de temps en temps sortir de cette grange qu'on appelle salle des ventes, plaisanta-t-il. Mais en vérité, je suis en route pour aller évaluer quelques pièces avant qu'une maison soit complètement vidée. Il paraît qu'il y a du matériel photographique ancien qui pourrait avoir un joli succès aux enchères. Ce n'est pas le genre de choses dont je m'occupe habituellement, mais j'ai pensé que ça pourrait vous intéresser.

– Ah bon ? Pourquoi ?

– J'ai un ami qui a été pris dans un embouteillage samedi, et qui croit vous avoir vue là-bas aussi.

– Si c'était une des voitures bloquées par l'arbre tombé, oui, il m'a bien vue sur place.

– D'après lui, vous étiez en train de parler avec les amies de la femme qui a été tuée, Joan Feldrake.

– Encore une fois, il a raison. J'avais fait connaissance avec Miss Feldrake pas plus tard que la veille au soir.

– Précisément. » Randall changea de position sur sa chaise comme si quelque chose le gênait. « La maison qui va être vidée est celle de Joan Feldrake. Son frère m'a demandé d'aller à Tweeting Bottom y jeter un œil.

– C'est un peu prématuré, non ? Où est le respect ? commenta Agatha, atterrée. La pauvre femme, elle n'est même pas encore enterrée.

– Je suis d'accord. Je trouve ça assez étrange.

– Il y a beaucoup d'étrangetés dans la mort de Joan Feldrake, lâcha Agatha.

– Je savais que vous penseriez comme moi, dit Randall en se détendant sur sa chaise, presque comme s'il se félicitait d'avoir eu raison. J'allais dire non à Mr Feldrake, mais ensuite j'ai égoïstement songé que ce serait l'occasion de vous revoir. Voulez-vous m'accompagner ?

– À une liquidation ? Vous savez parler aux femmes, vous !

– Voyez les choses ainsi, insista Randall avec un sourire persuasif. Vous trouvez la mort de Joan Feldrake étrange. Je vous offre une chance de voir la maison de la défunte exactement telle qu'elle l'a quittée.

– Un argument imparable, confirma Agatha en ressortant son sac à main du tiroir. Allons-y. »

Agatha n'avait jamais mis les pieds à Tweeting Bottom, mais lorsque Randall contourna le petit espace vert au volant de sa Mercedes, elle sentit tout de suite qu'ils étaient observés.

« Vous savez, cette impression désagréable que quelqu'un vous regarde ? dit-elle en scrutant les fenêtres d'une des maisons.

– Je vois tout à fait, s'esclaffa Randall. L'endroit s'y prête bien, non ?

– Un cauchemar pour les détectives. Pas moyen d'épier quelqu'un si tout le monde est déjà en train de vous épier. Par contre, c'est dissuasif pour les cambrioleurs.

– Quoi donc ?

– Les voisins indiscrets. C'est le meilleur système d'alarme possible. »

Elle repéra, devant eux, une allée de jardin où se serraient deux voitures : une cinq-portes bleue et une berline gris métallisé. Elle les reconnut aussitôt : la dernière fois qu'elle les avait vues, elles étaient arrêtées nez à nez sur le bord de la route, à côté de l'arbre tombé. Elle les indiqua du doigt. « Je suppose que c'est là. »

Randall se gara le long du trottoir. Ils n'avaient pas plus tôt mis un pied dehors que la porte de la maison s'ouvrit. Anthony Feldrake et Mary Carstairs les attendaient sur le perron, et une brève tournée de présentations s'ensuivit. Randall expliqua la présence d'Agatha en disant qu'ils avaient un rendez-vous commun ensuite. Agatha fut impressionnée par le naturel de son mensonge. S'il lui avait été adressé, même elle n'y aurait vu que du feu. Feldrake les emmena dans le salon, une pièce confortablement meublée. Sur une table basse était posé un plateau garni d'une théière, de tasses, de soucoupes, de lait, de sucre et de biscuits au chocolat sur une assiette. Des photos d'oiseaux encadrées décoraient les murs.

« Elles sont toutes de Joan, précisa Feldrake en voyant Agatha observer les photos. Elle avait l'œil.

– En effet, convint Agatha. Toutes mes condoléances, c'est une tragédie. Cela a dû vous faire un choc terrible.

– J'ai encore du mal à y croire, répondit-il en l'invitant à prendre place sur le canapé avec Randall. Avant votre arrivée, j'étais assis là et je n'arrêtais pas de lever la tête en m'attendant à ce qu'elle arrive de la cuisine avec du lait, des cuillères, ou je ne sais quoi. »

Miss Carstairs leur servit le thé.

« Voulez-vous que nous le buvions dans la pièce du fond, Mr Randall ? proposa Feldrake en prenant sa tasse et sa soucoupe. C'est là que se trouve tout le matériel photo de Joan, avec les petits objets anciens. »

Les deux hommes s'en allèrent, et Agatha et Miss Carstairs burent un instant leur thé en silence.

« Cela a dû vous faire un choc énorme aussi, Miss Carstairs, dit Agatha en reposant doucement sa tasse sur sa soucoupe. Je crois comprendre que Miss Smart, Miss Feldrake et vous-même étiez amies depuis l'école.

– En effet. » Miss Carstairs prit un mouchoir dans son sac pour se tamponner le coin de l'œil. « Je n'ai pas dormi depuis samedi, Mrs Raisin. Chaque fois que je ferme les yeux, je revois cette pauvre Joan gisant sous l'arbre. »

Elle essuya encore une larme puis se moucha.

« Je vous trouve très courageuse de vous lancer si vite dans les démarches, fit remarquer Agatha. La maison et son contenu, je veux dire, alors que tout est encore si frais dans vos pensées.

– C'est une idée d'Anthony, dit Miss Carstairs, reprenant un peu ses esprits. Il vient de prendre sa retraite. Il était ingénieur. Il a toujours été très actif, toujours occupé. Il a tenu à commencer tout de suite à prendre des dispositions pour la maison et les affaires de Joan. Il dit que rester à ne rien faire dans un moment pareil le rendrait fou.

– Je peux le comprendre. Parfois, on a besoin de s'occuper l'esprit. Je n'oublierai jamais l'image de cet arbre en travers de la route. Comment vous êtes-vous retrouvée sur les lieux de l'accident ? Étiez-vous avec Miss Feldrake ?

– Non, Anthony et moi étions allés dîner tôt au Feathers, à Ancombe. Nous avons appelé Joan pour lui proposer de nous rejoindre. Elle nous a dit qu'elle était en train de chercher une paruline à tête cendrée et qu'elle nous rejoindrait plus tard. Elle n'approuvait pas vraiment, vous comprenez.

– Approuver ? Approuver quoi ?

– Anthony et moi, Mrs Raisin, lâcha Carstairs en relevant le menton dans une posture de défi. Anthony a vécu et travaillé pendant des années dans le nord du pays. Sa femme est décédée l'an dernier, et lorsqu'il a pris sa retraite, il a décidé de revenir s'installer par ici. Nous sommes tous les deux natifs des environs de Carsely, où nous avons grandi. Anthony et moi avions le béguin l'un pour l'autre autrefois. Depuis quelques semaines qu'il est là, nous sommes ensemble. Joan n'a pas été ravie de l'apprendre, mais nous avions bien l'intention de lui faire changer d'avis. C'était pour ça, le dîner au Feathers. Nous voulions qu'elle voie notre bonheur et qu'elle soit heureuse pour nous.

– Quelle coïncidence, fit remarquer Agatha. Nous aussi, nous étions en route vers le Feathers quand l'accident nous a arrêtés.

– Quelle horreur, n'est-ce pas ? Nous avons pris la route en voyant que Joan n'arrivait pas et qu'elle ne répondait pas au téléphone. Anthony avait un mauvais pressentiment, il avait peur qu'il lui soit arrivé quelque chose. Si on avait su…

– Mais vous saviez où elle était ?

– Oh, oui. Joan, Stella et moi nous sommes souvent garées sur ce terre-plein pour aller observer des oiseaux dans les bois et le long de la rivière. Nous sommes arrivés en un rien de temps, et nous l'avons trouvée… »

Miss Carstairs renifla, trouva un mouchoir propre, se tamponna les yeux et se moucha de nouveau. Agatha se leva et s'approcha de la fenêtre. Deux photos encadrées étaient posées sur le rebord, ainsi que deux bibelots représentant un martin-pêcheur et un héron. Agatha observa attentivement les bibelots et leur position sur le rebord. Puis elle promena son regard sur la console, les chaises et le canapé, et, malgré le grand rayon de soleil qui entrait par la fenêtre, sentit un petit frisson lui parcourir l'échine. Il y avait quelque chose qui clochait dans la pièce.

« Tout est parfaitement rangé ici, dit-elle en se retournant pour regarder par la fenêtre. Les jardins sont très bien entretenus, et les maisons aussi : pas de peinture qui s'écaille ni de poubelles qui débordent.

– C'est ce que Joan aimait dans ce lotissement. Elle était très ordonnée. Elle ne s'entendait pas avec tous ses voisins, mais elle était heureuse de vivre ici.

– Je n'en doute pas, dit Agatha. L'espace vert au milieu fait un peu tache par rapport à l'ensemble, cela dit. Il est plein d'herbes folles.

– Ah, mais c'est un endroit très spécial, expliqua Mrs Carstairs avec un faible sourire. Avant même la construction, l'entrepreneur a été sommé de ne pas toucher à cette petite prairie parce qu'on sait que des alouettes y nichent. Elles font leur nid au sol, vous comprenez. Ce sont des oiseaux assez rares, mais elles continuent de nicher ici et, bien sûr, le mâle est réputé pour son chant quand il monte haut dans les airs. C'est de là que le lotissement tient son nom, Tweeting Bottom – le creux des gazouillis.

– C'est charmant. Mais de quoi parliez-vous quand vous m'avez dit qu'elle ne s'entendait pas avec tous ses voisins ?

– Oh, juste quelques reproches, lâcha Miss Carstairs en haussant les épaules. Allons voir où ils en sont à côté. »

Les deux hommes étaient en train d'examiner le matériel photographique lorsqu'elles entrèrent dans la pièce.

« On a presque fini », annonça Randall en photographiant avec son téléphone un vieil appareil qui s'ouvrait par-devant pour laisser sortir une lentille au bout d'un soufflet. Agatha trouva à l'appareil un air bien trop fragile et mal pratique. Elle n'aimait pas devoir tripoter les réglages sur un appareil photo. Dans son travail, elle devait pouvoir viser et tirer avec rapidité et précision. Elle regarda par la fenêtre le jardin de derrière, où une sorte de cabane pour enfants se dressait sur pilotis au bout de la pelouse. Des bâches à imprimé camouflage la recouvraient.

« Qu'est-ce que c'est, là-bas dans le fond ? demanda-t-elle à Miss Carstairs.

– C'est la hutte de Joan. De là, elle pouvait observer les champs derrière Tweeting Bottom et photographier tous les oiseaux qui y venaient. Ça ne plaisait pas trop à ses voisins : ils disaient que ça leur gâchait la vue. »

Agatha et Randall quittèrent Tweeting Bottom quelques minutes plus tard. Ils roulèrent en silence jusqu'à la route de Mircester, Agatha appréciant le confort luxueux de la grosse Mercedes. Elle ne s'était jamais particulièrement intéressée aux voitures. Elle avait des moyens et aurait certainement pu frimer au volant d'une grosse bagnole si elle l'avait voulu, mais elle les voyait comme une nécessité plutôt que comme un symbole de position sociale. Il aurait sans doute été agréable d'être douillettement assise dans une Mercedes comme celle-là lorsqu'elle passait des heures en planque, mais d'un autre côté sa berline banale était bien plus passe-partout. Dans ces moments-là, la dernière chose qu'elle voulait était que quelqu'un vienne admirer son véhicule.

« Alors ? finit-elle par demander. Vous avez trouvé votre bonheur ?

– Pas grand-chose, dit Randall d'un air totalement blasé. Deux ou trois bons appareils modernes, mais les prix ne montent pas très haut quand ils sont de seconde main. Elle avait deux beaux Zeiss anciens qui pourront aller chercher jusqu'à deux cents livres, et un Leica des années trente qui pourrait dépasser les mille. Je laisserai mon spécialiste s'en occuper. Et vous ? Vous avez noté quelque chose de bizarre ?

– Pas vraiment, si ce n'est qu'ils semblent bien pressés de se débarrasser des affaires de Miss Feldrake. »

Agatha ne se fiait pas entièrement à ce beau parleur de Randall. Il l'avait attirée hors de son bureau, sûr de lui, convaincu d'avance qu'elle serait trop curieuse pour refuser l'invitation. Voilà qui décrivait bien Martin Randall, se dit-elle : sûr de lui. Il était charmant, bel homme et sûr de lui, mais c'était aussi un magouilleur. Elle était persuadée qu'il aurait pu envoyer directement son « spécialiste » voir la collection de Miss Feldrake. Au lieu de quoi il avait utilisé ce déplacement à Tweeting Bottom comme excuse pour la revoir : il l'avait dit lui-même. Qu'avait-il derrière la tête ?

« Ça vous dirait qu'on aille déjeuner ? proposa-t-il gaiement. Je connais un petit pub pas loin d'ici, et… »

Voilà : aussi prévisible que la cuisson d'un œuf à la coque.

« Je ne pense pas, Martin, répondit-elle avec un sourire poli. Il est à peine onze heures et je dois rentrer à l'agence.

– Bien sûr, je sais que vous êtes très prise, mais il faut bien manger à un moment ou à un autre, n'est-ce pas ? Alors, plutôt un dîner ?

– Je n'ai pas le temps, Martin. »

Le ton plus sévère de cette réponse ne parut pas érafler le moins du monde l'armure de son ego.

« Ah, je vois. Votre policier dansant vous mène encore par le bout du nez, pas vrai ? »

Le dos d'Agatha se raidit. Elle tourna les yeux vers lui, la tête légèrement inclinée sur le côté, les lèvres plus serrées que la bourse d'un avare.

« Personne ne me mène par le bout du nez, cracha-t-elle. Ni maintenant, ni jamais ! Vous seriez bien avisé de vous en souvenir.

– Allons, Agatha, ne vous fâchez pas ! » Son sourire ne disparut pas un instant de ses traits bronzés.

« Parce que vous me croyez fâchée, là ? gronda-t-elle, de plus en plus énervée. Vous devriez me voir quand ils ne mettent pas le bon tonic dans mon gin ! Si un jour vous me voyez fâchée comme ça, il vous faudra autre chose que votre bronzage en cabine pour m'amadouer ! Vous êtes vraiment extraordinaire, vous ! On dit que les hommes sont incapables de faire deux choses à la fois, et pourtant vous êtes là, à respirer, parler, conduire et être absolument détestable en même temps ! »

Il s'arrêta à un feu, non loin du centre de Mircester.

« Ne soyez pas bête, Agatha. Je voulais simplement dire…

– Bête ? *Bête* ? Je ne suis *jamais* bête ! Ça aussi, vous feriez bien de vous en souvenir ! Je vais continuer à pied ! » Elle descendit de voiture et claqua la portière. Les portières de Mercedes, nota-t-elle, avaient un claquement satisfaisant.

Lorsqu'elle déboula à l'agence, Helen Freedman fut la première à remarquer que sa patronne bouillait intérieurement. Elle lui proposa un café, qu'Agatha accepta poliment. Simon était au centre commercial, et Patrick parti lui aussi en mission. Toni, en levant les yeux, reconnut immédiatement les signes de danger sur Agatha : légère rougeur des joues, blancheur des jointures serrées sur son sac à main.

« Un problème ? demanda-t-elle.

– Juste un crétin dans une belle bagnole, répondit Agatha en détendant ses épaules. Je peux gérer. Venez dans mon bureau, Toni. Il faut qu'on parle. »

Assise à sa table de travail, Agatha huma les arômes de son café tout frais. C'était de l'instantané, mais il était italien, il coûtait cher, et elle était à peu près sûre de percevoir la subtile douceur des grains d'Arabica. Et tant pis si ce n'était qu'une illusion : elle aimait bien, en tout cas.

« Alors, que s'est-il passé à Tweeting Bottom ? s'enquit Toni.

– J'ai eu une conversation très intéressante avec Mary Carstairs. Il s'avère qu'Anthony Feldrake et elle sont en couple, en train de ranimer une vieille passion de jeunesse. Mais il y avait quelque chose qui ne collait pas du tout. Tout indique que Joan Feldrake était du genre maniaque. Elle aimait que tout soit en ordre et bien rangé, chaque chose à sa place… et pourtant, ce n'était pas le cas. J'ai bien observé, et sur le rebord de la fenêtre du salon, plusieurs bibelots et cadres à photo avaient été bougés et mal remis en place. Pareil avec les meubles. Il y avait des creux dans la moquette montrant que tout avait été déplacé et pas remis tout à fait au même endroit. Il m'a semblé que la maison avait été minutieusement fouillée.

– Qui voudrait faire ça ? Feldrake et Carstairs ?

– Peut-être, réfléchit Agatha en savourant son café. Mais c'est la maison de la sœur d'Anthony, ils y ont un accès illimité. Ils ont parfaitement le droit de s'y trouver. Pourquoi auraient-ils pris un tel soin à essayer de tout remettre en place ? Non, j'ai eu le sentiment très net que quelqu'un d'autre était venu.

– Vous savez s'il manquait quelque chose ?

– C'est impossible à dire, mais il y avait quantité d'appareils photo désirables. Si quelqu'un avait cherché à piquer du matériel facile à transporter pour le revendre, il aurait mis la main dessus. Non, la fouille de la maison reste une véritable énigme.

– Anthony Feldrake aussi, fit remarquer Toni en s'emparant de son bloc-notes. Si sa femme est morte, alors j'ai passé une demi-heure au téléphone avec un fantôme ce matin. Mrs Feldrake est tout à fait vivante… et pressée de fêter son divorce ! »

5

« Ah, inspecteur Wong ! L'homme qu'il me faut ! »

Bill Wong se retourna dans l'éclairage criard du couloir au deuxième étage du commissariat de Mircester : la silhouette émaciée de l'inspecteur divisionnaire Wilkes avançait vers lui à grands pas. Son costard bon marché et mal coupé pendait sur ses épaules voûtées comme une serpillière mouillée sur un fil à linge.

« Que puis-je faire pour vous, inspecteur ? » demanda Bill en fourrant dans un gros classeur le journal qu'un collègue venait de lui passer. On était jeudi matin, il venait de prendre son service et il maudit silencieusement sa malchance de tomber aussitôt sur Wilkes.

« C'est vous qui êtes sur l'accident près d'Ancombe, c'est bien ça ?

– Oui, monsieur. Comme j'étais le premier sur les lieux, c'est moi qui ai pris le dossier.

– Je sais, j'ai vu votre rapport. Vous serez content d'apprendre que nous n'irons pas plus loin.

– Pas plus loin ? demanda Bill, stupéfait. Mais nous n'avons pas fini d'interroger les automobilistes présents sur place, et le rapport du médecin légiste dit que...

– Oui, oui, je l'ai lu aussi, son rapport, le coupa Wilkes en balayant ses objections d'un geste de la main. Il n'y a rien qui doive nous alerter dans cet incident. Nous avons trop à faire pour perdre notre temps avec une idiote partie se promener dans les bois après la plus grosse tempête depuis des années.

– Mais le légiste voudra...

– Pas besoin qu'il enquête, insista Wilkes. J'ai déjà confirmé ça avec lui.

– Pendant votre partie de golf ensemble hier après-midi, peut-être, persifla Bill.

– Je vous interdis de me regarder comme ça ! aboya Wilkes. Ah, et autre chose. Je vois dans votre rapport que la Raisin était sur place. Qu'est-ce qu'elle fichait là, celle-là ? C'est une amie à vous, non ? Vous passiez tous la soirée ensemble, ou quoi ?

– Non, je ne savais pas du tout que Mrs Raisin y serait, et je pense que dans cet incident plusieurs éléments méritent qu'on s'y arrête. Il y a des incohérences dans les quelques dépositions que nous avons recueillies jusqu'ici, et il faudrait envoyer une équipe procéder à une vraie fouille du sous-bois.

– Nous n'avons pas de ressources à gaspiller là-dedans ! explosa Wilkes, hérissé de colère. Fermez-moi ce dossier et restituez le corps à la famille pour qu'elle puisse organiser les obsèques.

– Monsieur, je pense vraiment que c'est prématuré.

– Je me fous de ce que vous pensez ! » brailla Wilkes. Il se pencha sur Bill en agitant l'index sous son nez. « Et ne vous avisez pas de laisser Agatha Raisin fouiner là-dedans, ou je vous colle en garde de nuit tellement longtemps que vous devrez attendre la retraite pour pouvoir raconter des histoires du soir à votre mouflet ! »

Agatha partait pour l'agence ce matin-là lorsqu'elle eut la surprise de voir arriver Doris Simpson.

« Bonjour, Doris, dit-elle. Vous êtes bien matinale, aujourd'hui.

– J'espère que ça ne vous embête pas, Mrs Raisin, mais j'ai promis à la fille de ma cousine Rita de l'aider à Carsely House ce midi, alors je voulais commencer tôt.

– La fille de Rita, c'est Zoe, n'est-ce pas ? » Le nom avait surgi dans la tête d'Agatha exactement comme le mot *twitchers* ne l'avait pas fait. « Elle est toujours en train de vous solliciter. Qu'est-ce qu'elle va vous faire faire, cette fois ?

– Oh, c'est juste un déjeuner pour les pensionnaires du troisième âge. Remarquez, ajouta Doris avec un petit rire, certaines ne sont pas tellement plus vieilles que moi ! On leur prépare des grignotages et des mini-sandwichs avec un thé ou un petit verre de vin de temps en temps. Ça les change un peu.

– Une maison de retraite, lâcha Agatha en plissant le nez. Est-ce qu'ils ne sentent pas tous le chou bouilli et le vieux pipi ?

– Pas à Carsely House, Mrs Raisin. C'est tout à fait propre et moderne, de nos jours. Enfin bref, nous comptons faire de ce déjeuner une petite garden-party.

– Au moins, la météo sera avec vous, fit remarquer Agatha en levant les yeux vers le ciel sans nuages. On a peine à croire que la tempête faisait rage il y a quelques jours à peine.

– C'était terrible, n'est-ce pas ? Et cette pauvre Miss Feldrake ? Tragique !

– En effet. Vous l'avez bien connue autrefois, Doris ?

– C'est beaucoup dire. Elle avait presque mon âge, peut-être un an de moins, comme les deux autres... Mais une année, ça compte beaucoup quand on est encore à l'adolescence, pas vrai ? Maintenant, plus tellement. Le temps passe tellement vite !

– Vous disiez qu'elles se disputaient beaucoup.

– Oh, je pense bien : elles étaient connues pour ça. Plus d'une fois, je les ai vues se crêper le chignon au Red Lion.

– À propos de quoi ?

– Je ne m'en souviens plus, mais si ça vous intéresse – et c'est sans doute le cas puisque vous posez des questions –, je connais quelqu'un qui pourra vous raconter toutes leurs chamailleries de l'époque. Elle était serveuse au Red Lion.

– Ah oui ? J'aimerais bien la rencontrer.

– Alors venez donc à Carsely House à l'heure du déjeuner ! Elle vit là-bas, maintenant. Je suis sûre qu'elle se fera un plaisir de bavarder avec vous. Elle a au moins quatre-vingts ans, mais elle est toujours aussi vive. Et elle adore papoter, cette vieille Elsie. »

Agatha convint de retrouver Doris à Carsely House à midi et demie, puis partit au travail en se demandant quelles intrigues lui seraient servies pendant ce déjeuner chez les petits vieux.

Lorsqu'elle arriva à l'agence, Toni et Patrick bavardaient en buvant un café au bureau de Toni. Aussitôt qu'elle eut dit bonjour à Mrs Freedman, Agatha alla les rejoindre.

« Vous avez donné à Patrick les infos sur Anthony Feldrake ? demanda-t-elle à son assistante.

– J'allais le faire, répondit Toni, qui se tourna vers Patrick. Mary Carstairs a dit à Agatha que la femme d'Anthony était morte et que lui-même avait pris sa retraite. Alors qu'en fait Mrs Feldrake est tout à fait en vie, et on sait maintenant qu'il n'est pas parti à la retraite : il a été viré.

Pour quel motif, ça, on l'ignore encore. Soit sa femme n'en savait rien, soit elle n'a pas voulu le dire. Elle ne veut plus entendre parler du bonhomme.

– Il travaillait où ?

– Il était ingénieur sur des plateformes pétrolières en rénovation, quelque part en Écosse. L'endroit s'appelle, euh… Cromarty Firth, je crois.

– Le Cromarty Firth, ça doit être ça, acquiesça Patrick. J'ai un copain écossais, retraité de la police, qui est parti vivre dans le Nord, à Invergordon. Je lui demanderai de voir ce qu'il peut trouver.

– Donc, nous savons que l'une des deux nous ment, dit Agatha, mais laquelle ? Mary Carstairs ne fait peut-être que répéter ce que Feldrake lui avait raconté.

– Ou alors elle sait, mais elle ment pour le protéger.

– Tout à fait. Cela dit, si elle simulait ses larmes quand elle m'a parlé, c'était un sacré numéro d'actrice. Je veux tout savoir sur Miss Carstairs et ses deux amies *twitchers*. C'est pourquoi vous et moi partons en mission spéciale à Carsely House ce midi, Toni.

– La maison de retraite ? demanda Toni avec une pointe de consternation. Est-ce qu'ils ne sentent pas tous le…

– Pas à Carsely House, la coupa Agatha en brandissant l'index. Tout est absolument moderne, et puis de toute façon c'est une garden-party : on sera dehors. »

Carsely House était un vaste manoir en pierre situé à la périphérie du village. Agatha n'y était jamais allée, principalement parce que la bâtisse était isolée, à l'abri des regards et loin de la route. C'était aussi une maison de retraite : un lieu auquel elle n'avait jamais eu de raisons de s'intéresser. Elle avait toujours été stupéfiée par le nombre d'informations intéressantes qu'elle pouvait récolter au Red Lion, et elle avait parfois entendu les clients du pub évoquer Carsely House. Ils l'appelaient « la salle d'attente du Seigneur », « l'allée des Pots de chambre », ou encore « l'Auberge des adieux ». Ce fut donc une bonne surprise de constater, en arrivant sur place, que les lieux étaient plutôt plaisants.

Le bâtiment principal était une bâtisse campagnarde d'époque victorienne, pimpante et entourée de pelouses bien entretenues, avec des parterres de fleurs le long des murs. Au-delà des pelouses, les massifs cédaient la place à des arbres qui apportaient ombre et intimité. La maison comptait deux étages, et les grandes fenêtres à petits carreaux avaient des huisseries blanches impeccables. À en juger par leur nombre, bien moins élevé qu'à Barfield House, la propriété de Sir Charles dont elle n'avait jamais été capable de compter toutes les fenêtres (Charles soutenait que, de façon mystérieuse, on en voyait plus de l'extérieur qu'on ne pouvait en compter depuis les pièces), Agatha devina qu'il ne devait pas y avoir plus de dix chambres.

Cette configuration ne semblait pas correspondre au nombre de personnes assises autour de tables de jardin dispersées sur la grande terrasse et la pelouse. Il y avait un parking sur un côté de la maison, et Doris Simpson se précipita vers elles aussitôt qu'elles descendirent de voiture.

« Dieu merci, vous voilà, Mrs Raisin, lança Doris, visiblement agitée. Et vous avez amené Mrs Gilmour ! Encore mieux. Deux des aides habituelles de Zoe ont décommandé. Pourriez-vous nous donner un coup de main pour distribuer les sandwichs, ce genre de choses ?

– Faire la serveuse ? demanda Agatha avec consternation.

– Ça nous aiderait beaucoup, l'implora Doris. Les plus ronchons s'énervent si on les fait attendre pendant que d'autres sont servis.

– Bien sûr, on va vous aider, dit Toni en donnant un coup de coude à Agatha.

– Oui, oui... nous pouvons distribuer des sandwichs », céda Agatha non sans réticence. Toni et elle suivirent Doris en direction de la maison.

« J'ai l'impression qu'il y a plus de résidents que ce que peut contenir la maison, dit Agatha.

– Ils ne vivent pas tous dans le bâtiment principal, expliqua Doris en les faisant entrer dans un salon de réception qui n'aurait pas été déplacé dans un hôtel quatre étoiles. Il y a une série de bungalows mitoyens tout neufs derrière, et des petites maisons dans les bois pour les couples mariés. C'est très agréable, ici, vous savez. »

Elles passèrent devant plusieurs salons meublés avec goût avant d'atteindre la cuisine, qui avait des proportions industrielles et affichait une propreté impeccable, tout en acier inox et aluminium. Même là, nota Agatha avec un immense soulagement, on ne percevait pas un effluve de chou bouilli – ni d'autre chose, même moins odorant. Zoe s'en allait vers le jardin avec un plateau et Doris en indiqua deux autres, chargés de mini-sandwichs et de petits fours, prêts à partir.

« Si vous pouviez en prendre un chacune, j'apporterai le dernier. Ensuite, Zoe et moi devrions pouvoir nous débrouiller.

– Laquelle est Elsie la serveuse ? s'enquit Agatha en s'arrêtant à la porte du jardin.

– Dans le fauteuil roulant, à la table sous l'auvent jaune à droite. Et merci, Mrs Raisin. Vous nous sauvez la vie. »

Agatha hocha la tête et partit sauver d'autres vies avec ses petits sandwichs thon-mayonnaise, ses saucisses à cocktails et autres victuailles. Le temps qu'elle ait atteint Elsie en passant de table en table, il ne lui restait plus qu'un sandwich. Elsie leva les yeux vers elle. Si Agatha n'avait pas été informée de son âge, elle lui aurait donné vingt bonnes années de moins. Ses cheveux longs tombaient en vagues argentées sur ses épaules, et son maquillage, appliqué d'une main experte, donnait à sa peau un éclat qui faisait oublier les quelques rides. Même si sa beauté glamour ternissait au soir de sa vie, Agatha se dit qu'Elsie avait dû faire tourner les têtes dans sa jeunesse.

« Merci, Mrs Raisin, lui dit la femme en prenant le sandwich.

– Vous savez qui je suis ! s'étonna Agatha.

– J'ai vécu toute ma vie à Carsely. » Elsie eut un petit rire, laissant les rides jouer autour de ses lèvres et de ses yeux. « Enfin, presque toute ma vie ! Je ne suis pas encore morte, et j'entends tous les potins. Bien sûr, maintenant je ne fais plus que les *entendre*. Quand j'étais un peu plus jeune, c'était de *moi* qu'on parlait ! »

Elle éclata d'un nouveau rire, joyeux, contagieux, si bien qu'Agatha ne put que l'imiter.

« Donc vous imaginez bien que je sais qui vous êtes, Mrs Raisin », continua Elsie avec un clin d'œil apparemment approbateur. Toni apparut alors avec un autre plateau, lui aussi fort dégarni.

« Une part de quiche ? proposa-t-elle.

– C'est Mrs Raisin qui l'a faite ? s'enquit Elsie.

– Non, pas du tout, répondit Agatha.

– Alors je devrais pouvoir y goûter sans danger ! » repartit Elsie avec un nouveau rire.

Toni essaya de ne pas pouffer, échoua, et se détourna pour ne pas croiser le regard de sa patronne. Agatha resta de marbre en comprenant qu'Elsie en savait bien plus sur elle, y compris l'incident de la quiche empoisonnée qui remontait à plusieurs années, qu'elle-même n'en savait sur cette femme.

« Alors, que voulez-vous ? demanda Elsie lorsqu'elle eut fini de rire.

– Comment ça ?

– Je suis assise toute seule ici parce que Doris m'a prévenue que vous voudriez me parler. Vous ne vous êtes jamais intéressée à moi ni à cet endroit : si vous arrivez en demandant à me voir, c'est qu'il doit se passer quelque chose. Quoi donc ?

– Vous devriez travailler comme détective dans mon agence, Elsie ! plaisanta Agatha en s'asseyant prudemment sur une chaise de jardin assez semblable à celles de Margaret Bloxby.

– Et pourquoi voudrais-je travailler pour vous, Mrs Raisin, alors que vous êtes ici, à me servir mon déjeuner et à travailler pour moi ? répliqua la vieille dame avec malice.

– On nous a dit que vous aviez été employée au Red Lion, intervint Toni en s'asseyant aussi.

– Il y a bien cinquante ans de ça, confirma Elsie, qui secoua la tête. Cinquante ans, vous vous rendez compte ?

– Nous aurions besoin d'en savoir un peu plus sur trois jeunes femmes qui fréquentaient l'établissement : Stella Smart, Mary Carstairs et Joan Feldrake. Vous vous souvenez d'elle ?

– Oh oui, je pense bien, dit Elsie avec un sourire. Joan est morte l'autre jour, n'est-ce pas ? C'est bien triste. Je me souviens de ces trois-là quand elles étaient encore adolescentes, sans doute un an ou deux en dessous de l'âge légal pour boire dans le pub – mais le vieux Joe, le patron de l'époque, ne s'en faisait pas trop pour ça : s'il y avait des filles au comptoir, ça voulait dire que des garçons allaient venir leur payer des verres. C'était bon pour les affaires.

– Je suis une habituée du Red Lion, dit Agatha. C'est un bon pub de village, mais il ne m'a jamais fait l'effet d'un endroit pour la jeunesse.

– Ah, mais c'était différent en ce temps-là, Mrs Raisin. » La vieille dame remua un doigt en l'air comme pour rembobiner le temps. « Le lotissement au bout de Carsely venait d'être construit et il y avait beaucoup de jeunes qui cherchaient un endroit où se retrouver. Joan, Stella et Mary n'étaient pas du lotissement, cependant. Elles étaient élèves au lycée privé de Mircester. Elles habitaient dans les grosses villas qui longent la route de Mircester. Au pub, elles jouaient les femmes du monde, commandaient du cointreau avec de la limonade. Joe me disait toujours de veiller à ce qu'elles ne boivent pas trop. Une fois par semaine, c'était soirée disco, ou bien un groupe live. Stevie Sexton est même venu jouer un soir !

– Stevie Sexton ? » Toni semblait sceptique. « Ce n'est pas celui qui a fait des tubes avec "Loving All Night Long" et "Wake Me When It's Over" ?

– Si, c'est bien lui ! Mais vous êtes trop jeune… comment avez-vous entendu parler de lui ?

– Ma… euh… ma mère l'aimait bien, répondit Toni, légèrement embarrassée.

– Ah, ma chère, vous êtes bien gentille de ne pas vouloir me faire sentir mon âge, mais je doute que votre mère ait même été née quand ces chansons étaient des tubes. Votre grand-mère aurait pu être fan ! Il est mort il y a deux ans, deux jours après Burt Bacharach. Bien sûr, si Sexton était dans le bar, c'était uniquement grâce à Mary Carstairs.

– Une pop star s'intéressait à Miss Carstairs ? » Agatha n'en croyait pas ses oreilles.

« Pas à elle en particulier, même si Mary était un beau brin de fille, expliqua Elsie. Elle ne courait pas après Sexton, mais les deux autres étaient folles de lui. C'est pour ça que Mary l'a fait venir.

– Elle a essayé de jeter ses copines dans les bras de Stevie Sexton ? » Toni était intriguée.

Elsie éclata encore de rire. « C'est tout le contraire. Mary avait un job à temps partiel au théâtre de Mircester. Elle rêvait de devenir actrice, mais ça n'a jamais rien donné. Elle travaillait dans les bureaux. Quand Stevie Sexton y a donné quelques spectacles, elle lui a dit que le Red Lion, à Carsely, était idéal pour draguer les filles.

« Bon, le pub était plein le soir où il est arrivé, et beaucoup de jeunes demoiselles, même celles qui avaient un fiancé, hurlaient et se battaient pour avoir un autographe. Ça s'est calmé au bout d'un petit moment. Mary était au bar avec Stella et Joan. Ces deux-là étaient tellement surexcitées que j'ai cru qu'elles allaient se faire pipi dessus. Sexton ne leur a pas adressé la parole. Il ne les a même pas vues. Au bout d'une demi-heure, il est parti avec une blonde à chaque bras. On aurait dit que le monde s'écroulait pour Stella et Joan.

« Mary, par contre, était enchantée. Elle leur riait au nez. Elle savait que ses amies n'étaient pas son genre. Joan, encore, avait une certaine allure avec son épaisse crinière brune, mais Stella était trop banale pour un type comme lui. Mary s'est ensuite fait une joie de leur dire que quand il avait joué au théâtre, il avait eu une fille différente tous les soirs et qu'il n'avait jamais eu un regard pour des godiches comme elles !

– Pas très sympa…, commenta Agatha, perplexe. Je croyais qu'elles étaient amies, toutes les trois. Ce n'est pas digne d'une amie. Pourquoi Marie a-t-elle fait ça ?

– Parce qu'elles se chamaillaient en permanence, Mrs Raisin. C'est sans doute pour ça qu'elles sont restées inséparables. Nous savions tous comment elles étaient, et personne ne voulait les fréquenter. L'histoire avec Stevie Sexton est arrivée après une farce dans laquelle elles m'avaient entraînée.

– Ah ? fit Toni. Comment vous êtes-vous retrouvée mêlée à ça ?

– Stella et Joan m'ont payée dix livres, expliqua Elsie avec dépit. Pas de quoi me payer plus de deux ou trois verres, mais à l'époque cela représentait presque une semaine de salaire pour moi.

– Et qu'attendaient-elles de vous en échange ? demanda Agatha.

– Joan avait un frère, Anthony, qui avait deux ans de plus. Elles voulaient que je l'embrasse. Je n'en revenais pas. Une semaine de salaire pour un petit baiser dans le fond du pub ? Il aurait fallu être folle pour refuser ça. Je ne le connaissais pas, moi, ce garçon. Croyant que ça devait juste être un pauvre gamin qui n'avait jamais embrassé une fille, j'ai dit oui.

« En fait, ce que j'ai appris seulement après, c'est que Mary était amoureuse d'Anthony, et qu'il avait apparemment un gros faible pour elle aussi. Stella et Joan n'avaient pas de petits copains, et Joan ne voulait absolument pas que Mary sorte avec son frère. C'est pour ça qu'elles m'ont donné un billet pour que j'embrasse Anthony. Évidemment, elles se sont discrètement arrangées pour que Mary me voie dans ses bras. Ça lui a brisé le cœur. Il est parti peu après en apprentissage je ne sais où, et Mary n'a jamais retrouvé d'amoureux. Les autres non plus, je crois, mais ça m'a fait de la peine pour elle.

– Si cela peut vous faire plaisir, Elsie, dit Agatha, je vous annonce que Mary et Anthony sont maintenant ensemble.

– C'est vrai ? » La nouvelle parut la réjouir sincèrement. « Si vous les voyez, Mrs Raisin, dites-leur que je suis désolée – pour ce que j'ai fait et pour ce qui est arrivé à Joan –, et que je suis heureuse pour eux. »

Agatha et Toni bavardèrent encore un petit moment avec Elsie, puis prirent congé et regagnèrent la voiture. Toni boucla sa ceinture et tourna les yeux vers Agatha qui était au volant.

« Une semaine de salaire juste pour un baiser ? dit Toni.

– Je vous arrête tout de suite, vous n'êtes pas mon genre !

– Non, je voulais dire…

– Oui, je sais ce que vous vouliez dire, Toni. C'était juste une petite blague, dit Agatha en démarrant.

– D'accord, mais si on me proposait une semaine de…

– N'oubliez pas que vous parlez à votre patronne, Toni, la coupa Agatha en souriant. Je sais combien je vous paie, et je sais que ce serait un baiser très coûteux !

– Exactement. La tentation serait de dire oui tout de suite. Un petit baiser, qu'est-ce que c'est, après tout ? Mais rien n'est jamais aussi simple, n'est-ce pas ? Je me dirais qu'il y a forcément un loup.

– En matière d'hommes, Toni, il y a toujours un loup, confirma Agatha en roulant vers la route principale. Mais le plus important que nous ayons appris de cette chère Elsie, c'est que Mary Carstairs voulait être actrice. Alors… le chagrin et les larmes que j'ai vus, étaient-ils réels, ou Miss Carstairs était-elle candidate aux Oscars ? »

À l'agence Raisin Investigations, Patrick avait déniché des informations intrigantes sur la vie à Tweeting Bottom.

« Un copain à moi qui est au conseil municipal rapporte que les voisins de Joan Feldrake se plaignaient de sa hutte d'observation des oiseaux.

– Je l'ai vue, dit Agatha. Apparemment, ils trouvaient qu'elle leur gâchait le paysage.

– Comme la hutte n'enfreignait aucun règlement, continua Patrick, le conseil ne pouvait pas y faire grand-chose, mais les voisins se plaignaient quand même et le conseil est intervenu pour essayer d'apaiser la situation. Rien n'a été résolu et la hutte est restée en place, mais les voisins ont soudainement cessé de se plaindre. Le conseil recevait des coups de fil, des mails et des lettres tous les jours, et puis d'un coup, plus rien. C'est curieux.

– Ils ont peut-être fini par se lasser, suggéra Toni.

– Ils n’avaient pas l’air du genre à jeter l’éponge comme ça, dit Patrick. Dans certains messages, ils juraient de se battre aussi longtemps qu’il le faudrait pour sc débarrasser de “la verrue”, comme ils l’appelaient.

– Les disputes de voisinage, ça peut faire du vilain, fit remarquer Agatha en réfléchissant à la façon dont les hostilités avaient pu s’envenimer. Mais de là à tuer quelqu’un ?

– Sommes-nous sûrs, déjà, que Joan Feldrake a été assassinée ? Tout indique plutôt un accident.

– Je pense que ce n’est pas aussi simple, trancha Agatha, et je veux avoir le fin mot de l’histoire.

– C’est vous la cheffe, reconnut Patrick avec un rare sourire sur ses traits burinés. Et vous avez déjà eu raison sur ce genre de choses.

– Donc, on continue de creuser. Tweeting Bottom a l’air d’être un petit endroit si tranquille… On en sait plus sur les voisins ?

– Seulement que Joan Feldrake se plaignait de son autre voisin, Edward Chase. Elle trouvait qu’il faisait trop de bruit avec sa musique et que sa camionnette gênait quand il la garait dans la rue. Le conseil a menacé de confisquer ses amplis et ses enceintes. Du coup, c’est lui qui a menacé Joan Feldrake, et la police a dû s’en mêler. Il a reçu un avertissement. C’était il y a plus d’un an.

– Donc, Joan Feldrake avait des problèmes de voisinage, commença Toni en comptant sur ses doigts. Elle avait des problèmes avec ses deux meilleures amies. Son frère a menti et paraît pressé de vendre ses biens. Et puis bien sûr, il y a Guy Fawkes.

– Vous savez, dit Agatha en consignant dans sa tête la liste de Toni, pour quelqu'un qui n'a peut-être pas été tué, la mort de Joan Feldrake fait apparaître beaucoup de suspects de meurtre. Toni, nous devons en apprendre davantage sur ses voisins. Moi, on m'a déjà vue à Tweeting Bottom. Donc il faut que vous trouviez un prétexte pour aller faire du porte-à-porte et poser des questions. Patrick, je sais que vous êtes pris par d'autres dossiers, mais tout ce que vous pourrez dénicher sur Stella Smart et sur Mary Carstairs sera le bienvenu. Pour ma part, je vais me concentrer sur Guy Fawkes… et pour ça, j'ai précisément l'homme qu'il me faut. »

Roy Silver entra dans le bureau, en pantalon de toile vieux rose et chemise à carreaux jaune primevère.

« Je peux faire quelque chose ? demanda-t-il.

– Tu peux m'accompagner à Barfield House dans le cadre de notre enquête.

– Fabuleux, ma chérie ! Je vois que je tombe à pic. Ça doit être grave, pour que tu ailles parler à Sir Charles Fraith ! »

L'allée de rhododendrons qui reliait la grille en fer forgé à la bâtisse de Barfield House ne conservait de sa splendeur printanière que quelques corolles, mais son feuillage projetait une ombre bienvenue. Lorsque la vieille maison devint visible au bout, elle apparut comme toujours impressionnante et décevante à la fois. Impressionnante ne fût-ce que par sa taille, mais décevante en raison de son aspect sinistre. Même en plein soleil, elle parvenait à sembler lasse, déprimée, les nombreuses fenêtres dans leurs huisseries sombres échouant misérablement à l'égayer.

« Une drôle de vieille bicoque, hein ? lança Roy lorsqu'ils s'arrêtèrent sur les graviers près du perron.

– Drôle dans le sens de "étrange", j'imagine, dit Agatha. Si elle était drôle, elle te ferait sourire chaque fois que tu la vois, or ça n'arrive jamais.

– Non. C'est le genre maison qui aurait besoin qu'on lui donne un coup de pied aux fesses et qu'on lui dise d'arrêter de faire la gueule. »

L'énorme porte de chêne s'ouvrit avant qu'ils aient fini de monter les marches, et Gustav, le loyal valet de Charles, les attendit sur le seuil. Gustav avait été le majordome du père de Sir Charles et continuait contre vents et marées de travailler à Barfield House, comme valet, chauffeur, jardinier, homme à tout faire et même cuisinier dans les périodes de vaches maigres. Dans le passé, il avait été un indéfectible allié d'Agatha pour la défense de Sir Charles. Pourtant, aussitôt le calme revenu, il se rabattait toujours sur les catégories sociales. Et du haut de la sienne, il considérait toutes sortes de gens, même certains aristocrates mineurs, comme étant en dessous de lui. L'idylle passée entre Agatha et Sir Charles lui avait été tout simplement intolérable.

« Ah, c'est vous... », dit-il en envoyant à Agatha un regard meurtrier sous ses sourcils noirs, avant de passer lentement à Roy : « ... et lui.

– Arrêtez votre cinéma, Gustav, trancha Agatha. J'ai prévenu par téléphone. Nous sommes attendus.

– Je vous crois, Mrs Raisin, concéda-t-il, même s'il y a un monde entre "attendus" et "bienvenus".

– Charmant, comme toujours, répliqua Agatha en lui tapotant la joue avant de passer. Gardez le sourire, Gustav ! »

Roy la suivit, commença à dire quelque chose, puis sentit le regard assassin de Gustav le frapper comme un gourdin et se ravisa. Agatha l'emmena à la bibliothèque, la pièce préférée de Sir Charles, où elle savait qu'elle le trouverait assis à son vaste bureau, en train de remuer des papiers et de scruter des graphiques.

« Aggie, ma belle ! » Son expression devint radieuse aussitôt qu'elle entra dans la vaste pièce lumineuse. Le plafond était haut, et le mur du fond presque entièrement occupé par des fenêtres et des portes-fenêtres donnant sur la terrasse et le parc paysagé. À la gauche et à la droite d'Agatha, des rayonnages abritaient une vaste collection de volumes anciens et modernes. De même qu'avec les fenêtres à l'extérieur, chaque fois qu'Agatha essayait de les compter elle se lassait avant d'avoir calculé leur nombre. Charles lui avait dit un jour qu'il y en avait « dans les trois mille », même s'il n'avait jamais essayé de les dénombrer et encore moins de les lire. S'il se trouvait sur ces étagères un recueil de conseils sur la manière de s'adresser à Agatha Raisin, il ne l'avait certainement jamais ouvert.

« Combien de fois dois-je te répéter de ne pas m'appeler comme ça ? lui demanda-t-elle, les lèvres pincées. C'est Agatha, pas Aggie, et je ne suis pas "ta belle", mais puisque tu le sais parfaitement, je dois en conclure que tu dis ça pour m'énerver. Eh bien, je refuse de me laisser intimider.

– Et tu as bien raison ! » répliqua Charles en s'approchant d'elle les bras grands ouverts pour une accolade affectueuse. C'était un homme de petite taille aux cheveux fins et blonds et au visage sensible. Gustav veillait à ce que ses chemises soient toujours aussi impeccables que le jour où elles avaient quitté Jermyn Street à Londres, et à ce que ses costards soient aussi superbement rutilants que lors du dernier coup de brosse de son tailleur de Savile Row. « Les vieilles habitudes, tu sais. Mais nous tenons bien trop l'un à l'autre pour nous brouiller à cause de mes petites transgressions. Je vois que tu as amené Roy. Venez donc vous asseoir, mon vieux. »

Charles les installa dans deux énormes fauteuils outrageusement confortables devant la cheminée ornementée. Le feu n'était pas allumé, mais des bûches récemment coupées étaient empilées dans l'âtre, prêtes à réchauffer une conversation douillette autour d'un brandy dès que les soirées fraîchiraient. Agatha tourna les yeux vers une bergère placée près des portes-fenêtres, où était assise la vieille tante de Charles, Mrs Tassy : l'endroit idéal pour lire à la lumière du jour tout en évitant le soleil direct qui lui faisait mal aux yeux. Elle portait comme toujours une robe noire à col montant, et releva la tête pour scruter Agatha de ses yeux bleus et humides. L'ombre d'un sourire passa sur ses lèvres et elle eut un hochement de menton qu'Agatha lui retourna. La vieille dame ressemblait à une relique de l'ancien temps, et se comportait parfois comme telle, mais Agatha et elle étaient arrivées à un certain respect réciproque au fil des années. Cette brève salutation étant faite, Mrs Tassy retourna à son livre.

« Alors, de quoi voulais-tu me parler ? » demanda Charles en prenant place dans un canapé. Il chassa Gustav qui s'affairait autour d'eux, pliant un journal pris sur la table basse et balayant des poussières imaginaires avec un chiffon blanc qu'il avait sorti de nulle part, tel un magicien.

« D'un individu auquel nous nous intéressons dans le cadre d'une enquête en cours, l'informa Agatha, contente que Charles soit allé droit au but.

Nous pensons qu'il peut s'agir d'un de tes fermiers. Il s'appelle Fawkes.

– Ah oui, Gethin Fawkes. En fait, ce n'est pas un de mes métayers. Ses terres sont juste au-delà des miennes, mais je vois tout à fait de qui tu parles. D'ailleurs, j'ai été en contact avec lui plusieurs fois récemment. J'ai proposé de lui racheter une parcelle quand on préparait le vignoble. Claudette disait qu'elle aurait été parfaite. »

Claudette Duvivier était une amie d'Agatha. Elle avait son propre vignoble en France et conseillait Charles sur la culture de la vigne et le développement du château-barfield.

« Je suppose que Mr Fawkes n'a pas voulu vendre ? s'enquit Roy.

– Non, et il a clairement affirmé qu'il ne se séparerait jamais d'aucune de ses terres. Il est devenu un peu agressif quand j'ai insisté, vous voyez, quand j'ai voulu négocier un peu. Du coup, j'ai battu en retraite. Au fil du temps, j'avais entendu plusieurs histoires sur notre Mr Fawkes et son caractère explosif.

– Explosif ? Un mot qui fait naître toutes sortes d'images, dit Agatha en haussant les sourcils. Gethin Fawkes n'est quand même pas un descendant de Guy Fawkes, celui qui a voulu faire sauter le Parlement ? Après tout, c'est un nom de famille assez peu courant.

– Un nom intéressant, en effet, convint Charles. Évidemment, je me suis renseigné autant que je le pouvais sur Mr Fawkes avant de l'approcher…

– Autant que tu le pouvais sans m'appeler, lui fit remarquer Agatha. Tu sais que les vérifications d'antécédents sont l'essentiel de notre travail.

– Ça n'en valait pas la peine, Aggie… atha. » Charles, en voyant sa tête, s'empressa d'enchaîner. « Et je crois que tu étais très prise par le meurtre du Bowling Green à l'époque. J'ai pensé que j'arriverais bien à fouiner par moi-même. J'ai quand même…

– Je sais : tu as été major de ta promo en histoire à Cambridge, soupira Agatha en levant les yeux au ciel.

– Ce n'est pas ce que j'allais dire. Mais simplement, que j'ai un peu de bon sens.

– D'accord, et donc, que t'ont appris sur Mr Fawkes ton bon sens et ton diplôme d'histoire ?

– En fait, je l'ai connu il y a des années, quand je fréquentais les réunions de jeunes fermiers du coin. Fawkes ne se mêlait pas trop aux autres, et certains se payaient sa tête en l'appelant Guido. Je crois qu'il n'allait à ces soirées que pour faire plaisir à son père.

– Il n'était qu'un enfant quand son père est mort, vous savez, fit soudain la voix flûtée de Mrs Tassy.

– Gethin Fawkes ? demanda Roy.

– Non, Guy Fawkes. De la branche des Fawkes du Yorkshire.

– Je ne savais pas que vous vous intéressiez tant à l'histoire, Mrs Tassy, lui lança Agatha.

– On n'atteint pas mon âge sans apprendre deux ou trois choses, Mrs Raisin, répliqua Mrs Tassy en refermant son livre. J'ai vécu moi-même une grande partie de ce qu'on apprend aujourd'hui en classe d'histoire. Mon grand-père s'amusait du fait d'avoir combattu pendant la Grande Guerre avec un major des hussards de York appelé Freddy Fawkes, qui prétendait être un descendant de Guy Fawkes. Par la suite, Freddy est entré au Parlement : il travaillait dans le bâtiment même que son ancêtre avait voulu faire sauter ! Je me souviens de ça.

– La conspiration des Poudres remonte à plus de quatre cents ans, commenta Gustav. Même vous, vos souvenirs ne peuvent pas remonter aussi loin.

– Ça suffit, Gustav, le gronda Charles. Allez plutôt nous chercher du thé.

– Je vais dire à Mrs Roberts de l'apporter, grommela Gustav. Elle doit être capable de trouver la bibliothèque, maintenant, du moment que je la tourne dans la bonne direction.

– Mrs Roberts ? demanda Agatha. Qui est-ce ?

– Une dame un peu perdue que Charles a jugé bon d'engager comme bonne, soupira Mrs Tassy.

– C'est la femme d'un ancien métayer qui, euh… qui traverse une mauvaise période, expliqua Charles.

– Son mari est parti avec le facteur, annonça Mrs Tassy d'un ton factuel. Il paraît qu'ils ont monté une petite exploitation ensemble en Nouvelle-Zélande. Les Fawkes élevaient des zèbres sur leurs terres dans le Yorkshire, vous savez. J'ai toujours admiré cette idée.

– Des zèbres ? C'est vrai ? demanda Roy. C'est adorable !

– Mais pourquoi... Non, rien, dit Agatha. Tout ça ne m'aide pas à mieux connaître notre Mr Fawkes. Il faut que j'aille le voir.

– Pour ça, je peux te faciliter la tâche. » Charles s'approcha de son bureau, décrocha le téléphone, composa un numéro et attendit. « Gethin ? Oui, mon vieux, c'est Charles. Non, je ne vais pas vous embêter à propos de ce champ. J'ai besoin d'un service. Une amie à moi cherche à aider... » Il se tut en comprenant qu'il n'avait pas réfléchi à la manière dont il allait présenter Agatha.

« ... un écrivain, qui fait des recherches pour un roman... », suggéra Roy.

Charles relaya l'information, puis chercha encore l'inspiration.

« ... et qui se documente sur l'élevage des moutons », proposa Roy.

Charles transmit le subterfuge de Roy, se mit d'accord avec Fawkes pour une visite le lendemain matin à condition qu'il ne soit pas question de la parcelle de terrain, puis raccrocha juste au moment où Mrs Roberts arrivait avec le thé. Agatha l'observa attentivement tandis qu'elle traversait la pièce pour venir poser le plateau sur la table basse.

Mrs Roberts semblait approcher de la quarantaine, bien plus jeune que ce à quoi Agatha s'attendait, même si elle ignorait pourquoi elle s'était attendue à quelqu'un de bien plus âgé. Elle avait une masse de cheveux ondulés blond-roux attachés en une queue-de-cheval désordonnée, un visage avenant et pâle, et la silhouette généreuse du genre de femmes avec qui Charles avait trompé Agatha plus de fois qu'elle ne voulait s'en souvenir.

« Attendez, je vais vous aider, Mrs Roberts », dit ce dernier en se levant d'un bond, un peu trop tard pour être utile, mais pas assez pour rater l'occasion de poser doucement une main sur la sienne. Une main qu'elle repoussa.

« Je m'appelle Miss MacNeil, le corrigea-t-elle.

– Pas tant que vous ne serez pas officiellement divorcée, ma chère, lui rappela Mrs Tassy. Jusque-là, vous êtes encore Mrs Roberts. »

L'intéressée claqua de la langue et sortit. Charles la regarda partir, puis se retourna vers sa tante.

« Tu avais vraiment besoin d'être si brutale ? Voilà que tu l'as contrariée !

– Je trouve la vérité rarement aussi contrariante que les faux-semblants et la duplicité.

– Il faut que j'aille voir comment elle va. »

Charles s'élança à sa poursuite, laissant derrière lui un silence momentané qui fut finalement rompu par Roy.

« Avez-vous fait connaissance avec Gethin Fawkes, Mrs Tassy ? » s'enquit-il.

Elle retira ses lunettes. « Pas personnellement, non, mais je connais la triste histoire de sa pauvre épouse. Sa famille tenait une ferme au pays de Galles, et tout leur bétail a dû être exterminé lors de l'épidémie de fièvre aphteuse de 1967.

– Exterminé, répéta Agatha. Un mot qu'on n'entend pas souvent.

– Heureusement ! dit Mrs Tassy. Mais Mrs Fawkes avait entendu toute son enfance des histoires de maladies qui pouvaient être transmises au bétail par des humains, et elle pestait constamment contre les randonneurs qui piétinaient leurs champs. L'inquiétude et le stress l'ont rendue très malade, et elle a fini par mourir d'une crise cardiaque.

– Ça pourrait expliquer la haine de Fawkes envers les intrus, fit remarquer Roy.

– Je pense que cela explique précisément sa haine des intrus », renchérit Mrs Tassy.

Concluant que leur mission était accomplie, Agatha se dit qu'il était temps de partir. Roy et elle tombèrent sur Gustav dans le couloir, d'où il les avait manifestement écoutés.

« Déjà ? fit-il.

– Je suis certaine que c'est bien assez tôt pour vous, Gustav.

– En fait, il y a une chose dont je voulais vous toucher deux mots…, murmura le majordome, visiblement mal à l'aise. Nous avons travaillé ensemble à défendre les intérêts de Sir Charles dans le passé, et…

– Ne dites rien. Ses relations avec Mrs Roberts vous inquiètent.

– Tout à fait. Il lui accorde énormément d'attention. Je ne vois pas bien ce qu'il lui trouve.

– C'est une belle femme, Gustav. Ça me paraît évident, ce qu'il lui trouve.

– Ce n'est pas ça. Il y a autre chose.

– Eh bien, répondit Agatha, si vous découvrez ce que c'est, vous me le ferez savoir. Ou plutôt, non, ne prenez pas cette peine. Je m'en fiche totalement. »

Là-dessus, Roy et elle regagnèrent la voiture. Leur départ fut observé depuis la bibliothèque par Mrs Tassy, avec Charles debout derrière son épaule.

« Qu'est-ce que c'est que ce petit jeu auquel tu joues, Charles ? demanda-t-elle à son neveu.

– Ce n'est pas un jeu, tantine. C'est une stratégie… un plan diabolique !

– Si ton plan est une ruse pour essayer de regagner l'affection de Mrs Raisin, tu joues avec le feu.

– Agatha Raisin veut toujours ce qu'elle ne peut pas avoir, affirma Charles avec un sourire. Peut-être que si j'ai l'air de devenir inaccessible, elle s'intéressera de nouveau à moi.

– Sois très prudent, Charles, l'avertit la vieille dame. On ne badine pas avec Agatha Raisin. »

6

En fin d'après-midi, vers l'heure où les employés de bureau commencent à songer à rentrer chez eux en se demandant quoi faire à dîner et ce qu'il y aura à la télévision, Agatha triait de la paperasse à son bureau en essayant de se rappeler s'il lui restait des lasagnes au congélateur ou si elle avait déjà terminé tous ses surgelés la semaine précédente.

Elle s'était presque décidée à passer chez Harvey's, l'épicerie-bureau de poste de Carsely, pour dévaliser le rayon surgelés sur le chemin du retour, lorsque John déboula à l'agence.

« Je ne m'attendais pas à te voir, dit-elle en venant l'embrasser sur la joue. Je te croyais à Southampton.

– Je suis rentré plus tôt que prévu, répliqua-t-il, radieux, en la serrant dans ses bras. Et comme j'avais un peu de temps, j'ai préparé une fricassée de poulet. Ça te dit de dîner chez moi et de faire un tour sur ma piste de danse ? »

Il la fit tourner et esquisser au mieux un petit pas de valse dans l'espace exigu laissé par son bureau. John avait construit au fond de son jardin un studio avec un parquet juste assez grand pour pouvoir donner des cours particuliers. Ils y avaient passé bien des soirées ensemble, à glisser sur le sol de leur mini-salle de bal personnelle.

« C'est une idée merveilleuse, dit-elle, son envie d'aller chez Harvey's fondant aussitôt tel le givre sur une tourte aux rognons congelée.

– Mais je ne peux pas me coucher trop tard, précisa John en étirant sa nuque d'un air las. Je suis un peu crevé, et nous avons encore une séance d'entraînement avec l'équipe loisirs du paquebot demain.

– Je te promets de ne pas complètement t'épuiser », s'esclaffa Agatha. C'est alors qu'elle vit Bill Wong traverser l'open space. « Ça alors ! Un après-midi de paperasses assommantes, et soudain ce ne sont pas un mais deux beaux hommes qui débarquent. Je suis vernie ! »

Bill sourit aimablement, entra et referma la porte derrière lui, même s'il n'y avait qu'Helen Freedman dans l'antichambre, en train d'enfiler son manteau, prête à prendre son bus pour rentrer à Evesham.

« Il faut que je vous dise un mot, Agatha, souffla-t-il.

– Ça m'a l'air grave, répondit-elle en retournant s'asseoir. John prit le seul autre siège libre, Bill l'ayant décliné, préférant rester debout, appuyé au chambranle.

– Grave, non, pas trop, mais l'inspecteur divisionnaire Wilkes m'a dit de vous avertir de ne pas vous mêler de la mort de Joan Feldrake. En ce qui me concerne, le dossier est clos. Le corps de Miss Feldrake sera remis à son frère demain, ainsi que ses biens personnels. Ce sera la fin de l'histoire, du moins pour la police de Mircester.

– Wilkes est un imbécile, commenta John. Même si la mort de cette pauvre femme est un accident, vos équipes n'ont pas pu boucler toutes les procédures requises en seulement trois jours !

– Je préférerais faire autrement, convint Bill avec un haussement d'épaules. Le dossier présente encore des points d'interrogation qui mériteraient d'être creusés, mais ça ne dépend pas de moi.

– Qu'est-ce qui fait croire à Wilkes que je vais m'en mêler ? demanda Agatha.

– Il sait que vous étiez sur place : ça figure dans mon rapport initial. Et il n'a pas envie que vous alliez fouiller dans ce qu'il s'apprête à laisser glisser.

– Donc, il y a bien des éléments préoccupants dans l'affaire ?

– Je ne peux pas vraiment en parler. J'ai juste reçu l'ordre de m'assurer que vous compreniez bien qu'une enquête de votre part serait mal vue. J'aurais de gros ennuis si je transmettais la moindre information à vous ou à quiconque travaillant chez Raisin Investigations. » Sur ces mots, Bill prit congé et tendit la main à John avant de partir.

« Très étrange, tout ça, dit Agatha en secouant la tête. Ça ne ressemble pas du tout à Bill.

– Ah bon ? fit John avec un petit rire. Il aurait des ennuis s'il donnait des détails à toi ou à ton équipe, mais moi je ne travaille pas à l'agence. » Il ouvrit la main, révélant une plaquette de plastique gris. Une carte mémoire.

« Il vient de te la donner ? »

John fit oui de la tête.

« Quel petit malin ! s'exclama Agatha. Si on lui pose la question, il pourra répondre sincèrement qu'il n'a rien donné à moi ni à mon équipe. Voyons ce qu'il y a là-dedans ! »

Elle glissa la carte dans un port de l'ordinateur portable posé sur son bureau et John vint la rejoindre devant l'écran. Elle fit défiler plusieurs documents, qui contenaient tous de nombreuses pages.

« Le rapport de Bill, celui du médecin légiste, les dépositions des secouristes et quelques témoignages : Anthony Feldrake, Mary Carstairs, Stella Smart.

– C'est bon, tout ça, dit John. Mais ça fait beaucoup de lecture.

– Tu as raison. » Agatha retira la carte et referma son ordinateur. « Le poulet et le slow-foxtrot nous appellent. Ceci attendra. »

Et cela attendit jusqu'au retour d'Agatha chez elle plus tard ce soir-là. Elle nourrit ses chats, se servit un verre de vin et s'installa avec son ordinateur. Elle commença par le rapport de Bill mais, au bout de trois minutes, s'arrêta, clappa de la langue et se leva pour aller chercher crayon et calepin. C'était clair qu'il allait y avoir un déluge d'anomalies qui nécessitaient davantage d'explications, et qu'elle allait devoir faire une liste.

À l'agence Raisin Investigations, le lendemain matin, l'équipe d'Agatha se rassembla dans son bureau. Elle demanda à Simon de parler le premier, puisqu'il devait retourner incessamment au centre commercial. Il était encore plus dépenaillé que le lundi précédent.

« Bon, j'ai vu comment les voleurs s'y prenaient, dit-il. Pour des junkies apparemment complètement défoncés, ils sont vraiment bien organisés.

– Comment ça ?

– Ils sont malins. Ils arrivent avec un plan. Ils sont parfois une demi-douzaine, parfois jusqu'à dix. Un ou deux peuvent être correctement habillés et à peu près propres. Comme ça, les vigiles ne les identifient pas tout de suite. Ils n'entrent jamais quand c'est calme. Ils attendent l'heure du déjeuner, quand les boutiques sont pleines de monde. C'est là qu'ils pénètrent dans le centre commercial, un par un ou deux par deux.

» Ensuite, ils font quelques manœuvres de diversion – un conflit avec une caissière ou une bagarre bidon entre deux d'entre eux –, et c'est là que ceux qui volent passent à l'action dans les boutiques choisies. Ils prennent des articles faciles à empocher – bijoux, parfum, même des chocolats –, et ils s'en vont tous par des sorties différentes. Il y en a tellement ! On peut sortir par le parking, ou par l'entrée principale sur la grand-rue, par au moins trois sorties dans les rues latérales… Comme ça, ils sont déjà loin avant que quelqu'un s'aperçoive du vol.

– Et qu'est-ce qu'ils font de tout ce butin ? s'enquit Toni.

– J'en ai suivi quelques-uns. Les vigiles ne peuvent pas : ils doivent rester sur place. Il paraît que ça poserait des tas de problèmes juridiques s'ils essayaient d'attraper ces salopards dans la rue, surtout s'ils en chopent qui n'ont pas d'articles volés sur eux. Je les ai suivis jusqu'à l'ancienne cathédrale, la partie avec les murs en ruine. Là, ils ont retrouvé un type qui a pris ce qu'ils avaient et qui les a payés en doses de drogue. Tout a une valeur, et je les ai entendus marchander – négocier, je suppose – pour de la "Golden Girl", des "Special K" et du "501".

– C'est du sérieux, conclut Agatha. Je sais que la "Golden Girl" est de l'héroïne et le "Special K" de la kétamine, mais je ne connais pas le… c'était quoi, déjà ? du 501 ?

– Du crack, dit Patrick. Comment arrivent-ils même à procéder ? Ils doivent être dans les vapes la plupart du temps.

– Ce n'est pas toujours la même équipe. Je pense qu'il y a un noyau dur de meneurs, mais que les petits exécutants changent tout le temps. Et ils ne s'attaquent pas qu'au centre commercial. Je les ai vus aussi sortir des magasins de la grand-rue. Bref, partout où ils peuvent se mêler à une foule de gens en train de faire du shopping.

– Des photos de l'individu qui récupère les objets volés ? s'enquit Agatha.

– Désolé, cheffe, mais je ne pouvais pas m'approcher assez sans me faire repérer. Mon téléphone ne capte rien quand j'essaie de zoomer, et je ne peux pas m'encombrer d'un gros appareil photo.

– Essayez ça, dit Agatha en prenant une boîte dans un tiroir de son bureau. Je me le suis fait livrer l'autre jour. C'est un télescope monoculaire. Vous pouvez l'emporter dans votre poche et le fixer à votre téléphone pour les photos à longue distance. Mais ne prenez pas de risques, Simon. Si vous arrivez à obtenir un cliché ou deux, on les passera à la direction du centre commercial avec notre rapport, en leur recommandant de contacter la police de Mircester.

– Cool, lâcha Simon en examinant l'appareil. Je vais essayer. » Il partit se préparer pour une nouvelle journée au centre commercial.

Patrick exposa ensuite ses découvertes à propos de Joan Feldrake. « Elle a travaillé des années chez Boddington, un cabinet de comptables à Mircester. D'après ma source à la chambre de commerce, elle avait même des parts dans la société. Le jour où deux des premiers directeurs du cabinet ont décidé de partir à la retraite, ils ont proposé de vendre les leurs aux autres actionnaires. Joan en a acheté et le reste a fini par être acquis par Stella Smart, à qui sa tante avait laissé des parts des années auparavant. Feldrake a ensuite revendu les siennes à Smart, qui est devenue actionnaire majoritaire du cabinet : en gros, elle en a repris les rênes. Feldrake, à ce moment-là, avait assez d'argent en banque pour prendre une retraite anticipée.

» Les patrons du cabinet, Keith Boddington et son cousin Alan Trimble, étaient furieux. Ils avaient perdu le contrôle sur leur affaire familiale. Stella Smart a ensuite commencé à initier des changements et à presser l'entreprise comme un citron. Elle n'est pas aimée du tout chez Boddington and Trimble, et Joan Feldrake ne l'était pas non plus. »

Agatha soupesa ces informations. « Hmm... Encore des suspects potentiels qui en veulent à Joan Feldrake. Voyez si vous pouvez trouver le moyen de décrocher un rendez-vous chez Boddington and Trimble, Patrick. Qui aurait cru qu'une vieille fille d'âge mûr, du joli petit Tweeting Bottom, pouvait avoir autant d'ennemis ?

– À propos de Tweeting Bottom, intervint Toni en montrant un badge attaché à un tour de cou, j'y vais ce matin. Je suis chercheuse universitaire en anthropologie sociale et je mène une étude sur les relations de voisinage dans les communautés rurales. »

Elle portait un simple tee-shirt blanc uni, un short en jean très court et des baskets. Agatha lui envoya un regard qui frisait la réprobation. « Vous y allez habillée comme ça ?

– Il faut bien avoir le physique du rôle, se défendit Toni en dépliant une paire de grosses lunettes qu'elle posa sur son nez avant de ramasser un porte-bloc bleu. Et dans mon sac j'ai mon téléphone, mon rouge à lèvres et une bombe lacrymo homologuée.

– Passez-moi un coup de fil après chaque visite, insista Agatha, et soyez prudente. Vous restez sur le seuil. N'entrez pas dans les maisons. Gardez en tête que vous serez épiée pendant tout le temps que vous passerez à Tweeting Bottom, mais que vous ne pourrez compter sur personne pour vous aider si vous avez des ennuis. Restez sur vos gardes à chaque porte. »

Toni acquiesça et Agatha s'empara de son calepin.

« J'ai trouvé dans les rapports officiels sur la mort de Joan Feldrake certains détails qui ne collent pas. Le premier est que Stella Smart dit avoir reçu un message signalant une paruline à tête cendrée, mais qu'elle ignore de qui il venait. Anthony Feldrake et Mary Carstairs affirment que Joan aussi avait reçu ce message.

– C'est inhabituel ? s'étonna Patrick. J'imagine que la nouvelle d'une observation rare doit se répandre rapidement dans la communauté des amateurs d'oiseaux.

– Certes, convint Agatha. Mais alors, pourquoi n'y avait-il aucun autre *twitcher* sur place ? Quelques coups de téléphone ce matin nous ont suffi à confirmer qu'aucun groupe d'ornithologues amateurs n'avait entendu parler d'une paruline à tête cendrée dans la région. D'ailleurs, la nouvelle les laissait très dubitatifs. Il faut que nous sachions qui a envoyé ces messages.

– Vous pensez que Miss Feldrake et Miss Smart auraient été attirées là-bas par la ruse ? Une sorte de guet-apens ? demanda Toni.

– C'est possible, dit Patrick. Ou alors, ça peut être Smart qui a attiré Feldrake sur les lieux. Mais même si c'était un piège, comment s'y prend-on pour tuer quelqu'un en l'écrasant sous un arbre ?

– Voici le rapport du médecin légiste, dit Agatha en faisant glisser des papiers vers ses collègues. Il y avait des fragments d'écorce dans la plaie à la tête de Feldrake. De l'écorce de chêne, alors qu'elle gisait sous un hêtre. »

Patrick lut le passage concerné, puis poussa le rapport sur le côté. « J'ai déjà vu de gros arbres tomber, dit-il. Ils entraînent avec eux des branches et des débris d'autres arbres. Le hêtre était peut-être emmêlé à un chêne.

– Peut-être, dit Toni. Ou peut-être que quelqu'un a fendu le crâne de Miss Feldrake avec une branche de chêne, puis a poussé son corps sous le hêtre tombé pour faire croire à un accident.

– Et ce n'est pas tout, continua Agatha. Anthony Feldrake et Mary Carstairs ont affirmé avoir eu Joan au téléphone quand elle était dans les bois. Selon eux, ils voulaient qu'elle les rejoigne au Feathers. Elle a promis de le faire, mais n'est jamais arrivée et a cessé de répondre aux appels. »

Agatha fit encore glisser deux pages sur le bureau.

« Voici une liste des vêtements et effets trouvés sur et à proximité du corps de Joan Feldrake. Vous voyez ce qui manque ? »

Toni et Patrick scrutèrent la liste. Patrick fronça les sourcils tandis que Toni ouvrait de grands yeux.

« Pas de téléphone ! dit-elle. Où est-il passé ?

– Soit il est toujours là-bas, raisonna Patrick, perdu dans la boue, les feuillages et les débris au sol, soit…

– Soit c'est son meurtrier qui l'a pris ! s'exclama Agatha. Peut-être pour s'assurer que personne ne voie le message concernant la paruline, ou peut-être pour empêcher qu'on découvre autre chose dans l'appareil. En tout cas, c'est un mystère. Je vais aller jeter un œil sur place aujourd'hui, aussitôt que j'aurai vu Gethin Fawkes avec Roy. »

Comme par magie, Roy Silver fit alors son entrée dans le bureau.

« Vous avez dit Roy Silver, le célèbre auteur ? » demanda-t-il avec un geste théâtral.

Il portait un chapeau mou en feutre noir décoré d'une plume rose, une veste en cuir noir sur une chemise noire sans col, une écharpe rose autour du cou, un jean noir et des boots rose fluo à talon biseauté. Tout le monde le contempla un instant sans un mot. Agatha prit conscience qu'elle avait la bouche ouverte, et la referma.

« Quoi ? C'est bien notre couverture, non ? se justifia Roy en la regardant bien en face. Je suis écrivain et tu m'aides dans mes recherches... sur les moutons...

– On voit que tu as travaillé le personnage, finit par lâcher Agatha. Le chapeau et l'écharpe font peut-être un peu trop déguisement... et... ces boots ne sont pas idéales pour la ferme.

– Je sais ! dit Roy en retrouvant tout son enthousiasme. C'est pourquoi j'ai apporté ceci. » Il montra alors une paire de bottes en caoutchouc noires décorées de licornes roses. « Je les mets quand je donne un coup de main au club hippique.

– Oublie le chapeau et l'écharpe, dit Agatha juste au moment où son téléphone se mettait à sonner. Et prends vite un café, Roy. On s'en va dans dix minutes. »

Les autres sortirent et elle décrocha. C'était Stella Smart. « Mrs Raisin, dit-elle dans un murmure angoissé, il faut que je vous parle. C'est à propos de Joan. Ils l'ont *tuée* !

– Qui l'a tuée, Miss Smart ?

– Je ne peux rien vous dire maintenant. La police refuse de me croire, mais je sais que vous pourrez m'aider. C'est une histoire d'argent et de vengeance ! Je suis la prochaine sur leur liste. Il me faut des preuves. Je viendrai vous voir cet après-midi. »

Elles convinrent de se retrouver à l'agence en fin de journée et Smart raccrocha. Agatha resta immobile, le regard fixe, le temps de laisser retomber les débris de cette nouvelle explosive pour pouvoir organiser ses idées.

« Un appel difficile ? s'enquit Toni à la porte du bureau. J'ai bien entendu le mot "tuée" ?

– En effet, dit Agatha, qui lui résuma la conversation. Soit un de nos suspects potentiels essaie de nous envoyer sur une fausse piste, soit tout se complique nettement. »

À Tweeting Bottom, Toni gara sa petite auto devant la maison d'un des voisins immédiats de Joan Feldrake, celui de droite. Sans doute celui dont Miss Feldrake se plaignait à cause du bruit et d'une camionnette encombrante, se dit-elle en approchant de la porte. Tout semblait calme lorsqu'elle sonna, et il n'y avait aucune camionnette en vue. Elle remonta les lunettes sur son nez. En réalité, elle y voyait très bien et celles-ci avaient des verres neutres, mais malheureusement elles lui gênaient quand même légèrement la vue. Quand la porte s'ouvrit, elle baissa la tête sur son porte-bloc pour réciter sa présentation.

« Bonjour, je travaille au département d'anthropologie sociale de l'université et nous menons une étude sur... » Elle se tut, interloquée, en voyant un homme grand et svelte aux cheveux blonds incroyablement brillants, longs jusqu'aux épaules. « Stevie Sexton ?

– Vous tapez à la bonne porte, ma belle ! » Il éclata de rire en écartant les bras comme pour recevoir un tonnerre d'applaudissements.

Toni battit des paupières, regarda par-dessus ses lunettes les traits tirés et les yeux ridés qui ne collaient pas avec la jeunesse de la chevelure. Il hésita devant son expression perplexe.

« Ça ne marche pas, hein ? dit-il en retirant la perruque, révélant des cheveux grisonnants coupés à ras. À l'heure qu'il est, je suis obligé de revoir mon look. Je peux encore sortir la voix du jeune Sexton, mais pas sa tête.

– Sortir sa voix..., répéta Toni qui commençait à comprendre. Vous êtes un imitateur de Stevie Sexton ?

– J'aime à me voir comme un artiste d'hommage plutôt qu'un imitateur, corrigea-t-il, très aimable, en lui faisant signe d'entrer. Je gagne encore quelques billets en me produisant ici et là dans des pubs et des clubs. Vous venez à l'intérieur ?

– Je… euh… je n'ai pas le droit, dit-elle en lui montrant le faux badge avec son faux nom, Kate Carpenter. Je suis venue vous questionner sur le voisinage et les problèmes de tapage, ou bien…

– Oh ça, j'en ai eu, des problèmes de tapage, dit-il en lui tendant la main. Eric Spalding. Le problème, c'est que c'était moi qui faisais du boucan !

– À cause de votre musique ?

– Oui, la voisine d'à côté – elle est morte dans un accident ce week-end – se plaignait au conseil municipal parce que je répétais ici. Elle se plaignait aussi de ma camionnette. J'ai un stand au marché, donc j'en ai besoin pour ça, et aussi pour trimballer mon matériel de Stevie Sexton.

– Je ne la vois pas, indiqua Toni en regardant derrière elle.

– Je suis le dernier au bout de la rue, et il y a un chemin sur le côté. Je la gare là, à l'abri des regards.

– Le conseil municipal vous a-t-il forcé à cesser vos répétitions ?

– Bah, non, dit l'homme, toujours souriant. J'ai insonorisé ma pièce de fond : maintenant, je peux chanter tant que je veux, en écoutant la bande-son au casque. Je vous montre, si vous voulez.

– Non, merci, monsieur Spalding. Donc à la fin, vous vous êtes réconcilié avec votre voisine ?

– Je ne la voyais pratiquement pas. Nous n'avions pas d'atomes crochus. Je la trouvais un peu guindée, un peu bêcheuse, si vous voyez ce que je veux dire. Mais c'est moche, ce qui lui est arrivé. Ça a dû être affreux. »

Toni le remercia et se dirigea vers la porte de Joan Feldrake.

« Personne ne vous ouvrira », lui lança une voix venue de la maison de gauche.

Toni, tournant la tête, vit un homme d'une cinquantaine d'années, en cardigan beige et pantalon informe en velours côtelé, debout sur son perron.

« Les occupants ne sont pas chez eux ?

– Joan est décédée il y a quelques jours, l'informa le voisin, et son frère n'est pas là en ce moment.

– Puis-je vous parler un instant ? » enchaîna Toni en se hâtant vers chez lui. Une fois à sa porte, elle lui montra son badge et expliqua l'objet de son étude. L'homme se présenta : Mr Bellingham.

« Aviez-vous de bons rapports avec Miss Feldrake ? demanda Toni.

– Nous étions très bons amis, lui assura Bellingham. Quand elle s'absentait pour une raison ou pour une autre, Jan nous laissait ses clés pour que nous puissions garder un œil sur sa maison. » Puis il baissa la voix et hocha le menton en direction de chez Spalding. « L'autre au bout, par contre, elle ne l'a jamais vraiment senti. Un drôle de type. Qui travaille sur les marchés. Pas le genre qu'on s'attend à trouver à Tweeting Bottom. Il était le calvaire de Joan. Elle disait souvent qu'elle avait de la chance de nous avoir quand ça tournait au vinaigre avec lui. Elle disait que nous étions ses plus proches amis – depuis toujours, depuis qu'on s'est installés ici. »

Il mentait. Même si elle était encore loin d'avoir le sixième sens d'Agatha pour repérer le mensonge, Toni savait que Bellingham ne disait pas la vérité. Sa femme et lui s'étaient plaints sans discontinuer de la hutte d'observation de Joan Feldrake. Ils n'étaient certainement pas ses meilleurs amis.

« Qui est-ce, Mike ? » Une femme, Mrs Bellingham sans doute, apparut dans l'entrée derrière son mari. Bien qu'ayant à peu près son âge, elle était habillée plus à la mode, avec des cheveux bruns mi-longs et ondulés, et un maquillage impeccable. Toni se présenta une nouvelle fois.

« Je doute que vous arriviez à parler à qui que ce soit d'autre à Tweeting Bottom, dit Mrs Bellingham. Les gens tiennent à leur tranquillité. Même s'ils sont là, la plupart n'ouvriront jamais à une inconnue. »

Malgré ce conseil, Toni continua sa tournée des maisons autour de l'espace vert central. Elle avait déjà parlé aux voisins les plus intéressants mais devait continuer de se faire passer pour une chercheuse en sociologie. À toutes les portes où elle sonna, ses conversations avec les Bellingham et avec Spalding restèrent au premier plan dans sa tête, et les notes qu'elle continua de prendre concernaient exclusivement les voisins immédiats de Joan Feldrake.

Agatha et Roy gravirent un chemin de terre caillouteux pour rejoindre la ferme de Gethin Fawkes. Roy était au volant. Agatha avait passé plusieurs coups de fil en route, y compris à Charlotte Clark pour la tenir au courant. Fawkes, qui les avait vus arriver, les attendait dans la cour. Un border collie noir et blanc était sagement assis à ses pieds, les oreilles dressées, ses yeux noisette ne quittant pas le véhicule qui approchait.

Agatha observa les environs en descendant de voiture. Il y avait un petit corps de ferme en pierre, au toit d'ardoises et non de chaume comme celui d'Agatha dans Lilac Lane. À côté se trouvait une petite grange, derrière laquelle on apercevait un autre bâtiment. Au-delà, des champs couvraient une colline et descendaient vers un bois où Agatha savait qu'il coulait une rivière, même si le cours d'eau était invisible de là où ils se trouvaient. C'était dans ce bois que Joan Feldrake avait connu un sort tragique.

Agatha se présenta ainsi que Roy, qui avait apporté un calepin et un crayon pour ressembler le plus possible à un écrivain pressé de tout savoir sur la vie à la ferme. Elle constata avec plaisir que Fawkes portait une vieille veste en toile enduite avec un tee-shirt, un jean et des bottes en caoutchouc. Avec plaisir, parce qu'elle aussi portait une veste en toile enduite, mais neuve. Il faisait assez bon pour qu'on puisse se passer de veste, mais c'était une pièce de l'uniforme de campagnard qui, espérait-elle, pourrait contribuer à créer un lien entre eux. Sa jupe était en coton vert uni, s'arrêtait juste au-dessus du genou, et était assez ample pour une marche dans la campagne.

Contrairement à Piper, le labrador de Tamara, le chien de Fawkes n'avait pas fait un mouvement vers eux. Pas un aboiement, ni pour les accueillir ni pour les mettre en garde, mais il ne les quittait pas des yeux. Fawkes toisa Agatha et Roy d'un seul regard, qui s'arrêta sur leurs pieds. Ni ses talons à elle ni les boots fluo de Roy n'étaient adaptés pour piétiner à travers champs.

« Nous avons des bottes dans le coffre », précisa Agatha. Fawkes eut un hochement de tête qu'elle prit comme un encouragement à changer de chaussures, ce qu'ils firent.

« Je ne reçois pas beaucoup de visiteurs – pas beaucoup qui soient les bienvenus, en tout cas », dit Fawkes. Il claqua des doigts à l'attention de sa chienne. « Viens, Molly. »

Fawkes et Molly partirent devant, traversant la cour et franchissant un talus couvert d'herbes folles pour rejoindre un large portail métallique. Au-delà, un pré en pente montait sous le soleil, et des moutons y broutaient tranquillement.

« Quels sont ces visiteurs que vous ne voulez pas voir, Mr Fawkes ? s'enquit Roy.

– Les gens comme vous, en gros, répondit l'homme d'un air maussade. Des gens qui n'ont rien à faire sur mes terres.

– Quelques promeneurs ne peuvent pas faire grand mal, quand même.

– Les gens qui se baladent d'un champ à l'autre, d'une ferme à l'autre, peuvent diffuser toutes sortes de maladies dans les troupeaux, grogna Fawkes. Et les intrus amènent des chiens. Molly est dressée pour travailler avec mes bêtes, mais les chiens des autres peuvent pourchasser et tuer des moutons ou même des vaches. J'ai absolument le droit de leur tirer dessus.

– De tirer sur les gens ? fit Roy, légèrement choqué.

– Malheureusement non. Juste les chiens.

– Nous ne sommes pas venus en intrus, fit remarquer Agatha. Nous avons cru comprendre de Sir Charles Fraith que vous nous réserveriez un bon accueil. Je croyais qu'il était votre ami.

– Nous ne sommes pas amis. Les types comme lui ne copinent pas avec les types comme moi. Ils voudraient qu'on s'incline et qu'on s'aplatisse devant eux. Ils ne veulent pas de nous comme amis. Ils se considèrent comme supérieurs, depuis la nuit des temps.

– Alors vous n'aimez pas Sir Charles ? demanda Roy.

– Ce n'est pas ce que j'ai dit. Il n'est pas le pire de ces snobinards de la haute. Il est correct, je veux bien le lui reconnaître. Il m'a proposé un bon prix pour la parcelle qu'il voulait acheter, même si elle n'était pas à vendre. Après votre visite, je devrais être débarrassé de lui. C'est le marché qu'on a passé.

– Vous savez, Mr Fawkes, dit Agatha qui commençait à se fatiguer de cette attitude. Cette visite – votre part du marché passé avec Sir Charles – se passerait bien mieux si vous pouviez au moins essayer d'être un peu aimable.

– Vous l'aurez, votre visite, lâcha Fawkes d'un air furieux. Vous pourrez me poser vos questions, et ensuite au revoir.

– Ça vous ferait vraiment mal d'essayer au moins d'être poli ?

– Vous, les riches citadins, vous êtes une bande de bons à rien ignorants, hein ? Vous débarquez ici avec votre argent, vous vous achetez une maison de campagne, vous faites tellement monter les prix que les gens du coin qui vivent sur un salaire normal ne peuvent même pas se payer une bicoque ! »

Agatha battit des paupières, légèrement décontenancée par sa véhémence, puis sentit son dos se raidir tandis qu'il continuait sa tirade.

« Et ensuite vous repartez dans vos beaux appartements en ville, laissant votre petite maison de campagne vide pendant des semaines d'affilée alors que les gens d'ici ne trouvent pas à se loger. Vous me dégoûtez, voilà ! »

Agatha inclina légèrement la tête sur le côté. Elle prit une grande inspiration et la garda. Une vague de colère montait en elle depuis la région de sa ceinture. Pour qui se prenait-il, ce rustre, pour lui parler ainsi ? Il ne savait rien d'elle ! C'était lui, l'ignorant ! Fawkes poussa sur le portail juste assez pour passer et s'écarta sur la gauche, sa chienne se faufilant derrière lui. Puis il laissa le puissant ressort refermer brutalement le battant, juste au moment où Agatha avançait. C'était la version en plein air d'un claquement de porte au nez.

« Vous ne comprenez absolument rien à la terre ni à notre façon de vivre, continuait Fawkes, et vous vous en foutez ! Vous n'êtes qu'une bande d'égoïstes ultra-privilégiés, de...

– Ça suffit ! éclata Agatha, incapable de se contenir plus longtemps. J'en ai rencontré dans ma vie, des abrutis aigris et malfaisants, mais c'étaient tous des saints comparés à vous ! C'est vous qui ne comprenez rien ! Vous êtes un imbécile si vous pensez que les gens comme moi se fichent de la campagne ! Je vis à Carsely, à l'année, parce que j'aime cet endroit. Je dirige une entreprise qui emploie des gens d'ici, et je les paie bien pour qu'ils puissent vivre à l'aise et s'acheter une maison s'ils le veulent. J'aime les gens de cette région, et la plupart ont du cœur et de l'intelligence. Vous êtes l'une des exceptions. Vous êtes aussi borné et inutile qu'une vieille brique. Non, même pas : même une vielle brique peut au moins tenir un portail ouvert ! »

Elle poussa ledit portail de toutes ses forces, et il ne bougea pas d'un iota. Roy se pencha et souleva le loquet. Agatha chargea en plein milieu tandis que Roy franchissait le passage par la gauche, comme l'avait fait Fawkes. Agatha lâcha le battant, qui claqua derrière elle. À ce moment-là seulement, elle prit conscience qu'elle était debout les deux pieds dans une profonde flaque de boue. Elle voulut avancer vers Fawkes et Roy, mais son pied droit était si profondément enfoncé qu'il ne pouvait pas bouger. Elle tira de toutes ses forces sur sa jambe gauche : son pied jaillit de sa botte et s'envola dans un mouvement de danseuse de french cancan. Basculant lentement en arrière, elle agita frénétiquement les bras comme pour nager vers la position debout. En vain. Elle chuta à plat dos dans la gadoue et son pied gauche déchaussé plongea sous la surface. La sensation de la fange gluante entre ses orteils lui arracha un gémissement étouffé.

« C'est un peu boueux au milieu, là où il y a le plus de passage, dit Fawkes. J'imagine que vous voulez rentrer chez vous, maintenant que vous êtes toute crottée. »

Agatha releva la tête, tâcha de s'asseoir, et le regarda entre des paupières aussi pincées que ses lèvres. Elle vit Molly au pied de Fawkes, et eut la certitude que la chienne souriait.

« Je ne rentrerai pas », déclara-t-elle. Sa mauvaise humeur s'était évaporée en même temps que sa dignité avait sombré dans la boue. Elle n'éprouvait plus qu'un calme étrange, apparemment provoqué par cette matière molle. « Je resterai ici jusqu'à ce que nous ayons tout vu. N'allez pas croire qu'un peu de terre va me décourager, Mr Fawkes ! »

Roy esquissa un geste pour l'aider, mais Fawkes s'interposa. Il tendit une main à Agatha.

« J'admire votre cran, Mrs Raisin », dit-il.

Elle serra brusquement les genoux pour s'assurer qu'il n'admirait pas autre chose et prit la main tendue. Il la hissa sur ses pieds, puis la souleva doucement pour la reposer à côté de Roy sur la terre ferme. Ensuite, il alla chercher ses bottes dans la gadoue et les posa au sec devant elle. Molly semblait fascinée par tout ce manège.

« La veste a reçu l'essentiel de la boue, je vais la laisser ici pour l'instant », déclara Agatha en la retirant pour la suspendre à la clôture. Puis elle passa une main sur son derrière pour le nettoyer tant bien que mal. « Je suis parfaitement capable de gérer le reste. »

Elle essuya son pied souillé avec un mouchoir en papier fourni par Roy, et en accepta un autre pour s'essuyer la main. Puis, la tête haute, elle remit ses bottes.

« On vous suit, Mr Fawkes, lança-t-elle. Faisons-la, cette visite. »

Ils gravirent la colline jusqu'à un point de vue d'où Fawkes put leur montrer l'ensemble de ses terres.

« En tout, j'ai presque cinquante hectares. J'ai jusqu'à six cents moutons sur la colline, et un petit troupeau de vaches à lait dans les pâtures en bas. » Il pointa du doigt une construction proche du corps de ferme. « Là, c'est l'étable de traite, et la grosse grange me sert surtout à entreposer le fourrage. »

La grosse grange se trouvait entre l'étable de traite et la maison. Il y en avait une plus petite à sa gauche.

« Et cette petite grange à côté de la maison ? s'enquit Roy. Elle sert à quoi ?

– Ça, c'est privé, Mr Silver. Ça ne regarde que moi. »

Pendant qu'ils marchaient sur le coteau, quelques brebis s'approchèrent et se dirigèrent tout droit vers Fawkes.

« Doucement, Molly », dit-il. La chienne s'allongea aussitôt sur l'herbe, sans quitter les brebis des yeux. Celles-ci ignorèrent Agatha, Roy et la chienne et allèrent fourrer leurs têtes entre les mains de Fawkes. Il chercha dans sa poche des morceaux de carottes à leur donner.

« C'est une friandise pour elles, dit-il en souriant à ses bêtes. L'essentiel de ce dont elles ont besoin se trouve ici, sur ce coteau. Il leur faut un peu de foin pendant l'hiver, peut-être un peu de grain pour les agneaux, mais à part ça, elles ont tout ici. De l'ensemble du bétail, ce sont elles qui ont la vie la plus saine. On ne peut pas les garder à l'intérieur. Elles ont besoin d'être dehors tout le temps : c'est là qu'elles sont bien. »

Agatha l'observait. Il paraissait un autre homme quand il s'occupait des animaux.

« Tous ces moutons, ça doit produire beaucoup de laine, Mr Fawkes, fit observer Roy, prêt à prendre des notes.

– Oui, mais ça ne rapporte pas grand-chose. Une seule de mes brebis peut donner 4,5 kilos de laine par an, mais j'ai de la chance si j'en tire 40 pence le kilo certaines années, parfois moins. À ce prix-là, ça ne paie même pas le tondeur qui vient m'aider.

– Pourtant, la laine est chère à l'achat, dit Agatha. J'ai un pashmina en cachemire qui m'a coûté les yeux de la tête.

– Le cachemire, c'est du poil de chèvre, Mrs Raisin. » Un petit sourire satisfait passa sur les lèvres de Fawkes lorsqu'il vit son expression stupéfaite.

« De chèvre ?

– Mais oui. C'est une belle laine, comme beaucoup de laines de mouton. Le produit fini coûte cher, mais seule une très petite portion revient à la ferme.

– Vous ne pouvez pas juste leur laisser leur laine ? demanda Roy. Pour éviter les frais de tonte ?

– Ce serait mauvais pour elles, Mr Silver. Vers cette époque de l'année, les mouches vertes, entre autres, pondent dans les toisons mal entretenues, et une fois éclos, les asticots s'attaquent à la chair de l'animal. Non, il faut les tondre et les traiter pour les préserver de ces nuisibles.

– Donc ces moutons-là sont pour la boucherie, dit Roy en regardant l'une des bêtes lécher la poche de Fawkes, espérant une nouvelle friandise.

– Une fois un peu plus grands, une partie des agneaux vont finir en gigot du dimanche, confirma Fawkes. J'en garde d'autres pour améliorer mon troupeau. J'ai une douzaine de béliers de concours dans le pré là-bas. » Il montra une autre partie du coteau. « Je dois les séparer des brebis pour contrôler le cycle des saillies et de l'agnelage.

– Ce n'est pas loin de chez Jessica Barnes, non ?

– Ne me parlez pas de cette bonne femme, grogna Fawkes. Ses petites princesses dorlotées sont une plaie. Comme ses clôtures sont dans un état lamentable, elles n'arrêtent pas de traverser pour aller batifoler avec mes béliers. Je les remets là-bas quand je les trouve et j'essaie de boucher les trous, mais j'ai mieux à faire de mon temps que m'occuper de sa petite ménagerie. Sans le savoir, elle va se retrouver avec des brebis en cloque.

– C'est vous qui faites tout le travail sur la ferme ? s'enquit Agatha.

– Quelques gars du coin viennent me donner un coup de main de temps en temps, surtout à l'époque de l'agnelage. Mais je n'ai pas de quoi payer beaucoup de main-d'œuvre. C'est à peine si je gagne ma croûte.

Ils redescendirent la colline, virent les vaches dans leur enclos et l'étable de traite, puis Fawkes les entraîna dans un petit détour qui les fit passer devant la grosse grange, mais bien à l'écart de la petite qu'il avait qualifiée de « privée ». Ils se dirent au revoir devant la voiture, après quoi Fawkes retourna vers sa maison. Debout sur le seuil avec Molly, il les regarda reprendre le chemin et quitter ses terres.

« Je pense que le mystère des brebis baladeuses de Jessica est résolu, dit Agatha. Et je ne suis plus si certaine que Gethin Fawkes ait quelque chose à voir avec la mort de Joan Feldrake.

– Je n'arrête pas de repenser à ces brebis frottant leur museau contre sa poche, dit Roy en engageant la voiture sur la route de Carsely. Trop mignonnes ! Je vais devoir me faire végétarien, je crois bien.

– Tu crois ? fit Agatha, incrédule. Je t'ai vu te goinfrer de saucisses au barbecue de Tamara.

– Mmmm... Je pourrais peut-être devenir végétarien avec une exception pour les saucisses... et les sandwichs au bacon. Car enfin, comment peut-on résister à un sandwich au bacon ? D'ailleurs, j'ai un petit creux...

– Conduis-moi chez moi, Roy, soupira Agatha. Il faut que je me change pour qu'on aille jeter un coup d'œil à la scène de crime.

– C'est encore un meurtre, alors ?

– Évidemment ! Gethin Fawks est toujours un des suspects, et on en a plein d'autres sur la liste. Nous enquêtons toujours sur un meurtre, Roy. Je te parie ton prochain sandwich au bacon que c'en est un. »

7

Roy resta au soleil dans le jardin pour essuyer gentiment la boue de sa veste en toile enduite, puis il joua avec les chats, pendant qu'Agatha se changeait en haut. Elle envisagea de mettre sa jupe au pressing, mais se ravisa. La jupe alla directement à la poubelle, comme l'avait fait le pantalon blanc taché de gelée de fraise.

Elle essaya une robe d'été blanche à fines bretelles et boutons en bois. Debout devant le miroir, elle fut très agréablement étonnée par le résultat. Elle l'avait achetée des mois plus tôt sur un coup de tête et craignait de ne plus avoir la silhouette pour ce type de vêtement, tout en elle ayant tristement commencé à migrer vers le bas. Ce n'était pas le genre de robe avec laquelle on pouvait mettre un soutien-gorge, mais le bustier était assez ajusté pour tout maintenir en place sans trop en révéler. Une robe fraîche et estivale. Elle sourit, ce qui ajouta encore une touche d'éclat.

« Tu es sensationnelle, ma chérie ! s'émerveilla Roy lorsqu'elle sortit dans le jardin. Mais ce n'est pas vraiment une tenue pour aller au travail, si ?

– On ne va pas au travail, Roy, dit-elle en tournant son visage vers le soleil et en tendant les bras pour en ressentir la chaleur. Nous allons nous promener dans les bois, et John a appelé. Il est chez lui aujourd'hui, donc en fin d'après-midi je dois le retrouver pour une balade le long de la rivière derrière Mircester. Il fait tellement beau que je quitterai le bureau un peu en avance… dès que j'aurai parlé avec Stella Smart. » Elle s'interrompit, maintenant qu'elle se souvenait du rendez-vous. Penser à John lui avait encore brouillé la mémoire. Ça ne lui ressemblait pas d'oublier un rendez-vous avec une personne si étroitement liée à une enquête pour meurtre. Elle baissa les yeux vers ses épaules nues. « Je porterai mon ravissant pashmina au bureau. Qui aurait cru que de la laine de chèvre pouvait être si douce ? John a suggéré que nous allions au Ferryman, un pub où ils servent une bière qu'il adore et où je sais que je peux trouver un rosé correct.

– Ça m'a l'air très bien, tout ça, mais tu ne peux quand même pas aller marcher dans les bois avec ça. » Il désignait les sandales à talons compensés que portait Agatha.

« C'est vrai. » Passant la main dans la cuisine, elle y trouva une paire de bottillons de jardin blancs qu'elle gardait derrière la porte pour aller marcher sur sa pelouse au petit matin, quand l'herbe était encore humide de rosée. « Ça fera l'affaire. »

Avant de quitter la maison, elle prit dans l'entrée un petit sac de voyage qui contenait une tenue de rechange.

« J'ai aussi reçu un appel de Patrick, expliqua-t-elle. Il s'est débrouillé pour que Toni et moi allions parler à Boddington et Trimble demain matin tôt. Je vais dormir chez John ce soir, et ceci sera plus indiqué pour une réunion de travail.

– Et moi, qu'est-ce que je peux faire demain ? s'enquit Roy en passant la porte.

– Tu peux parler à ton amie Jessica Barnes, dit Agatha en refermant à clé. Dis-lui qu'il faut qu'elle répare ses clôtures. Et qu'elle ferait bien d'emmener ses gourgandines de Bowmont chez le véto pour voir si elles se sont fait engrosser. »

Il n'y avait plus de voitures sur le petit terre-plein près de l'arbre tombé, ce qui leur laissait toute la place pour se garer. Le tronc avait été débité pour dégager le passage. Une partie avait déjà été emportée ailleurs, mais il restait des tronçons sur le côté de la route : ils se décomposeraient et la nature reprendrait ses droits.

Il y avait des traces de sciure sur la route, là où les tronçonneuses avaient fait leur office. La plupart avaient été balayées sur le côté, mais une partie avait été rabattue par le vent puis éparpillée par les voitures qui passaient, les plus longues traînées filant en direction de la rivière, où un pont de pierre emmenait la route dans la direction d'Ancombe. Roy en poussa un petit tas du bout de sa boots rose.

« On a peu de chances de trouver l'arme du crime, dit-il.

– La police a déjà récupéré la branche de chêne qui lui est tombée dessus. » Agatha observa les arbres aux alentours. « C'est un chêne, ça, ajouta-t-elle en pointant le doigt. On dirait qu'il est un peu abîmé : Wilkes s'est sûrement convaincu que la branche tueuse venait de là. »

Roy observait maintenant un reste de sciure dans la bande d'herbe entre la chaussée et le fossé. « Je crois que je vois un peu de sang, dit-il. Il y en avait beaucoup sur la route ?

– Je n'ai pas pu m'approcher suffisamment pour le savoir. Sans doute assez pour soutenir la théorie de l'accident, et s'il y avait eu une traînée de sang évidente entre ici et le bois, Bill Wong l'aurait remarquée. Pas la peine de chercher du sang. Ce qu'on veut, c'est retrouver le téléphone manquant, s'il est encore là. »

Le sol sous les arbres était couvert de brindilles et de branchettes tombées, ainsi que de ronces épineuses qui traversaient le tapis de vieilles feuilles mortes, menaçant de vous faire un croche-pied tous les quelques mètres. Roy ramassa un long bâton pour retourner feuilles et branches à la recherche du téléphone. Agatha avançait prudemment, les yeux scrutant le sol et cherchant le moindre détail insolite. Elle gardait son propre téléphone à la main.

« Tu sais, dit Roy, si on avait le numéro de Joan Feldrake, on pourrait simplement l'appeler et écouter où il sonne.

– Je l'ai, son numéro. Il était dans le rapport de police. Mais il renvoie directement à la messagerie. »

Ils avançaient en direction de la rivière lorsque soudain Agatha entendit qu'on l'appelait. Elle remit son téléphone dans son sac. « Mrs Raisin ! lança Mary Carstairs, surgissant de derrière un arbre. Je ne m'attendais pas à vous voir ici.

– Oh, on passait dans le coin… et j'ai voulu jeter un œil à… vous comprenez… régler cet affreux incident dans ma tête. Et vous, qu'est-ce qui vous amène ici ?

– Un peu la même chose, à vrai dire. Je suppose que je cherche à… comment dit-on, de nos jours… faire le deuil ?

– Mr Feldrake n'est pas avec vous ?

– Non, il est resté à la maison, à Tweeting Bottom, mais moi j'avais envie de marcher, de prendre l'air et de m'éclaircir les idées, expliqua Carstairs en montrant du doigt ses solides chaussures de marche. C'est lourd à porter, tout ça, vous savez, avec les obsèques de Joan lundi à St. Jude.

– Lundi ? s'étonna Agatha. Nous sommes mercredi. Je croyais qu'il fallait réserver bien plus longtemps à l'avance.

– Le révérend Bloxby avait un créneau de libre en raison d'une annulation.

– Ah bon ? Je ne savais pas qu'on pouvait annuler des obsèques. On ne peut quand même pas soudain changer d'avis et choisir de mourir une semaine plus tard ?

– Il paraît que la famille d'un défunt s'est finalement décidée pour une cérémonie laïque au crématorium de Mircester. » Carstairs renifla et parut sur le point de verser encore une larme ou deux.

À ce moment-là, Roy, dont Agatha pensait qu'il se tenait tranquille, trébucha et s'étala de tout son long par terre.

« Ça va, Roy ?

– Oui oui, ne faites pas attention à moi, dit-il avec un petit rire, mais sans faire mine de se remettre debout. Je vais juste… euh… prendre un instant pour souffler.

– Bon, il faut que j'y aille, dit Carstairs en se tamponnant un œil avec un mouchoir. Je ne voudrais pas qu'Anthony s'inquiète pour moi. »

« Elle mentait, affirma Agatha aussitôt que Carstairs fut trop loin pour l'entendre. Et bien plus mal que moi.

– À propos des obsèques ? demanda Roy, toujours par terre.

– Non, à propos de sa raison d'être ici, et je n'ai pas vu de larmes mouiller ce mouchoir : c'était du théâtre. Tu crois qu'elle aussi pourrait être à la recherche du téléphone ?

– Si oui, elle ne l'a pas trouvé, affirma Roy.

– Comment peux-tu le savoir ?

– Parce que je suis allongé dessus ! »

Agatha s'accroupit à côté de lui, et il sortit de sous son flanc le téléphone dans une gangue de terre. Elle le lui prit et pressa le bouton d'allumage.

« C'est pour ça qu'il ne sonnait pas, dit Roy en contemplant l'écran muet. Il est déchargé. »

Agatha se remit lentement debout et lui rendit l'appareil une fois qu'il fut lui-même sur ses pieds. Elle regarda à droite et à gauche pour s'assurer que personne ne les épiait.

« J'ai bien envie de continuer à fouiner un peu par ici, dit-elle. Mon téléphone aussi est presque mort. Il y a deux chargeurs dans l'accoudoir central de ma voiture. Tiens, prends mon sac, les clés sont dedans. Vas-y et commence à mettre les téléphones en charge pendant que je termine ici… et sois prudent, Roy. On n'a aucune visibilité dans ces bois, et Mary Carstairs a réussi à nous tomber dessus plutôt facilement.

– T'inquiète. On se retrouve à la voiture. »

Roy partit côté route et Agatha côté rivière. Elle continuait de chercher des yeux le moindre détail insolite, mais plus elle se rapprochait du cours d'eau, plus le sol devenait mou, clairement détrempé. Lorsque la rivière apparut, ses eaux étaient hautes et rapides, même si elle ne débordait pas tout à fait. Les pluies descendant des collines alentour continuaient visiblement de s'y déverser, et la rapidité des débris qui flottaient à sa surface témoignait de la force du courant.

Agatha allait faire demi-tour lorsqu'elle crut apercevoir quelque chose d'étrange dans l'eau. En s'approchant un peu, elle vit que c'était une chaussure. Encore un peu plus près, elle distingua une jambe. Une fois arrivée tout au bord de la rive, elle se pencha et vit un corps immergé, coincé dans un nœud de racines et de roseaux.

« Nom d'un salopard à sonnette ! » lâcha-t-elle en constatant qu'elle regardait droit dans les yeux froids et morts de Stella Smart.

À cet instant précis, elle reçut un coup entre les épaules et fut projetée en avant. On la poussait à l'eau ! Elle tomba la tête la première, heurta le corps de Smart et roula par-dessus. L'eau glacée lui coupa le souffle et elle but la tasse, poussant désespérément la morte sur le côté pour refaire surface un instant, ouvrant les yeux juste le temps d'entrevoir une ombre floue qui disparaissait entre les arbres. Puis de nouveau le courant l'entraîna vers le fond, ainsi que le corps maintenant décoincé qui s'enroulait autour de sa taille.

Elle poussa des mains et des pieds pour se libérer du poids du cadavre qui continuait de l'entraîner vers le fond, mais ses bottillons remplis d'eau la lestaient encore davantage, au point que ses jambes pesaient comme du plomb. Prise d'une panique intense, elle réussit à retirer d'abord un bottillon, puis l'autre, et creva enfin la surface. Elle aspira une énorme goulée d'air, dont elle se servit pour hurler de toutes ses forces : « Roy ! À l'aide ! »

Elle fut de nouveau tirée sous l'eau, le courant puissant déplaçant les bras et les jambes du cadavre pour les emmêler aux siens. Elle se libéra un instant, reprit une goulée d'air et s'avisa soudain qu'elle était proche de l'autre rive. Elle fut aussitôt prise dans un tourbillon et submergée une fois de plus. Elle parvint à sortir un bras de l'eau et tenta d'attraper une branche basse, une racine ou une poignée de roseaux, tout ce qui pourrait l'aider à se hisser hors du torrent, mais ses doigts n'attrapèrent que de l'air.

Alors, quelque chose se serra autour de son poignet. Quelque chose de fort, qui arrêta net sa dégringolade vers l'aval et la tira plus près de la rive. Soudain, son visage fut hors de l'eau et elle toussa et cracha tout en aspirant le plus d'air possible. Elle sentit une main attraper son poignet libre et s'y accrocha de toutes ses forces pendant que le corps de Stella Smart essayait résolument de la replonger dans la rivière. Elle tournait le dos à la rive et, une fois l'eau chassée de ses yeux, put en contempler le lit. Elle était près du pont, que Roy était en train de traverser en courant.

« Tiens bon, j'arrive ! lui cria-t-il, pantelant.

– Faites vite, mon vieux ! fit une grosse voix derrière elle et au-dessus. Je glisse ! »

Un instant plus tard, Roy, à plat ventre sur la berge, tendait une main pour lui attraper les jambes et l'autre pour saisir le col de la veste de Stella Smart. Agatha sentit qu'on la soulevait hors de l'eau pour la reposer sur la terre ferme. Elle vit ensuite Roy hisser le corps de Smart, et se rendit compte qu'elle était allongée sur une paire de jambes. Levant la tête, elle se retrouva nez à nez avec Gethin Fawkes.

« Deux fois dans la journée, Mrs Raisin, lui dit-il, essoufflé mais souriant. Ça fait deux fois que je vous tire du pétrin. Il ne faudrait pas en faire une habitude.

– Merci, croassa-t-elle en toussant, crachant, cherchant de l'air et chassant ses cheveux mouillés de ses yeux.

– Euh..., fit Fawkes en regardant sa robe, vous devriez peut-être... »

Pendant qu'elle se débattait dans l'eau, le devant s'était déboutonné, révélant bien plus de choses que prévu. Elle le referma et se redressa sur son séant. Fawkes se leva et fit deux pas vers Roy qui, encore assis, cherchait son souffle.

« C'est trop tard pour celle-ci, dit Roy, la poitrine soulevée par l'émotion. Elle est partie.

– Je crois bien, oui, confirma Fawkes en retirant sa veste pour couvrir le visage de la morte.

– Attendez ! lança Agatha, trempée, en se rapprochant sur son derrière. Je veux la voir. »

Sa robe se rouvrit et les deux hommes détournèrent les yeux. Elle repoussa la veste de Fawkes et examina le cadavre.

« Vous avez quand même un peu de force dans ces bras de citadin, Mr Silver, reconnut Fawkes en tendant la main à Roy. Pas sûr que j'aurais pu la sortir de l'eau sans vous.

– C'est une très bonne amie, dit Roy. Je ne pourrai jamais assez vous remercier de l'avoir sauvée. C'est une chance que vous ayez été sur place. Qu'est-ce que vous faisiez là ?

– Le bois des deux côtés de la rivière se trouve sur mes terres. Et vous, qu'est-ce que vous fichiez ici ?

– On faisait les intrus, évidemment, intervint Agatha qui se mit debout devant eux, les bras croisés. J'ai refermé la robe, mais maintenant qu'elle est trempée, elle est transparente. Je ne vais pas rester comme ça en attendant la police. Roy, tu veux bien aller chercher la voiture ? J'ai tout ce qu'il faut dans mon sac pour redevenir décente, même une petite serviette. Mr Fawkes, puis-je vous demander d'appeler le commissariat et de signaler un meurtre et une tentative de meurtre ? »

Fawkes sortit un téléphone de sa poche arrière et remonta vers la route pour chercher du réseau. Roy se tourna vers le pont, mais Agatha l'arrêta.

« Prends ça, souffla-t-elle tout bas en dépliant ses bras, dans lesquels elle cachait un autre téléphone. Celui de Stella Smart. Je l'ai pris dans sa poche. Ça peut servir. »

Elle emprunta ensuite le téléphone de Fawkes pour appeler John. Sans craquer ni pleurer. Elle l'informa simplement qu'on avait essayé de la tuer. Alarmé, John s'écria qu'il arrivait tout de suite et, en effet, il fut sur place avant la police. Le temps que sa voiture s'arrête dans un crissement de pneus, Agatha s'était séchée, avait ordonné à Roy et Fawkes de se détourner pendant qu'elle se changeait, et avait même retouché son maquillage. Elle ne pouvait pas faire grand-chose, en revanche, pour arranger ses cheveux emmêlés.

« Ça va ? » lui demanda John en la serrant fort dans ses bras. Il contempla ensuite le corps de Smart, dont la moitié supérieure était couverte par la veste de Fawkes. « Mais qu'est-ce qui s'est passé ? »

Agatha le prit à part et, appuyée contre sa voiture pendant que Roy et Fawkes conversaient près de la rivière, lui raconta la découverte du téléphone et le coup qui l'avait précipitée dans l'eau. C'est alors que la réalité commença vraiment à l'atteindre, et elle étouffa un sanglot. Il la reprit dans ses bras.

« Oh, mince ! gémit-elle à l'arrivée des premiers véhicules de police, en voyant une silhouette familière descendre d'une voiture banalisée. C'est Wilkes. Il va vouloir m'embarquer pour prendre mon témoignage.

– Ça ne devrait pas être nécessaire…, commença John.

– Il le fera quand même », le coupa Agatha. Elle ouvrit son sac et fourra un billet de dix livres dans la main de John. « Tiens, prends. Je viens de te payer. Tu travailles pour moi, maintenant. »

L'air légèrement perplexe, John glissa le billet dans la poche de son pantalon. Wilkes s'approcha.

« Tiens, tiens, ça alors, Agatha Raisin, ricana Wilkes. Qui s'attire des ennuis, comme d'habitude.

– Agatha est la victime, là, et pas… », s'interposa John, furieux. Agatha posa une main sur son bras pour le calmer.

« Je ne me suis pas attiré d'ennuis. Je n'ai rien fait de mal. » Ce n'était pas tout à fait vrai. Elle avait détourné une pièce à conviction, sous la forme du téléphone de Joan Feldrake, et avait subtilisé celui de Stella Smart. « Par contre, vous, Wilkes, vous risquez de gros problèmes avec cette histoire.

– Moi ? s'esclaffa Wilkes. Vous vous faites des idées, Mrs Raisin. Aviez-vous une bosse sur le crâne quand vous avez sauté à l'eau ? » Il regarda attentivement sa tête, puis ses yeux, et recula d'un pas pour observer la manière dont elle se tenait. « Non, aucune trace de blessure. Je pense que vous êtes en état de venir au poste faire une déposition.

– Je sors de la rivière, Wilkes, dit Agatha, lentement, en se contrôlant. C'était plutôt vaseux, là-dedans. Je me suis séchée, mais je ne suis pas propre. Qui sait quels microbes ou quelles infections j'ai pu attraper. Vous voulez vraiment vous enfermer avec moi dans une salle d'interrogatoire avant que j'aie pu me laver ?

– Eh bien, je... » Wilkes la lorgna d'un œil suspicieux en reculant de deux pas pour se tenir à distance d'une contagion potentielle.

« Et si je reconduisais Mrs Raisin chez elle, monsieur ? » Bill Wong venait de les rejoindre et avait entendu la fin de la conversation. « Elle n'habite pas loin et c'est sur la route de Mircester : je pourrais l'attendre le temps qu'elle se douche, et vous l'amener ensuite.

– Faites donc ça, inspecteur Wong, lâcha Wilkes en se détournant pour partir. Et je veux aussi l'hurluberlu aux boots roses et le fermier.

– John va venir également, précisa Agatha.

– Ce ne sera pas nécessaire, lâcha Wilkes en s'arrêtant pour regarder par-dessus son épaule. Il n'est témoin de rien.

– Il se trouve que mon avocat est en vacances, dit Agatha. J'ai donc engagé Mr Glass, pour sa connaissance et son expérience des affaires de police, comme conseiller juridique. »

Wilkes les regarda tour à tour, et John confirma d'un hochement de tête.

« Bref... », lâcha Wilkes avec un geste vague de la main avant de s'éloigner.

« Désolé, Agatha, dit Bill. Il va essayer de vous accabler.

– Wilkes ne me fait pas peur, répondit-elle avec un fin sourire, comme si elle se faisait une joie d'affronter son ennemi juré. Il me faut juste une douche, et je serai prête. »

John regarda les agents en uniforme tendre des rubans bleu et blanc entre le pont et les arbres pour fermer la zone de la berge où gisait encore le corps de Stella Smart.

« Vous feriez bien de leur dire de délimiter aussi les bois de l'autre côté de la rivière, Bill, dit-il. Agatha et Roy sont allés du terre-plein au trou entre les arbres, là-bas, en amont. C'est là que le corps gisait dans l'eau, et c'est là qu'Agatha a été agressée. »

Bill hocha la tête et transmit ces instructions, laissant deux autres policiers s'occuper du corps, après quoi Agatha, John et lui partirent pour Lilac Lane dans leurs trois voitures. John et Bill attendirent dehors pendant qu'Agatha rentrait chez elle pour se laver et se changer. Mais au lieu de monter à l'étage, elle traversa sa cuisine, ouvrit son sac et en sortit les téléphones de Joan Feldrake et de Stella Smart, que Roy avait laissés dans sa voiture. Elle les enveloppa d'un torchon, attrapa des clés dans un tiroir et sortit dans le jardin. À précisément cinq pas de distance le long de la haute haie qui séparait son jardin de celui de James, elle trouva un trou qu'elle savait pouvoir franchir. Puis elle se servit de la clé que James lui avait confiée pour entrer discrètement chez lui par-derrière.

James était parti pour l'Islande, mais elle n'avait qu'à laisser les deux téléphones dans un tiroir de cuisine, où ils seraient en sûreté si jamais Wilkes s'avisait de perquisitionner chez elle. Puis elle regagna son cottage et monta prendre une douche qui lui fit un bien immense.

Une fois que Bill les eut conduits au commissariat de Mircester, Agatha et John furent introduits dans une salle d'interrogatoire. On les fit attendre pendant une éternité. John s'énervait de plus en plus, mais Agatha conserva son calme, gardant pour elle sa fureur intérieure. Wilkes l'avait déjà laissée ainsi dans les limbes à de nombreuses reprises, et elle avait alors tout le temps de réfléchir aux questions qu'il pouvait lui poser et à la meilleure réponse possible. Sans aucun doute, il s'attendait à ce qu'elle perde son calme, et elle était à peu près certaine qu'elle ne le décevrait pas sur ce point. Ils patientèrent plus de deux heures avant que Wilkes fasse irruption dans la salle, flanqué de Bill Wong.

« J'espère qu'on vous a proposé du thé ou du café, dit l'inspecteur divisionnaire en laissant tomber un dossier sur la table avant de s'asseoir face à Agatha et John. Nous aimons traiter nos prisonniers le mieux possible.

– Nous ne sommes pas vos prisonniers », releva Agatha, la mine renfrognée. Elle avait imaginé toutes sortes de remarques de sa part, mais pas celle-là. « Nous n'avons pas été arrêtés et nous ne sommes nullement détenus. Nous sommes venus de notre plein gré pour vous aider dans votre enquête.

– C'est vous qui lui avez dit de parler comme ça ? demanda Wilkes à John en donnant un coup de tête vers elle.

– Vous n'avez pas l'air de comprendre à qui vous avez affaire, répliqua John en croisant les bras, adossé sur sa chaise. C'est Agatha Raisin. Il faudrait un homme bien plus courageux que moi pour lui imposer ce qu'elle peut et ne peut pas dire.

– Bon, eh bien il y a deux ou trois choses qu'elle peut me dire, persifla Wilkes. Vous pouvez commencer par m'expliquer pourquoi vous êtes allés dans les bois aujourd'hui, et si vous commencez à me parler de pique-nique, je vous…

– Nous étions dans les bois pour faire notre travail, répondit Agatha sans ambages. Nous enquêtions sur le meurtre de Joan Feldrake.

– Je n'ai pas besoin que vous fassiez mon boulot à ma place ! éclata Wilkes. Une amatrice comme vous n'a aucune chance d'enquêter sur un crime au niveau professionnel d'un officier de police chevronné tel que moi !

– Exactement ! répliqua Agatha. Pour atteindre votre niveau, il faudrait que j'abaisse le mien plus bas que terre !

– Calmons-nous un peu, vous voulez bien ? intervint John en tendant les mains devant lui comme pour éteindre un feu. Nous n'arriverons à rien par le sarcasme.

– Je suis d'accord, dit Bill. Ça ne ferait qu'envenimer la situation.

– Très bien. » Wilkes hocha la tête, le bout des doigts appuyé sur la table, ce qui faisait ressembler ses mains maigres à deux araignées géantes à cinq pattes. « Comment vous êtes-vous retrouvée dans la rivière ? »

Agatha raconta qu'elle avait aperçu quelque chose dans l'eau, et que lorsqu'elle s'était approchée pour mieux voir, quelqu'un était arrivé sans bruit derrière elle et l'avait poussée. Elle omit le léger détail des téléphones de Feldrake et de Smart. Elle était absolument certaine que Roy, si Wilkes lui avait déjà parlé, avait fait de même.

« Tout cela me paraît très… bien répété, Mrs Raisin, soupira Wilkes, mais ça ne change rien à notre petit problème.

– Un problème ? Quel problème ?

– Le problème que j'ai avec vous, Mrs Raisin.

– Ah bon ? » Agatha se pencha en avant, les coudes sur la table. « Eh bien vous pouvez résoudre n'importe quel problème avec moi : il vous suffit de l'écrire sur un papier, de le plier, de le mettre dans une enveloppe et de vous le fourrer dans le…

– Agatha, ce n'est pas franchement utile, l'arrêta John à mi-voix.

– J'ai essayé de coopérer, s'entêta-t-elle. J'ai voulu me rendre utile en cherchant la vérité… en refusant de classer la mort de Joan Feldrake comme un accident.

– Et tout semble indiquer que tu avais raison sur ce point, convint John. À la lumière des événements d'aujourd'hui, il va falloir rouvrir ce dossier.

– C'est moi qui décide des dossiers qu'on rouvre ! aboya Wilkes. C'est moi qui décide s'il y a meurtre ou non, et ici j'ai tendance à croire qu'il y a bien meurtre, en effet. Voyez-vous, Mrs Raisin, cette histoire de Mr Silver allant recharger votre téléphone et d'agresseur mystère ne sonne pas juste. Ni Mr Silver ni Mr Fawkes n'ont vu quiconque sur la berge avec vous. Ni l'un ni l'autre ne vous a vue vous faire pousser. Apparemment, tout ce qu'ils ont vu, c'est vous en train de vous battre avec Stella Smart dans l'eau… et Miss Smart n'a pas survécu.

– Elle était déjà morte quand on m'a poussée sur elle !

– Pour ça, nous n'avons que votre parole. Ce que je crois, moi, c'est que vous avez eu une altercation avec Miss Smart sur la berge, et que pendant la dispute vous êtes tombées toutes les deux. Vous avez continué à vous battre dans l'eau, et vous l'avez noyée. Vous avez tué Stella Smart.

– N'importe quoi ! rugit Agatha. Je suis une victime, là, pas une criminelle !

– Ça reste à voir ! brailla Wilkes, qui se leva et ramassa ses papiers. On me demande ailleurs, mais, inspecteur Wong, je veux que celle-ci (il la montra du doigt) soit formellement arrêtée pour suspicion de meurtre, et celui-là (il montra John) pour complicité. Je ne pense pas qu'il y ait de risque de fuite donc vous pouvez les relâcher le temps de l'enquête, mais confisquez-leur quand même leurs passeports. »

Il se dirigea vers la porte, mais John bondit devant lui.

« Vous ne pouvez pas faire ça, Wilkes ! » cria-t-il, rouge de colère.

Agatha se leva et lui posa une main sur l'épaule. « Laisse tomber, John, dit-elle. Plus vite nous serons sortis d'ici, plus vite nous pourrons travailler à prouver notre innocence. »

Wilkes partit avec humeur, laissant Agatha et John se rasseoir face à Bill.

« Je suis vraiment navré, Agatha, dit ce dernier. Et pour vous aussi, John, mais…

– Finissons-en, Bill », le coupa Agatha, qui s'adossa sur sa chaise pour écouter la lecture de ses droits.

Lorsqu'ils sortirent enfin du commissariat, le soir tombait. Dès que l'air frais les frappa, Agatha prit conscience qu'elle n'avait rien mangé depuis le toast et le café de son petit déjeuner.

« Ce n'est pas tous les jours qu'on se fait arrêter pour meurtre, dit-elle. Je pense que ça se fête ! On devrait pouvoir trouver une table au restaurant italien près de mon bureau. Ça te dit, un bon plat de pâtes ?

– Parfait ! » John lui offrit son bras et ils partirent lentement à pied vers la grand-rue. Au bout de quelques secondes, Agatha s'arrêta net.

« John ! Ils confisquent nos passeports ! Ça veut dire que ta croisière tombe à l'eau !

– Je sais, mais ça n'a plus d'importance. J'avais déjà décidé que je n'irais pas. Il y en aura d'autres, mais tu ne penses pas sérieusement que je pourrais te laisser ici alors qu'on vient d'essayer de te tuer, quand même ? Il faut qu'on découvre qui est derrière tout ça. Je ne vais pas partir en croisière maintenant !

– Tu fais ça pour moi ? »

Il la prit dans ses bras. « Bien sûr. Je ferais n'importe quoi pour toi. »

Elle l'embrassa. Au bout d'un moment, il s'écarta et regarda autour de lui dans la rue. « Alors ça, c'était tout à fait le genre de démonstration d'affection que tu… » Il haussa un sourcil avec une expression de surprise feinte, mais elle lui dit de se taire et lui donna un nouveau baiser.

« Allez viens, dit-elle en lui reprenant la main. Je meurs de faim, et on a une longue liste de suspects à passer en revue ! »

Le restaurant avait quantité de tables libres, et le serveur leur en proposa une dans un coin tranquille où ils pourraient bavarder sans être entendus. Ils parlèrent d'abord de ce qu'ils allaient manger, Agatha se décidant finalement pour des linguine aux fruits de mer pleins de crevettes, de palourdes et de moules fraîches. John choisit des spaghettis carbonara crémeux généreusement garnis de pancetta, et ils tombèrent d'accord pour partager une bouteille de Gavi. Au moment où le vin leur était apporté, le téléphone d'Agatha sonna. C'était Charlotte Clark.

« J'ai appris que vous aviez encore des ennuis, dit cette dernière. Un nouveau meurtre, avec vous en ligne de mire.

– C'est vrai, Charlotte, mais si vous pouviez taire mon nom encore quelques jours, que je résolve deux ou trois choses, je vous donnerai toute l'histoire directement, en exclusivité. »

Elles se mirent d'accord et raccrochèrent.

« Tu essaies d'éviter les projecteurs ? demanda John.

– Toni et moi avons rendez-vous demain chez Boddington, le cabinet comptable que Smart avait repris. J'aime autant qu'ils ne sachent pas qu'on m'accuse de l'avoir tuée. »

Le temps que leurs plats arrivent et soient mangés, ils avaient passé en revue les événements de la journée et se penchaient sur leur liste de suspects.

« Le premier est forcément Gethin Fawkes, dit John pendant qu'Agatha commandait les cafés. Tu l'as entendu menacer les trois *twitchers*, et Joan Feldrake comme Stella Smart ont été tuées sur ses terres.

– C'est vrai, convint Agatha. Et il était sur place au moment de la mort de Stella Smart. Mais d'un autre côté, il m'a sauvée de la noyade. Pourquoi aurait-il fait ça ? Et ça ne peut pas être lui qui m'a poussée : il n'aurait pas pu franchir le pont pour aller me récupérer sans être vu par Roy.

– Il pourrait avoir un complice. N'oublie pas, Smart t'a dit au téléphone qu'elle était la suivante sur *leur* liste. S'il travaille avec un autre, celui-ci peut avoir tué Smart et t'avoir poussée dans l'eau pour pouvoir repartir sans être vu.

– Ça n'explique toujours pas pourquoi Fawkes se serait fait remarquer en me sauvant, raisonna Agatha. Mais cette petite grange sur son terrain continue de m'intriguer. Tout le monde pense qu'il s'y passe quelque chose de louche. Le "quelque chose" en question implique-t-il un complice de meurtre ? Je suppose que Fawkes doit rester un suspect, même s'il m'a sauvé la vie.

– Stella Smart était suspecte dans le meurtre de Joan Feldrake. Maintenant qu'elle aussi a été tuée, j'imagine qu'on peut l'écarter.

– Pas nécessairement. Smart était sur les lieux du meurtre de Feldrake. Les trois amies se disputaient en permanence. Peut-être que Feldrake a contrarié

Smart une fois de trop, la dernière. Peut-être que Smart, exaspérée, a fendu le crâne de Feldrake dans le bois, puis traîné son corps sous l'arbre pour faire croire à un accident. Elle a pu me téléphoner pour éloigner les soupçons. Et ensuite, quelqu'un d'autre l'aurait tuée pour venger la mort de Feldrake.

– Qui pourrait vouloir la venger ? demanda John, qui se tut le temps que le serveur leur apporte leurs cafés et les petits verres de limoncello offerts. Je pense que cette idée nous amène à Mary Carstairs. Anthony Feldrake et elle en voulaient depuis longtemps à Joan Feldrake et à Stella Smart d'avoir torpillé leur histoire d'amour. Ils étaient présents quand Joan Feldrake est morte, et tu as vu Carstairs sur les lieux du meurtre de Stella Smart. De plus, c'est indécent comme ils sont pressés de se débarrasser des affaires de Joan et de l'enterrer.

– Je suis d'accord, c'est suspect », approuva Agatha avant de goûter la liqueur de citron sucrée. Elle fit claquer ses lèvres avec satisfaction. « Cela dit, ils pourraient simplement avoir hâte de tourner la page, et n'oublions pas que Gethin Fawkes a bien menacé les trois femmes. Il n'est peut-être pas le seul avec lequel elles se sont brouillées. Mary Carstairs a peut-être peur d'être la prochaine victime. Mais c'est vrai qu'ils avaient le mobile, l'opportunité, et qu'ils nous ont menti : ça les place assez haut sur la liste des suspects.

« Ensuite, nous avons Boddington et Trimble, du cabinet comptable. Ils ont de bonnes raisons de haïr Stella Smart et Joan Feldrake, mais pour l'instant on ne sait rien d'eux. Nous y verrons plus clair quand Toni et moi leur aurons parlé demain matin.

– Et puis il y a les voisins de Joan Feldrake, dit John. Elle se plaignait d'eux, et ils se plaignaient d'elle. Clairement, ils n'étaient pas en bons termes.

– Leur différend paraît quand même mineur, objecta Agatha. Mais il est vrai qu'un souci mineur dans un petit lotissement tranquille comme Tweeting Bottom, où les gens n'ont rien d'autre à faire, peut devenir un problème majeur qui envahit toute votre vie. Quoi qu'il en soit, pourquoi les voisins de Feldrake auraient-ils voulu s'en prendre à Stella Smart ? Où est le lien ? Là encore, nous en saurons plus sur eux quand Toni nous racontera ça à la prochaine réunion.

– J'aimerais bien y être, à cette réunion, dit John, radieux, en brandissant le billet de dix livres qu'il avait sorti de sa poche. Après tout, tu m'as embauché !

– Ce serait formidable. Je retire Simon du centre commercial pour un jour ou deux, au cas où ses cibles commenceraient à avoir des soupçons. Toni et moi allons voir Boddington et Trimble demain matin, donc la réunion aura lieu à onze heures trente.

– J'y serai.

– En attendant, ajouta Agatha en remuant les sourcils pour le tenter, j'ai les téléphones de

Joan Feldrake et de Stella Smart. Si on rentrait chez moi en taxi pour y jeter un œil ?

– J'adorerais, souffla John d'un air las, mais ce délicieux repas et les événements d'aujourd'hui m'ont absolument vidé. J'ai aussi un e-mail délicat à écrire à la compagnie de croisière pour leur dire que j'ai été arrêté à tort et que je ne peux pas quitter le pays tant que je n'aurai pas prouvé mon innocence – et la tienne. Je crois qu'il vaut mieux que je rentre chez moi. »

Agatha se rembrunit juste un instant, déçue que John ne partage pas son impatience de fouiller dans les données des téléphones des deux victimes, puis sourit en voyant à sa tête qu'il craignait de l'avoir courroucée. Il avait été inspecteur de police toute sa vie. Il avait passé des années à étudier des pièces à conviction, jour après jour, pour monter des dossiers contre des suspects. Pourquoi aurait-il dû se faire une joie de passer la moitié de la nuit à contempler des écrans de téléphone qui ne leur apprendraient sans doute rien de nouveau ?

« C'est vrai que tu as l'air claqué, dit-elle gentiment. Va te reposer. J'ai besoin que tu sois au top demain matin ! »

Aussitôt rentrée chez elle, Agatha fila à la cuisine, nourrit les chats, qui se plaignaient bruyamment d'avoir été négligés si longtemps, puis se faufila chez James pour récupérer les téléphones.

Celui de Feldrake n'avait pas eu le temps de se recharger entièrement dans la voiture. Elle le brancha dans sa cuisine, puis, comme la nuit était tiède et sans vent, s'assit sur une chaise de jardin devant une petite table, sur la terrasse. Elle se félicita d'avoir acheté des chaises en bois garnies de coussins moelleux et de s'être préparé un excellent gin-tonic, boisson qu'elle trouvait adéquate à toute heure pourvu qu'il ne fasse pas froid.

Le téléphone de Smart était logé dans un étui en cuir avec deux cartes de paiement, une carte de crédit et son permis de conduire. Agatha eut un claquement de langue réprobateur : tout le nécessaire pour une usurpation d'identité, regroupé au même endroit. Si Smart avait perdu son téléphone de son vivant, elle aurait risqué de perdre bien davantage. Le permis de conduire format carte de crédit indiquait même son adresse, sa date de naissance et sa signature. Agatha utilisa le torchon dans lequel elle avait enveloppé les téléphones pour essuyer un peu d'eau qui gouttait de celui de Smart, puis pressa le bouton d'allumage. L'appareil était relativement neuf et étanche. Il s'alluma immédiatement, mais un code était requis pour aller plus loin.

Agatha jeta un œil au permis de conduire, secoua la tête en voyant la photo peu flatteuse, puis essaya diverses combinaisons de la date de naissance. La troisième tentative fut la bonne.

Ce qu'elle vit dans l'appli des messages lui fit presque recracher son gin-tonic.

8

Le jardin était entièrement obscur au-delà des taches de lumière qui tombaient de la porte et de la fenêtre de la cuisine. Agatha se raidit en entendant un bruissement et perçut – plutôt que vit – un mouvement vif dans la nuit au pied de la haie. Elle scruta l'endroit et finit par distinguer les silhouettes de Boswell et Hodge qui chassaient des insectes et autres menues proies : ces deux lourdauds se croyaient extrêmement furtifs, à tort. Elle retourna à l'écran de Stella Smart.

En faisant défiler les messages, elle était tombée sur un en particulier datant du jour du meurtre : le message qui l'avait attirée dans le bois où Joan Feldrake avait trouvé la mort.

PARULINE TÊTE CENDRÉE. ANCOMBE VALE

L'expéditeur ne figurait pas dans la liste des contacts : le message venait d'un numéro inconnu. Mais c'était un message datant du vendredi, la veille du meurtre, qui l'avait stupéfiée. Le numéro était masqué, et le message disait :

> Vous avez ruiné nos vies ! C'est terminé ! On en a assez ! Vous allez le payer !

Une menace flagrante. Stella Smart avait été menacée le jour même où les trois *twitchers* avaient donné leur conférence devant la Société des dames de Carsely. Elle n'avait pas eu l'air très inquiète ce soir-là, même lorsque Gethin Fawkes avait déboulé. Peut-être n'avait-elle pas pris le message au sérieux sur le moment, mais quand Agatha l'avait vue près de l'arbre tombé le lendemain, elle paraissait réellement choquée. Qui était l'auteur du message ? Se pouvait-il que ce soit le meurtrier ? Pourquoi menacer Stella Smart, puis tuer Joan Feldrake ? Joan avait peut-être été menacée aussi ! Agatha courut à la cuisine pour chercher son téléphone. Il était suffisamment rechargé. Elle l'alluma.

Elle retourna s'asseoir et but une gorgée. Là aussi, les données étaient protégées par un code. Heureusement, elle connaissait la date de naissance de Feldrake grâce aux rapports transmis par Bill. Elle alla tout droit aux messages, trouva immédiatement celui qui signalait une paruline. Elle nota qu'il avait été envoyé bien avant le message identique qu'avait reçu Stella Smart. En revanche, il n'y avait pas la moindre menace de mort, et lorsqu'elle eut passé le restant de son gin-tonic à les lire un à un, elle constata qu'aucun ne présentait d'intérêt…

jusqu'au moment où elle en trouva un adressé à Smart.

Il faut qu'on l'arrête ! Il profane la mémoire de SS !
C'est un ennemi et il faut qu'on s'en débarrasse !

Qui était l'ennemi en question, ça, Agatha n'en savait rien, mais la réponse de Smart à Feldrake était tout aussi alarmante.

Ne t'en fais pas. Il ne sévira plus bien longtemps.
Ses jours sont comptés.

À l'évidence, les deux femmes complotaient contre quelqu'un. Était-ce pour cela qu'elles avaient été tuées ? Mary Carstairs était-elle impliquée, elle aussi ? Si ces messages parlaient du meurtrier, alors Carstairs courait certainement le risque de devenir la prochaine victime ! Cependant, elle n'avait pas participé à cette conversation.

Agatha revérifia le téléphone de Smart, mais cette dernière avait apparemment supprimé le message. Il n'y en avait pas de récents en provenance de Mary Carstairs. Smart avait peut-être été un peu plus prudente que Feldrake avec les informations potentiellement incriminantes qu'elle gardait dans son appareil.

Agatha ouvrit ensuite la galerie de photos du téléphone de Feldrake et fit défiler d'innombrables images, pour la plupart plutôt plaisantes, de la campagne des Cotswolds, ainsi que des centaines de photos d'oiseaux de toutes formes et de toutes tailles. Cela, elle s'y attendait. Une chose l'étonna cependant : contrairement aux albums de suspects ou de victimes qu'elle avait vus dans sa vie, ceux-ci ne comprenaient aucune figure humaine. Pas de photos de familles, pas d'amis, personne, sur des pages et des pages. Puis, enfin, elle crut discerner un visage, ou du moins quelque chose qui ressemblait à de la chair. Elle cliqua sur l'image pour la voir en entier. Il y avait en effet un visage, et en effet beaucoup de chair. En fait, à sa grande stupéfaction, il y avait toute une série – deux douzaines, à peu près – d'images pornographiques montrant deux hommes et une femme.

Les sujets ne semblaient pas être des professionnels. Ils riaient, parfois un verre à la main, et avaient l'air de bien s'amuser. Agatha ne reconnaissait aucun d'entre eux, mais à force de tourner le téléphone dans tous les sens, elle trouva le décor étrangement familier. Ils étaient dehors, mais pas tout à fait. Devant des portes-fenêtres, sur une terrasse où ils s'ébattaient sur des chaises longues. Les photos avaient été prises de loin : on voyait des plantes en fleur et des feuillages abondants, indiquant que c'était l'été. Une condition nécessaire, présuma-t-elle, pour pouvoir faire ce genre de choses en plein air. Sur deux ou trois photos, une tache floue – une portion d'arbre, sans doute, au premier plan – masquait un côté de l'image. C'était exactement le genre de photos qu'Agatha ne pouvait qu'espérer trouver lorsqu'elle travaillait sur un dossier de divorce : la preuve irréfutable de rapports sexuels illicites. Cela dit, Agatha et son équipe n'en avaient jamais pris d'aussi osées.

Décidant qu'elle en avait assez vu, elle referma le téléphone, verrouilla la maison et alla se coucher, en s'arrêtant au pied de l'escalier pour pouffer de rire. La réunion du lendemain promettait d'être amusante !

Le lendemain matin, Agatha et Toni se retrouvèrent dans la grand-rue de Mircester, non loin de l'immeuble moderne où se trouvait le cabinet comptable Boddington. Le bâtiment abritait plusieurs sociétés, et on leur ouvrit lorsqu'elles se furent identifiées à l'interphone. Elles prirent l'ascenseur jusqu'au premier étage, où elles furent accueillies par une hôtesse qui quitta son bureau pour les guider jusqu'à un vaste open space.

Une douzaine d'employés étaient assis devant leurs écrans, à des bureaux regroupés en trois blocs. Ce triste espace avait sur trois murs des fenêtres offrant des vues déprimantes sur l'architecture barbante du centre-ville bétonné de Mircester. Ce quartier était dépourvu des immeubles anciens et pleins de caractère qui entouraient les locaux de l'agence Raisin Investigations, même si ce n'était qu'à quelques minutes de marche. L'enthousiasme qu'avaient mis les architectes et les urbanistes des années 1960 et 1970 à démolir des édifices plusieurs fois centenaires et à les remplacer par un sinistre béton gris ne convainquait plus du tout la population du XXIe siècle, mais les gens de Mircester étaient coincés avec le centre-ville que les pouvoirs en place leur avaient légué, que ça leur plaise ou non.

L'hôtesse d'accueil les emmena dans une grande salle de réunion séparée de l'open space par une paroi vitrée. Elle leur proposa du café, et Agatha et Toni s'assirent à une longue table. Alan Trimble fut le premier à se joindre à elles. Agatha l'observa pendant qu'il se présentait. Un homme mince, au visage mince et gris, aux cheveux minces et noirs. Il portait des lunettes à grosse monture noire qui semblaient tirer sa tête vers l'avant et être la cause de sa silhouette légèrement voûtée. Il fut suivi dans la pièce par une femme d'une bonne quarantaine d'années aux cheveux courts, blonds et bouclés. Comme Mr Trimble, elle était munie d'un bloc-notes et d'un stylo, mais elle avait aussi un gros classeur sous le bras.

« Bonjour, dit-elle. Je suis Jane Boddington. »

Agatha présenta Toni et elle-même, puis dit : « Nous nous attendions à voir Keith Boddington.

– Keith est mon mari. Malheureusement, il est souffrant.

– J'en suis désolée. J'espère que ce n'est pas grave.

– Des problèmes de dos et de surmenage, à cause du stress qu'il subit depuis quelques mois, dit Mrs Boddington en secouant la tête.

– Le moment est-il mal choisi ? » demanda Toni. Elle enchaîna ensuite avec leur histoire bidon : « C'est juste que notre comptable habituel va prendre sa retraite, et nous avons besoin de trouver quelqu'un pour gérer les salaires et les déclarations fiscales chez Raisin Investigations.

– Oh, Miss Gilmour, nous sommes peut-être très pris, mais nous n'allons pas refuser un nouveau client. Puis-je vous demander comment vous nous avez trouvés ?

– J'ai récemment fait la connaissance de Joan Feldrake, dit Agatha. Elle est malheureusement décédée d'un accident l'autre jour, mais je crois comprendre qu'elle a travaillé ici.

– Joan Feldrake… » Mrs Boddington tapota son bloc-notes avec son stylo. « Elle ne travaillait pas ici. Elle est la raison pour laquelle j'ai dû reprendre le collier. Je venais d'arrêter, mais me revoici sous le harnais. Je n'aime pas dire du mal des défunts, Mrs Raisin, mais Joan Feldrake et Stella Smart ont ruiné notre vie. Maintenant, au moins, nous avons une chance de revenir sur les bons rails. »

Mrs Boddington prit un exemplaire du *Mircester Herald* du jour dans le gros classeur et montra le titre à la une sur le meurtre de Stella Smart.

« Oui, je suis au courant, dit Agatha. Une terrible histoire. Ça a dû vous faire un choc d'apprendre ça dans le *Herald.*

– En effet, mais c'est aussi comme ça que nous avons su pour Joan Feldrake, expliqua Mrs Boddington. Depuis des semaines, nous passons notre vie au bureau.

– Nous avons travaillé d'arrache-pied pour Stella Smart, intervint Mr Trimble. Keith, Jane et moi étions ici au moment où Joan Feldrake est morte, tout comme hier, bien sûr, quand Stella Smart est décédée. Cela va tout changer. Maintenant, nous pouvons réellement envisager l'avenir.

– En quoi leur mort fait-elle une telle différence pour vous ? » s'enquit Toni.

Mrs Boddington lança un regard incertain à Mr Trimble, mais celui-ci haussa simplement les épaules.

« Ce n'est pas un grand secret, dit-il, surtout maintenant… et une détective comme Mrs Raisin l'apprendrait facilement par elle-même. Stella Smart était actionnaire majoritaire du cabinet. Elle était en mesure de s'attribuer toutes sortes de primes, et, en gros, de nous forcer à gérer l'entreprise uniquement pour son profit. Quand nous avions mis des parts sur le marché, à l'origine, c'était pour financer une expansion, mais elle a tout exploité pour son intérêt à court terme. À présent, nous allons pouvoir recommencer à avancer.

– En quoi la mort de Miss Smart vous aide-t-elle à “avancer” ? insista Agatha, impressionnée par l'enthousiasme qui avait remplacé l'expression morose de Mr Trimble.

– Grâce à son testament, dit Mrs Boddington. Elle n'avait pas de famille proche, et elle laisse à peu près tous ses biens à Joan Feldrake et à Mary Carstairs. Ses parts dans la société, en revanche, devaient revenir aux directeurs du cabinet Boddington : mon mari, Mr Trimble et moi-même.

– Elle se servait de ça comme d'une arme, précisa Mr Trimble, qui surprit Agatha et Toni en faisant le geste de faire claquer un fouet. Pour nous discipliner. Elle avait des exigences épouvantables, et l'instant d'après elle nous rappelait que selon son testament la société nous reviendrait un jour… mais à condition qu'on fasse ce qu'elle disait. Elle nous menaçait sans cesse de modifier son testament et de nous laisser sans le sou.

– Elle faisait la même chose avec ses amies, ajouta Mrs Boddington. Elle les menaçait toujours de les déshériter. Maintenant, au moins, nous sommes libérés d'elle et occupés à préparer l'avenir.

– Donc, dès que vous voudrez entrer dans les détails, conclut Mr Trimble, nous sommes prêts à faire affaire avec vous. »

Agatha et Toni s'en allèrent après avoir encore un peu parlé de Raisin Investigations pour consolider leur subterfuge. Aussitôt qu'elles furent dans l'ascenseur, Toni se tourna vers Agatha.

« Eh bien, c'était… », commença-t-elle. Mais elle vit le regard d'Agatha et son imperceptible mouvement de la tête, qui la poussèrent à changer de direction. « … très informatif. Des gens très sympathiques, à première vue. »

Lorsqu'elles furent dans la rue, en train de rentrer à pied vers leurs propres bureaux, Agatha lui expliqua : « On ne peut pas leur faire confiance. Je ne serais pas étonnée qu'ils aient mis des micros dans l'ascenseur. Il y avait une caméra de surveillance, en tout cas.

– Ils avaient tout à gagner du meurtre de Miss Smart.

– C'est vrai, convint Agatha en repassant le rendez-vous dans sa tête, et il y avait quelque chose dans ce qu'a dit Jane Boddington… Allez, Toni, rentrons discuter de tout ça. »

Lorsqu'elles entrèrent à l'agence, l'équipe au complet était présente. Patrick et Simon travaillaient à leur poste, ainsi que Mrs Freedman, tandis que Roy et John bavardaient autour d'un bureau inoccupé.

« Bonjour tout le monde ! lança Agatha pour attirer leur attention, tout en tendant deux téléphones à Simon. J'ai beaucoup de choses à vous raconter, et j'ai besoin que vous m'écoutiez attentivement. Simon, il va falloir relier ces deux téléphones à un plus grand écran pour que tout le monde puisse bien voir leur contenu. Helen, je vais avoir besoin de… » Elle s'interrompit quand Mrs Freedman apparut devant elle avec le café qu'elle était sur le point de réclamer. Elle la remercia d'un hochement de tête et but une gorgée.

« Agatha, ma chère, tout va bien ? » demanda Roy en s'approchant d'elle, l'air extrêmement inquiet.

Roy et John avaient manifestement relaté à l'équipe les événements extraordinaires de la veille à la rivière et tout ce qui avait suivi, mais Toni n'avait pas assisté à cette conversation. Elle regarda Agatha d'un air abasourdi.

« Ah, oui..., lâcha Agatha, lentement, avec un sourire penaud. On a essayé de me tuer hier, et j'ai été arrêtée pour meurtre. J'avais oublié de vous le dire.

– Oublié... ? » Toni rejoignit son bureau d'un pas furieux et rangea sa petite mallette en grommelant : « Bon sang de bonsoir... »

Agatha entra dans son propre bureau, laissa tomber son sac dans son tiroir comme d'habitude, puis traîna sa chaise supplémentaire dans l'open space pour aller s'asseoir à côté de Toni. Elle lui fit un bref récapitulatif des épreuves traversées la veille.

« Agatha, quand j'ai fait ma déposition, je n'ai jamais dit que tu t'étais "battue" dans l'eau avec Miss Smart, dit Roy. Je suis à peu près certain que Gethin n'a pas prononcé ces mots non plus. Je crois qu'il a une certaine admiration pour toi.

– On dirait bien que c'est une manœuvre de Wilkes, dit John. Il a pris tout ce que vous ou

Fawkes avez pu dire sur Agatha “luttant” ou “se débattant”, et a transformé ça en bagarre.

– Quoi qu’il en soit, résuma Agatha, je suis maintenant son suspect numéro un, ce qui veut dire qu’il va chercher tous les moyens de prouver ma culpabilité plutôt que chercher le vrai tueur, notre première priorité désormais.

– “Gethin” ? s’étonna Simon. Vous êtes copains, maintenant ?

– Je l’ai aidé à sauver Agatha, se défendit Roy. Autant dire que nous sommes frères d’armes, maintenant. »

Agatha coupa court aux bavardages. « Allez, avançons. Simon, on va commencer par vous avant de passer aux meurtres. Quel est l’état des lieux avec les voleurs ?

– J’étais justement en train de rédiger mon rapport, cheffe. J’ai filé deux des suspects hier et, comme de juste, ils m’ont mené jusqu’aux vieux murs écroulés de la cathédrale. J’ai fait attention à rester hors de vue, mais j’ai réussi à me servir de votre gadget – le télescope monoculaire – avec mon téléphone pour prendre quelques photos. »

Il tourna son écran d’ordinateur pour que tout le monde puisse voir clairement les photos agrandies.

« Le type qui leur a pris la marchandise, principalement des after-shave de luxe, c’est celui que j’avais déjà vu au même endroit. Il les a payés en sachets de drogue, je ne sais pas laquelle. On voit assez bien sa tête sur cette photo, mais je ne sais pas du tout qui c'est.

– Moi si, intervint Toni en se levant pour regarder de plus près. Ça ne fait aucun doute : c'est Stevie Sexton ! Je veux dire, Eric Spalding. Un voisin de Joan Feldrake. Il fait des concerts d'hommage à Sexton dans des pubs et des clubs. Il a aussi un stand au marché.

– Une combine parfaite, dit Patrick. Il échange la drogue contre des objets volés qu'il peut vendre sur son stand.

– C'est malin, reconnut John en hochant la tête, mais il ne fourgue que des quantités ridicules à ses voleurs. Il peut sûrement en distribuer de bien plus grandes dans les pubs et les clubs, et aussi quand il trimballe son stand dans les divers marchés de la région.

– Excellent ! dit Agatha. Bravo, Simon. Et vous aussi, Toni. Notez tout ce que Toni peut vous apprendre sur Spalding, Simon. Nous pourrons donner nos conclusions à la direction du centre commercial et passer le tout à Bill Wong. Et maintenant, les meurtres… »

Elle déclina la liste des suspects comme elle l'avait fait avec John au restaurant la veille au soir, puis demanda à Simon de montrer sur son écran les éléments trouvés dans le téléphone de Stella Smart.

« Ce matin, nous avons appris que les parts de Stella Smart dans le cabinet Boddington reviendraient aux trois directeurs : Keith Boddington, Jane Boddington et Alan Trimble. Boddington va redevenir une entreprise familiale, expliqua-t-elle.

– Donc non seulement ils avaient des raisons de haïr Miss Smart et Miss Feldrake, enchaîna Toni, mais en plus ils avaient tout à gagner à la mort de Miss Smart.

– Et ce n'est pas tout, ajouta Agatha. Vous vous rappelez ce qu'a dit Jane Boddington ce matin, Toni ? Elle a dit que Feldrake et Smart avaient "ruiné leur vie". Simon, montrez le texto envoyé vendredi dernier. D'un numéro masqué. »

À l'écran apparut le message :

Vous avez ruiné nos vies ! C'est terminé !
On en a assez ! Vous allez le payer !

« La même expression, dit Simon en contemplant l'écran. "Ruiné nos vies". Sacrée coïncidence.

– Et qu'est-ce qu'on dit des coïncidences, Simon ?

– Qu'il n'y en a pas dans une enquête sur un meurtre, cheffe », récita Simon avec un grand sourire. C'était un des mantras d'Agatha.

« Alan Trimble, reprit-elle, prétend que les Boddington et lui ont un alibi au moment des meurtres : ils étaient tous au bureau. Voyez si vous pouvez trouver un moyen de vérifier ça, Simon. Je suis sûre que cette menace venait de Jane Boddington. Une menace ne fait pas d'elle une meurtrière, mais c'est quand même un point en leur défaveur.

« Bien, et le lendemain, le jour du meurtre de Feldrake, il y a un message signalant la paruline à tête cendrée à Ancombe Vale », enchaîna-t-elle. Elle se tut le temps que Simon affiche le message. « Je pense que ce message-là vient de quelqu'un d'autre : le numéro n'est pas masqué, il est juste inconnu. On trouve le même message dans le téléphone de Joan Feldrake, envoyé du même numéro, mais plus de deux heures plus tôt.

– S'il s'était agi d'une alerte groupée, tous les destinataires l'auraient reçu en même temps, souligna Patrick.

– Et pourtant non. Pour autant qu'on le sache, il n'a été envoyé qu'à elles. On n'a pas vu d'autres amateurs d'oiseaux sur les lieux.

– Si le message était conçu pour attirer d'abord Feldrake puis Smart dans le bois, fit observer John, alors l'intention était peut-être de les éliminer l'une après l'autre.

– Ou peut-être de tuer Feldrake et de faire en sorte que Smart découvre le corps, suggéra Patrick. L'auteur prévoyait peut-être de la faire accuser du meurtre.

– Bien raisonné, dit Agatha. Donc, qu'il s'agisse d'un double meurtre ou d'un coup monté, qu'est-ce qui a arrêté le coupable ?

– L'arbre ! lança Roy, debout au milieu de la réunion, agitant les bras en l'air comme des branches dans le vent. Quand il est tombé… (Roy s'inclina en avant aussi loin qu'il le put sans perdre l'équilibre), il a dû faire un raffut de tous les diables. Quelqu'un allait sûrement venir voir ce qui se passait, d'autant plus qu'il est tombé en travers de la route. Il n'y a pas beaucoup de passage, mais au moins quelques voitures allaient forcément se retrouver coincées.

– C'est plausible, dit John. Le meurtrier devait filer : il a poussé le corps sous l'arbre et il s'est carapaté.

– N'importe lequel de nos suspects a pu partir à ce moment-là, réfléchit Agatha, sauf Anthony Feldrake et Mary Carstairs. Ils étaient encore là quand nous sommes arrivés.

– Stella Smart aussi, fit remarquer Simon.

– Oui, mais je ne suis pas convaincue par l'idée que Smart aurait tué Feldrake et aurait ensuite été tuée au même endroit. » Agatha se concentrait pour fouiller dans ses souvenirs. « Je pense que c'est la même personne qui les a tuées toutes les deux, mais il y a quelque chose qui cloche dans la scène de crime, et je n'arrive pas à mettre le doigt dessus. Simon, on peut regarder l'autre téléphone, s'il vous plaît ? »

Il afficha à l'écran ce qui provenait du téléphone de Joan Feldrake. Agatha lui demanda de montrer les appels qu'elle avait reçus le jour de son assassinat.

« Il y a un appel de son frère à 16 h 45, déclara Simon en indiquant l'écran, et le seul autre appel vient aussi de lui, à 17 h 15.

– Les deux coups de fil dont Miss Carstairs et lui nous ont parlé, rappela Toni.

– Oui, je sais, dit Agatha, qui réfléchissait toujours. Toni, pouvez-vous vérifier à quelle heure Anthony Feldrake et Mary Carstairs sont arrivés au Feathers et à quelle heure ils en sont repartis ? » Toni prit note pendant qu'Agatha continuait. « Pendant ce temps-là, regardons les photos de Jane Feldrake, Simon. »

Des images d'oiseaux et de campagne apparurent à l'écran, et Agatha demanda à Simon de les faire défiler rapidement jusqu'à celles qui l'intéressaient. Il cliqua sur la première de l'album, et trois personnes nues s'affichèrent soudain.

Patrick éclata de rire, ce qui lui arrivait rarement. « Mince ! Je ne m'attendais pas à ça ! »

Simon rigola aussi, et à l'autre bout de la salle Mrs Freedman releva le nez de son bureau, se figea une minute et rebaissa immédiatement la tête.

« Ça m'a tout l'air de photos de maître chanteur, constata John.

– Prises de loin, à l'insu des sujets, confirma Patrick. Je pense que c'est bien ça.

– Moi aussi, dit Agatha, mais qui Joan Feldrake faisait-elle chanter ? Je ne sais pas du tout qui sont ces gens.

– Moi, si ! » dit Toni en se levant pour mieux voir : on aurait dit une rediffusion de sa réaction à la photo de Stevie Sexton. Elle indiqua la femme à l'écran : « Ce sont les autres voisins de Joan

Feldrake. Ça, c'est Mrs Bellingham. Je ne sais pas qui est le type sur elle...

– Mais en tout cas elle a l'air de bien s'amuser, commenta Roy en tournant la tête sur le côté pour mieux observer la scène.

– ... et celui qui les regarde une bière à la main, continua Toni, c'est Mr Bellingham.

– Je comprends, maintenant, dit Agatha. Je le savais, que je connaissais ce décor. Cette chose floue sur le bord de la photo qui ressemble à un arbre, c'est en fait le camouflage qui recouvre la hutte de Joan Feldrake. Elle s'est cachée dedans pour prendre ses voisins en photo !

– Voilà qui pourrait expliquer l'arrêt soudain de leurs plaintes, dit Patrick. Elle les a menacés de les humilier avec ces photos, et ils se sont tus.

– Ils m'ont raconté qu'ils étaient ses meilleurs amis, dit Toni. Ils ont même dit avoir les clés de chez elle pour pouvoir intervenir s'il y avait un problème en son absence.

– C'est exactement ce qu'on attend de ses voisins, dit Agatha, et avec ces photos en sa possession, Joan Feldrake était assurée qu'ils feraient ce qu'elle voulait. Elle pouvait les contrôler à sa guise. J'imagine qu'ils se sont servis des clés pour entrer et fouiller la maison à la recherche d'une carte mémoire ou tout autre appareil où elle aurait pu stocker ces photos.

– Mais de là à la tuer ? s'interrogea Roy. Je veux dire, si Mrs Bellingham aimait faire l'amour avec d'autres hommes sous le regard de son mari, c'est un peu spécial, mais ça n'a rien d'illégal entre adultes consentants...

– Mrs Bellingham est infirmière, dit Patrick en consultant ses notes, et Mr Bellingham technicien de salle d'opération. Ils travaillent tous les deux à l'hôpital général de Mircester. Si ces photos avaient été postées sur Internet ou envoyées par e-mail au personnel de l'hosto, tout le monde se serait moqué d'eux. Ils auraient eu beaucoup de mal à travailler normalement en étant la cible de tous les bavardages et en sachant qu'on ricanait dans leur dos. À mon avis, ils risquaient leur emploi.

– S'ils vivaient sous la menace de perdre leur boulot et de se retrouver sans le sou, fit remarquer John, ça leur donne un mobile.

– Pour le meurtre de Miss Feldrake, peut-être, souligna Toni, mais Miss Smart ? Qu'est-ce qui la relie aux Bellingham ?

– Le jour de sa mort, Stella Smart m'a dit que le meurtre de Joan Feldrake n'était qu'une histoire d'argent et de vengeance, et que les assassins s'en prendraient ensuite à elle, dit Agatha. Si elle était de mèche dans un chantage qui obligeait les Bellingham à verser de l'argent en plus de faire ce qu'on leur disait, cela explique beaucoup de choses. Patrick, voyez ce que vous pouvez faire pour en apprendre davantage sur les finances des Bellingham et savoir s'ils faisaient des paiements réguliers à Feldrake ou à Smart.

– L'argent et la vengeance sont des motivations puissantes, mais ça peut aussi s'appliquer aux Boddington et à Alan Trimble, fit remarquer Roy.

– En effet, convint Agatha. Raison de plus pour bien vérifier leurs alibis. »

Elle consulta une seconde ses propres notes, puis se tourna à nouveau vers Simon.

« Une dernière chose en provenance des téléphones, dit-elle. Retrouvez un message entre Joan Feldrake et Stella Smart parlant de "la mémoire de SS", je vous prie, Simon. »

Il trouva rapidement le message demandé.

« *Il profane la mémoire de SS* ? lut-il, absolument perplexe. Des histoires de nazis, maintenant ?

– Ça m'a traversé l'esprit aussi, dit Agatha, mais ce serait tout simplement trop bizarre...

– Rien à voir avec les nazis, intervint Toni. SS, c'est Stevie Sexton. Elles voulaient se débarrasser d'Eric Spalding ! »

Agatha se tapa sur la cuisse. « Bien sûr ! Stevie Sexton était leur idole quand elles étaient jeunes. Elles ne pouvaient que détester les imitations de Spalding.

– Les plaintes de Joan Feldrake auprès du conseil municipal ne l'ont pas arrêté, fit remarquer Patrick.

– Et si elles étaient au courant de son trafic de drogue et menaçaient de le dénoncer, il a un mobile parfait, conclut John.

– Il faut que vous terminiez votre rapport, Simon, dit Agatha, la tête entre les mains, mais on ne va pas le soumettre tout de suite, ni remettre Spalding à la police. Il vient de bondir en tête de notre liste de suspects. Jusqu'à présent, nous n'avons éliminé personne, et la seule dont nous sommes sûrs qu'elle n'a rien fait, c'est moi ! »

Agatha répartit les tâches de son équipe. Simon terminait son rapport et devait vérifier les alibis de Trimble et des Boddington. Patrick commença à fouiller dans les finances des Bellingham. Toni se mit à essayer de déterminer précisément à quel moment Anthony Feldrake et Mary Carstairs étaient partis du Feathers. John essaya de parler avec d'anciens collègues de la police pour savoir qui d'autre s'était trouvé dans l'embouteillage causé par la chute de l'arbre. N'importe qui parmi ces gens pouvait avoir vu un détail crucial. Agatha et Roy travailleraient ensuite avec John sur le suivi de leurs témoignages.

En fin d'après-midi, très peu de progrès avaient été réalisés lorsque Agatha quitta le bureau avec John, fatiguée et frustrée. Elle se gara à Carsely et ils se dirigèrent vers le Red Lion, bien décidés à se détendre en buvant un verre et en mangeant quelque chose. Ils allaient entrer dans le pub quand Agatha entendit qu'on l'appelait. En se retournant, elle faillit trébucher sur un chevalet publicitaire posé sur le trottoir.

« Pardon, Mrs Raisin, je n'ai pas voulu vous prendre par surprise, lança Gethin Fawkes en s'approchant. Je voulais juste m'assurer que tout allait bien, après les événements d'hier.

– Je vais bien, merci, Mr Fawkes.

– Appelez-moi Gethin, dit-il en souriant. On ne va pas faire des manières alors qu'on commence à bien se connaître. Euh, je ne voulais pas... » Il passa une main sur son torse, clairement gêné qu'elle puisse croire qu'il se moquait de l'incident de sa robe ouverte.

« Pas de problème, Gethin, répliqua-t-elle en riant. Je vois ce que vous voulez dire.

– Voulez-vous boire un verre avec nous ? proposa John en tournant les yeux vers la porte du pub.

– Non, mais merci quand même, dit-il en montrant une enveloppe qu'il tenait à la main. J'ai acheté une carte chez Harvey's et j'ai écrit un mot à Mrs Bloxby pour m'excuser d'avoir gâché la réunion de la Société des dames vendredi dernier. J'allais la déposer au prieuré.

– C'est très gentil à vous, mais je ne pense pas que vous ayez gâché la soirée, dit Agatha. Au contraire, vous l'avez rendue plus intéressante pour tout le monde.

– Ce n'est pas bien de ma part, insista-t-il, honteux, la tête baissée. J'ai parlé avec ma... enfin, ce que je veux dire, c'est que je dois me reprendre. Ces deux dames tuées sur mes terres... puis ce qui vous est arrivé… ça m'a fait comprendre que je dois changer des choses. Je dois me changer, moi… en commençant par ça. » Il leva l'enveloppe et regarda tour à tour Agatha, John, Agatha.

« Je suis sûre que cela fera très plaisir à Mrs Bloxby de vous voir, Gethin », dit cette dernière. Et Fawkes partit d'un pas pressé en direction de St Jude.

Agatha et John prirent une table près de la fenêtre avec vue sur la rue, et John alla au bar chercher deux cartes, un verre de rouge pour Agatha et un grand verre d'eau pétillante pour lui-même.

« Tu ne veux pas de vin ? s'étonna Agatha.

– Je suis un peu barbouillé, expliqua-t-il en posant son verre sur la table. Ça me suffit pour l'instant. »

Il ne leur fallut pas longtemps pour parcourir la carte limitée : John choisit la tourte du berger et Agatha opta pour les lasagnes. Elle savait que c'était du tout fait, probablement décongelé soit dans un four brûlant, soit au micro-ondes, mais, ses attentes étant plutôt limitées, elle avait peu de risques d'être déçue. En secret, elle avait hâte de tout avaler pour ensuite prendre une cuillère et se régaler des petits bouts croustillants qui restaient collés au bord du plat, comme elle le faisait si souvent.

« Gethin Fawkes n'avait rien à voir avec le grand coléreux que tu m'as décrit après la soirée à la salle paroissiale, fit remarquer John.

– Non, pas du tout, hein ? J'aurais tendance à penser que sa menace d'"exterminer" les *twitchers* n'était qu'un mouvement d'humeur passager. Car enfin, si Gethin – seul ou avec un complice – a tué ces deux femmes, pourquoi se faire remarquer sur les lieux du meurtre de Stella Smart en me sortant de l'eau ? S'il avait été impliqué, il serait parti discrètement, et ni Roy ni moi ne l'aurions vu. Au lieu de quoi il m'a sauvé la vie.

– Je crois bien que Gethin Fawkes vient de tomber tout en bas de la liste des suspects.

– Moi aussi. Ce n'est pas parce qu'on est soupe au lait qu'on est un meurtrier. Moi-même, j'ai du caractère, mais...

– Ah bon ? plaisanta John en souriant. Je n'avais pas remarqué.

– Attention, tu n'as pas intérêt à m'énerver, répliqua-t-elle sur le même ton. Mais il y a cette grange, quand même, poursuivit-elle. Il est très secret là-dessus.

– C'est comme le caractère colérique, dit John. Avoir un secret ne fait pas de quelqu'un un tueur.

– Non, c'est vrai, conclut Agatha, décidément convaincue. Gethin Fawkes a peut-être été notre suspect numéro un à une époque, mais ce n'est plus le cas. Je ne le vois pas en tueur. »

Leur repas terminé, ils rentrèrent d'un pas tranquille vers Lilac Lane dans le soleil du début de soirée. C'est alors que le téléphone de John sonna. L'appel fut bref et sembla l'inquiéter.

« C'était Bill Wong, dit-il. Wilkes a eu vent de l'incident à la salle paroissiale. Il est décidé à arrêter Gethin Fawkes.

– Il faut qu'on l'avertisse ! s'exclama Agatha, pressant le pas et cherchant son propre téléphone.

– Tu as son numéro ?

– Non, mais je connais quelqu'un qui l'a, répondit-elle en cliquant sur un de ses contacts. Gustav ? Ne me faites pas perdre mon temps. Il faut que je parle à Charles.

– Sir Charles est dans la cuisine, répondit Gustav sur un ton plaintif qui ne lui ressemblait pas. En train d'aider cette Roberts à préparer le dîner. Il faut faire quelque chose, Mrs Raisin ! Ça devient absolument scandaleux !

– Il me faut le numéro de Gethin Fawkes, Gustav ! C'est urgent.

– Attendez, je l'ai ici. » Il lui dicta le numéro pris dans les contacts de Charles. « Mais vous devez me promettre de... »

Agatha raccrocha et appela aussitôt Gethin Fawkes.

« Ça ne répond pas », constata-t-elle. Ils étaient presque arrivés à sa voiture. « La ferme n'est pas loin. Allons-y tout de suite. Il faut absolument que je le mette en garde contre Wilkes. Je lui dois bien ça.

– Je prends le volant, dit John. Continue d'essayer de le joindre. » Agatha lui passa ses clés.

Ils ne mirent que quelques minutes à atteindre la petite route d'où partait le chemin qui menait chez Fawkes. John indiqua du doigt deux voitures qui descendaient.

« Ce sont des véhicules de la police de Mircester, dit-il. Je crois bien qu'on arrive trop tard.

– Ralentis en passant à côté d'eux », dit Agatha.

En se rapprochant, ils distinguèrent Wilkes sur le siège passager d'une des voitures, et Fawkes, flanqué de deux agents en civil, à l'arrière de l'autre.

« Trop tard, lâcha John.

– Continue tout droit. Ils vont prendre la route de Carsely. On peut faire demi-tour un peu plus loin. »

John s'arrêta à l'entrée d'un champ et fit tourner la voiture.

« Attends, remonte le chemin jusqu'à la ferme de Fawkes, se ravisa Agatha. C'est peut-être notre chance de fouiller un peu.

– Je croyais qu'il était tombé en bas de notre liste de suspects.

– C'est vrai, et voilà notre chance de l'innocenter complètement, quoi qu'en pense cet imbécile de Wilkes. »

Ils se garèrent devant le corps de ferme et s'approchèrent. Agatha actionna le marteau de cuivre. La porte s'entrouvrit en grinçant.

« Ohé ? lança-t-elle. Il y a quelqu'un ? »

Pas de réponse. Ils entrèrent dans une cuisine bien rangée qui semblait occuper l'essentiel du rez-de-chaussée. Les dalles du sol étaient nettoyées, tout comme la table en bois au milieu de la pièce. Poêles et casseroles étaient suspendues par ordre de taille au-dessus d'un plan de travail propre, à côté d'une cuisinière rutilante. Avançant encore dans la cuisine, Agatha ouvrit placards et tiroirs où elle trouva de la vaisselle et des couverts bien lavés, empilés et rangés. Un profond évier blanc était installé en dessous d'une fenêtre qui donnait sur la petite grange. À droite, une porte en bois menait probablement vers le reste de la maison.

« C'est un as du ménage, cet homme, nota John.

– En effet, dit Agatha, légèrement penaude en pensant que sa propre cuisine ne pouvait espérer rivaliser avec celle-ci que le jeudi juste après les visites de Doris Simpson. Même James serait impressionné, et chez lui, on peut manger par terre. »

C'est alors qu'elle sentit, autant qu'elle l'entendit, un grondement sourd. Elle posa la main sur son estomac, mais ça ne pouvait pas être la faim : elle venait de se gaver de lasagnes et de pain à l'ail au Red Lion. Lorsque bruit revint, elle tourna lentement les yeux vers l'entrée : Molly, la chienne de Fawkes, grognait doucement, assise sur le pas de la porte.

« J'aurais dû m'attendre à ce qu'elle soit là », dit Agatha à mi-voix, debout à côté de John. Les yeux noisette de la chienne les fixaient sans ciller.

« On dirait qu'elle essaie de nous hypnotiser », murmura John, et ils tâchèrent de s'esquiver de côté, plaçant la table entre Molly et eux. La chienne avança dans la pièce en rampant façon commando, prête à bondir à gauche ou à droite si Agatha ou John tentait de s'enfuir. Elle s'immobilisa, concentrée à bloc.

« Elle n'a pas l'air si dangereuse, en fait, raisonna John.

– Il y a beaucoup de vilaines dents pointues dans cette mignonne petite bouille, objecta Agatha. On n'arrivera jamais jusqu'à la porte. Elle est plus rapide que nous.

– Je crois qu'elle est plus maligne aussi.

– On peut atteindre l'autre porte en allant vite, dit Agatha avec un coup d'œil discret vers l'issue à côté de l'évier.

– D'accord, on y va à trois, souffla John en tendant lentement la main vers une bouilloire en cuivre posée sur un buffet gallois en bois sculpté. Je peux peut-être faire diversion avec ça. Un… deux… Trois ! »

Il jeta la bouilloire dans la direction de Molly. Il n'avait aucune chance de la toucher, mais elle dut les quitter des yeux un instant pour éviter le projectile, ce dont ils profitèrent pour faire trois pas vers la porte. Celle-ci s'ouvrit sur un salon douillet, avec sur la droite un escalier menant à l'étage. John claqua la porte derrière eux et ils entendirent les griffes de Molly gratter le battant de l'autre côté.

« On peut retourner à la voiture par là, dit Agatha en indiquant une porte à gauche. »

En se ruant dehors, ils virent Molly jaillir derrière le coin de la maison puis s'aplatir dans une grande touffe d'herbe, prête à les intercepter.

« Nom d'un salopard à sonnette ! cracha Agatha. Elle nous coupe la route ! Vite, par ici ! Dans la grange ! »

Ils coururent à toutes jambes vers la petite grange, poussèrent un grand coup sur la porte et la refermèrent juste à temps pour entendre la chienne arriver et lancer un jappement dépité. À l'intérieur, l'obscurité régnait. Seul un peu de jour passait sous la porte, intercepté par les pattes de Molly qui allaient et venaient juste derrière. Ils l'entendirent renifler, la truffe enfoncée dans la fente. Elle poussa un nouveau grognement.

« Qu'est-ce qu'on fait, maintenant ? gémit Agatha. Elle nous a pris au piège ! »

9

Agatha s'éloigna à reculons de la porte de la grange. Ses yeux s'accoutumaient peu à peu à l'obscurité, mais seulement assez pour qu'elle distingue des formes vagues. John prit son téléphone et alluma la torche.

« Il doit y avoir un interrupteur quelque part », dit-il, cherchant sur les murs. Il finit par le trouver, haut placé à droite de la porte. Il alluma.

Il y eut un petit tintement, et quatre grands tubes au néon suspendus au plafond reprirent vie en clignotant. Un instant plus tard, il faisait clair comme en plein jour dans la grange.

« Cherchons une autre sortie », proposa Agatha en scrutant les environs. Diverses pièces d'outillage agricole étaient rangées avec méthode le long des murs, chacune clairement à sa place, certaines couvertes de bâches. Entre elles étaient suspendues des séries d'outils, au moins aussi nombreux que dans un garage automobile, tous méthodiquement disposés par genre et par taille.

« Jamais vu une grange aussi bien rangée, dit John. Dans les fermes, en général, c'est le bazar, mais ici l'ordre est presque obsessionnel.

– Il y a une autre porte ici ! » s'écria Agatha en se précipitant sur le verrou. Il était solidement fermé.

« À mon avis, c'est cadenassé de l'extérieur, fit observer John.

– Et même si ça ne l'était pas, enchaîna Agatha en montrant le bout d'une patte qui dépassait sous la porte, Molly a compris qu'on était de ce côté sans même nous voir.

– Les chiens ont un flair et une ouïe supérieurs à leur vue, dit John. Je pense que tant qu'on sera à l'intérieur, elle saura précisément où nous sommes. »

Agatha consulta son téléphone.

« Je n'ai pas de réseau ici. Et toi ?

– Rien du tout. Ce qui explique sans doute pourquoi Gethin n'a pas décroché. On ne reçoit pas grand-chose, dans le coin.

– Peut-être qu'en prenant un peu d'altitude, on pourrait appeler à l'aide, suggéra Agatha. Ça a marché pour moi la fois où j'ai été coincée dans la chambre froide de la fabrique de crème glacée, tu te rappelles ? »

Ils trouvèrent une échelle et essayèrent en hauteur un peu partout dans la grange, en vain. Une heure plus tard, ils s'assirent ensemble sur une botte de foin pour tenter d'élaborer un nouveau plan.

« Même si on avait eu du réseau, dit John, qui aurait-on appelé ?

– N'importe lequel de mes employés serait venu tout droit nous chercher. Il aurait suffi de distraire Molly avec une saucisse, ou de lui jeter un filet dessus, quelque chose dans le genre.

– Si on veut tenter une évasion, il y a des tas de choses ici qui pourraient nous servir à la repousser, suggéra John.

– On ne peut pas faire de mal à Molly. Gethin est peut-être en train d'essayer de tourner la page, mais il replongera immédiatement si on fait du mal à sa chienne.

– Pas besoin de lui faire du mal, dit John. Tout ce qu'il nous faut, c'est la tenir à distance le temps d'arriver à la voiture.

– Ça ne coûte rien d'essayer », dit Agatha en se levant. Elle attrapa la housse couvrant un objet volumineux qui trônait au milieu de la grange. « Voyons ce qu'il y a là-dessous.

– Pas touche ! rugit alors Gethin Fawkes depuis la porte. Qu'est-ce que vous foutez là ?

– Nous étions venus vous avertir que Wilkes voulait vous embarquer, dit Agatha.

– Mais on est arrivés trop tard, précisa John, et Molly nous a poursuivis jusqu'ici. On essaie de sortir depuis tout à l'heure. »

Fawkes regarda fixement Agatha, puis John, et enfin ses épaules semblèrent se détendre. Molly, elle, grondait toujours contre eux deux, aplatie sur le sol.

« Ça partait d'une bonne intention, j'imagine, grommela Fawkes. Molly, dehors ! »

La chienne fit demi-tour et fila à l'extérieur. Elle alla se poster plus loin dans le soleil du soir, sans toutefois les quitter des yeux.

« Wilkes ne vous a pas gardé très longtemps, constata Agatha. Vous vous en tirez bien mieux que nous.

– Il n'avait absolument pas le droit de m'embarquer, grogna Fawkes. Une vaste perte de temps. J'étais à une vente aux enchères de machines agricoles dans une ferme de l'autre côté d'Evesham quand Miss Feldrake est morte. Il y avait au moins vingt personnes sur place, qui peuvent toutes répondre de moi : dès que l'inspecteur Wong a pu les avoir au téléphone, il a recueilli trois témoignages d'affilée. Je n'ai pas passé plus d'une demi-heure au poste.

– Je n'ai jamais vu une grange aussi bien rangée, fit observer Agatha en regardant autour d'elle. Je sais que vous la considérez comme très privée, mais je ne comprends pas pourquoi. »

Fawkes baissa la tête, comme il l'avait fait devant le Red Lion, mais cette fois il n'était ni gêné ni penaud : visiblement, il réfléchissait, soupesait un choix.

« Asseyez-vous, dit-il, une fois décidé, en leur indiquant la botte de paille. Je protège cet endroit parce qu'il compte beaucoup pour moi. Mais si je dois faire des changements dans ma vie, ceci en est sans doute un. »

Il empoigna la housse qu'Agatha avait failli soulever et la tira doucement sur le côté, révélant un tracteur ancien, rouge, rutilant.

« Un Cropmaster David Brown de 1951, annonça-t-il. C'était celui de mon père, mais quand Rhiannon et moi… Rhiannon était ma femme. Elle est morte. » Il se tut un instant, inspira profondément.

« Gethin, vous n'êtes pas obligé…, commença Agatha, mais il leva une main pour l'arrêter.

– Non, il est temps que… temps que je fasse le ménage, et ceci en fait partie. Venez voir. »

Ne s'étant jamais intéressée aux tracteurs ni aux machines agricoles en général, Agatha s'étonna de voir le vieux Cropmaster presque comme une créature vivante. Il avait des courbes et des lignes gracieuses qu'elle trouva assez réjouissantes. Malgré ses grosses roues aux pneus énormes, il était bien plus petit que les tracteurs modernes, et beaucoup plus élégant. D'autant plus élégant qu'il n'était pas couvert de la boue (et autres choses pires encore) qui maculait les énormes tracteurs derrière lesquels elle se trouvait souvent coincée sur les routes autour de Carsely. Il n'y avait quasiment pas un grain de poussière sur le Cropmaster rouge.

« Il est absolument splendide, Gethin, dit-elle, dressée sur la pointe des pieds pour mieux voir le siège conducteur. Et il a deux sièges, côte à côte.

– Rhiannon et moi avions l'habitude de nous y asseoir ensemble quand nous étions jeunes mariés et que nous sommes venus vivre ici avec mon paternel. Elle adorait conduire le tracteur. On grimpait en haut de la colline pour pique-niquer. De là-haut, on voit six comtés. Nous étions heureux comme tout. Peu après la mort de mon père, le Cropmaster est tombé en panne. Puisque de toute manière il n'était plus assez performant, nous l'avons garé ici, et au fil des ans il a pris la poussière et la rouille.

» J'ai toujours dit à Rhiannon que je le retaperais et qu'un jour on le reprendrait pour monter en haut de la colline, mais nous n'avons pas eu le temps. Toujours trop occupés par une chose ou une autre. Alors, à la mort de Rhiannon, j'ai juré de remettre le Cropmaster en état, et je travaille dessus depuis. »

John fit le tour du tracteur en admirant le travail réalisé par Fawkes. Agatha baissa les yeux pour regarder, à côté, une étagère sur laquelle était posée la batterie du véhicule. Sur cette batterie était posée une photo sous verre d'un Fawkes plus jeune, plus heureux, posant avec une jeune femme.

« C'est elle, Rhiannon ? »

Il acquiesça.

« Elle est très belle, Gethin. »

Il s'assit sur la botte de foin, se pencha en avant et passa les mains dans ses cheveux.

« Je viens ici pour lui parler, confia-t-il en relevant la tête pour regarder Agatha et John debout à côté du tracteur. Vous devez me prendre pour un fou, mais je viens ici pour parler à Rhiannon. J'essaie de faire en sorte que tout dans cette ferme reste comme elle l'aimait – comme nous l'aimions –, et lui parler m'aide à tenir le coup. Je dois être un peu cinglé, non ?

– Non, mon vieux, dit John. Pas du tout.

– Absolument pas, renchérit Agatha. Elle serait fière de l'état dans lequel vous conservez la ferme – et enchantée de voir le vieux tracteur de votre père.

– Mais parfois je me mets en colère, continua-t-il en se tordant les mains, et là elle aurait honte de moi.

– Personne n'est parfait, Gethin. Elle n'aurait pas honte de vous. Elle serait fière. Elle aurait certainement été très fière de vous voir me repêcher dans cette rivière.

– Ne soyez pas si dur avec vous-même, insista John. Je suis sûr que Rhiannon ne le voudrait pas. Elle voudrait que vous soyez heureux.

– Vous avez sans doute raison, dit Fawkes en se levant, la tête haute cette fois. Je l'avais compris moi-même. Vous entendre le dire le rend doublement vrai. C'est pourquoi les choses vont changer.

C'est ce qu'elle voudrait, et c'est ce que je compte faire. »

Ils sortirent de la grange tous ensemble, Molly trottinant docilement au pied de Fawkes.

Agatha se réveilla seule cette nuit-là. Cela n'avait rien d'inhabituel en principe, mais John était resté dormir avec elle, et pourtant il n'était pas couché à ses côtés. C'était justement l'espace vide dans le lit qui l'avait réveillée. James faisait ça quand on était mariés, se souvint-elle : il se réveillait en pleine nuit et allait se recoucher chez lui à côté. Mais John n'avait rien à voir avec James. Quelque chose ne tournait pas rond. Elle enfila une robe de chambre et descendit.

Elle le trouva assis à la table de la cuisine, une tasse de thé devant lui.

« Pardon, dit-il en souriant. Je ne voulais pas te déranger. Je n'arrivais pas à dormir. »

Elle s'assit à côté de lui. « Tu étais crevé, pourtant. Tu avais hâte d'une bonne nuit de sommeil.

– Je sais, mais j'ai tellement de choses qui me tournent dans la tête ! Quelqu'un a essayé de te tuer, et cette personne est toujours dans la nature. Tu as été arrêtée, et moi aussi. Je sais que ce sont les âneries de Wilkes, mais j'avais des états de service exemplaires dans la police, et ça me perturbe encore… je me sens disgracié. Sans parler de toute l'histoire avec la compagnie de croisière, et, bien sûr, du fait qu'un double meurtrier court toujours, et...

– Au moins, sur ce coup-là, on a réduit la liste des suspects : Gethin n'y est pour rien.

– Je sais, et d'ailleurs je réfléchissais aussi à Gethin. Il est si malheureux, depuis si longtemps... S'il devait arriver quelque chose à l'un de nous deux, on ne sera pas comme ça, n'est-ce pas ? L'autre tournera la page, d'accord ? L'autre sera heureux... sans perdre des années. Promis ?

– Bien sûr, c'est promis, dit-elle en lui prenant la main, mais il ne va rien nous arriver. Allez, reviens au lit. Essaie de dormir. »

Elle l'embrassa sur le front, l'entoura de son bras, et ils remontèrent tous les deux ensemble.

Le lendemain matin, Agatha et John, en arrivant à l'agence, découvrirent que les investigations apparemment stériles de la veille commençaient en fait à montrer des résultats. Roy était assis au bureau supplémentaire de l'open space avec un bloc-notes, puisqu'il s'était autoproclamé membre temporaire de l'équipe.

« J'ai fini par joindre la plupart des automobilistes qui se trouvaient sur les lieux du meurtre de Feldrake, rapporta-t-il. Tous fort aimables, mais en gros, aucun d'entre eux n'a rien vu de plus que vous. Les seuls à qui je n'ai pas parlé étaient dans le rapport de Bill Wong, et ils n'ont rien vu non plus.

– Les autres voitures… » Agatha visualisa la scène dans sa tête, puis la repoussa de nouveau. « Bon, je suppose qu'on n'en attendait pas grand-chose.

– J'ai parlé à un contact à la banque Mircester General, dit Patrick. Il n'a pas pu me dire exactement combien gagnent les Bellingham, mais apparemment tout le monde sait qu'ils font le plus possible d'heures supplémentaires pour booster leurs revenus.

– Ça pourrait coller avec l'idée que Feldrake et Smart les faisaient chanter, commenta John. Ils avaient besoin de tout l'argent possible.

– C'est vrai, convint Patrick, mais j'ai aussi trouvé des posts de Mrs Bellingham sur les réseaux sociaux. » Il tourna son écran vers la salle pour montrer des photos des Bellingham en vacances exotiques. « Récemment, ils sont allés en Jamaïque et à Cancún, au Mexique. Ils semblent apprécier les hôtels et les clubs qui ont une clientèle… aux idées larges.

– Des clubs échangistes ! s'exclama Simon. Cool !

– Ça les regarde, bien sûr, dit Agatha d'un air concentré. Mais quand on a des maîtres chanteurs sur le dos, qui essaient de vous extorquer jusqu'au dernier centime, on a tendance à ne pas s'offrir des vacances hors de prix au bout du monde.

– Et apparemment, ajouta Patrick, ils sont chez eux aujourd'hui, en train de faire leurs valises parce qu'ils partent pour la Thaïlande demain. Mrs Bellingham ne parle pratiquement que de ça au travail depuis quinze jours.

– Ils comptent peut-être fuir le pays, suggéra Toni.

– Possible, mais peu probable, trancha Agatha. Je pense que les Bellingham sont à rayer de la liste des suspects. Ils ont peut-être des habitudes un peu particulières, mais je doute que le meurtre en fasse partie. Autre chose ?

– J'ai fait un foot avec des potes hier soir, dit Simon. L'un d'eux sort avec une fille qui travaille chez Boddington. On l'a retrouvée au pub après le match, et elle m'a dit que les Boddington et Trimble n'ont pas quitté le bureau. Les caméras de surveillance devraient le confirmer.

– Il y a toujours moyen d'éviter les caméras, lui rappela Agatha.

– D'accord, mais certains employés ont passé beaucoup d'heures là-bas aussi. On leur avait promis des congés supplémentaires plutôt que de l'argent. Ma source en faisait partie, et elle dit que Mr et Mrs Boddington, ainsi qu'Alan Trimble, étaient à leur poste quand Joan Feldrake et Stella Smart ont été tuées.

– Voilà qui élimine en effet la piste des Boddington, dit John.

– Il reste Anthony Feldrake et Mary Carstairs, ou notre dealer de drogue, Eric Spalding, résuma Agatha en visualisant dans sa tête les maisons de Tweeting Bottom.

– Je suis allée au Feathers hier soir et j'ai parlé avec une serveuse qui était présente samedi dernier, relata Toni. Elle pense que Mary Carstairs et Anthony Feldrake sont arrivés vers 16 h 30. Ils avaient réservé non pas pour un thé, mais pour dîner tôt. Elle sait qu'ils sont repartis seulement une demi-heure plus tard, à 17 heures, car elle quittait son service et elle les a vus sortir du parking en direction d'Ancombe Vale.

– Ah oui ? fit Agatha. Il faut que je réfléchisse un peu à leurs déplacements de la journée. Vous savez, je pense qu'en fait nous avançons. Quelque chose me dit que nous ne sommes pas loin de découvrir la vérité. Rien de plus sur Spalding ?

– Il a une camionnette et une moto immatriculées à son nom, lâcha Patrick avec un haussement d'épaules. C'est à peu près tout.

– C'est sûr qu'il a une moto, confirma Toni. J'ai vu son casque intégral dans l'entrée, chez lui.

– J'ai aussi reçu une réponse de mon vieux copain en Écosse à propos d'Anthony Feldrake, ajouta Patrick. D'après la rumeur, il s'est fait virer parce qu'il était tire-au-flanc. Les plateformes pétrolières sont des structures vastes et complexes, avec beaucoup de recoins cachés, hors de vue. Apparemment, Feldrake avait planqué des couvertures à deux ou trois endroits où il allait discrètement s'installer pour faire la sieste ou lire le journal en laissant les autres faire le boulot. Personne ne savait jamais où il était. Mais ils ont fini par le trouver et par le mettre à la porte.

– Pour un fainéant, il a disposé des affaires de sa sœur avec beaucoup de zèle, commenta Simon.

– Sa femme a demandé le divorce, expliqua Roy, il n'a pas de travail, pas de revenus, pas d'argent. Il est acculé, et les gens acculés peuvent en venir à des gestes désespérés – y compris celui de tuer !

– C'est bien possible, l'approuva Agatha. Pour l'instant, vous allez surveiller nos derniers suspects. Simon, Toni, allez à Tweeting Bottom. N'entrez pas dans le lotissement, vous seriez repérés tout de suite. Installez-vous dans le pré de l'autre côté de la route. Trouvez un point d'observation d'où vous pouvez voir les maisons de Feldrake et de Spalding. Vous devriez y arriver avec des jumelles ou avec le gadget monoculaire. Il faut qu'on sache s'ils sont chez eux. »

Simon et Toni s'en allèrent, Patrick retourna à ses dossiers habituels et Roy, désœuvré, alla faire du shopping. John prit connaissance d'un message sur son téléphone.

« Il faut que je rentre chez moi remplir des papiers pour la compagnie de croisière, annonça-t-il. Mon embauche peut attendre le prochain voyage.

– Bonne nouvelle ! réagit Agatha avec enthousiasme. Je te préviendrai s'il y a du nouveau ici. »

Mrs Freedman tendit alors à Agatha un exemplaire du *Mircester Telegraph* du matin, qui affichait ce gros titre à la une : LA DÉTECTIVE PRIVÉE ARRÊTÉE POUR SUSPICION DE MEURTRE.

« Il fallait bien qu'elle le publie avant que la presse nationale ne s'en empare, dit Agatha en parcourant l'article de Charlotte Clark. Au moins, grâce à elle, je finirai par avoir mon mot à dire dans la presse. Si d'autres journalistes appellent, Helen, dites-leur que je ne fais pas de commentaires. De toute manière, ce que j'aurais à dire serait impubliable ! »

Agatha s'installa dans son bureau pour prendre des notes et tâcher d'ordonner les événements ayant abouti à la mort de Joan Feldrake. Elle était sûre que si elle mettait tout à plat, elle verrait ce qui, à l'évidence, lui échappait jusque-là. Elle était encore en train d'y réfléchir lorsque arriva le premier visiteur inattendu de la matinée. L'inspecteur divisionnaire Wilkes déboula dans les locaux et Mrs Freedman se campa devant lui pour lui barrer le passage. Agatha intervint et invita Wilkes dans son bureau pour éviter que Patrick s'en mêle : la discussion aurait dégénéré et Wilkes aurait eu une excuse pour leur faire encore plus d'ennuis.

« Vous savez sans doute que j'ai eu Gethin Fawkes en garde à vue hier », dit Wilkes, qui restait debout à la porte du bureau d'Agatha. (Il avait été invité à entrer, mais pas à s'asseoir.)

« Et pourquoi le saurais-je ? demanda-t-elle aussi innocemment qu'elle le put, en s'asseyant tranquillement sur le coin de sa table de travail.

– Parce que vous avez essayé plusieurs fois de le joindre, Mrs Raisin. J'ai son relevé téléphonique. Pourquoi l'appeliez-vous ?

– Je voulais le remercier de m'avoir sauvé la vie. » Ce n'était pas entièrement un mensonge. Si elle avait pu joindre Gethin, aucun doute que c'est ce qu'elle aurait fait.

« Foutaises ! lança Wilkes avec un sourire fielleux. Vous l'avez appelé parce que vous êtes en cheville avec lui. Vous étiez présente quand il a émis des menaces à l'encontre de Joan Feldrake et de Stella Smart à la salle paroissiale. Vous étiez sur place quand Feldrake a été tuée, et sur place encore quand Smart a été tuée.

– Heureuse de constater que vous avez enfin fait le lien entre les deux affaires, dit Agatha en croisant les bras. Vous raccrochez lentement les wagons, mais vous allez dans la mauvaise direction. Je n'ai rien à voir avec ces meurtres.

– Oh, que si ! Il ne me manque plus que la pièce du puzzle qui relie le tout, et je vous tiens. Je suis à ça de la trouver ! » Il leva sa main droite, le pouce et l'index espacés de quelques millimètres.

« Qu'est-ce que c'est ? s'enquit Agatha. La taille du petit pois qui roule dans le vide de votre crâne ? Trouver des preuves contre moi ? Bon courage !

Vous ne sauriez pas trouver votre derrière à deux mains, Wilkes. Et maintenant, déguerpissez avant que j'appelle un vrai policier ! »

Wilkes voulut dire quelque chose, ne trouva pas les mots, souffla par le nez, tourna les talons et s'en alla. Agatha ne se fut pas plus tôt rassise à son bureau pour travailler dans le calme que son téléphone sonna. C'était Gustav.

« Mrs Raisin, dit-il, veuillez avoir la courtoisie de ne pas m'interrompre comme à votre habitude. J'ai besoin de votre aide. Je me fais un sang d'encre à propos de Sir Charles et de cette femme. Il faut que nous fassions quelque chose. Son comportement devient tout à fait ridicule !

– Qu'est-ce qu'il a encore fait ?

– Il la suit partout dans la maison comme un caniche royal ! » Gustav semblait sincèrement consterné. « Il a même dit qu'il l'emmènerait faire les courses dans la matinée ! Lui qui ne fait jamais les courses ! C'est moi qui fais toutes les courses ! »

La nouvelle intrigua Agatha. « Les courses ? Où ça ?

– À Carsely ! se lamenta Gustav. Qui va faire ses courses à Carsely ? Il n'y a presque pas de commerces dans ce patelin. Qu'est-ce qu'ils iraient faire là-bas ?

– En effet, dit Agatha en réfléchissant à cet improbable rebondissement. D'accord, Gustav. Calmez-vous, je m'en occupe. »

Elle resta quelques minutes à rassembler ses pensées, puis sortit son sac du tiroir et s'apprêta à sortir.

« Helen, si on me cherche, on peut me joindre sur mon portable », lança-t-elle au passage avant de descendre dans la rue.

Elle prit la direction de chez elle, mais fit un détour par le Feathers. Elle trouva facilement une place dans le parking, où il n'y avait que trois autres voitures, et observa les environs. Le village d'Ancombe était un de ces bourgs des Cotswolds qui semblaient presque trop parfaits pour être vrais. Le genre d'endroit que les producteurs, si jamais Hollywood avait tourné un film se passant dans un village des Cotswolds, auraient tenu à reconstruire pierre par pierre en Californie. Il y avait un puits vieux de trois cents ans en forme de crâne qui recueillait l'eau d'une source immémoriale, une épicerie, une église, les plus jolies chaumières qu'on puisse imaginer, et enfin le pub, le Feathers. Ancombe attirait les touristes comme Carsely ne le faisait pas, et Agatha s'en félicitait. Carsely n'aurait peut-être pas remporté le concours des plus beaux villages, mais au moins il n'était pas encombré de cars de touristes.

Elle sortit sa voiture du parking et descendit en pente douce vers le pont où s'était déroulé son sauvetage spectaculaire, qu'elle franchit avant de s'arrêter une fois de plus sur le terre-plein, au-delà de l'endroit où l'arbre était tombé. Elle resta assise dans sa voiture et baissa sa vitre. Elle avait mis moins de quatre minutes à arriver du Feathers. Il n'y avait personne en vue, pas une auto sur la route, et elle inhala la douce odeur humide des bois. Il y avait là quelque chose qu'elle ne voyait pas, qui la taraudait comme une démangeaison impossible à gratter, mais elle redémarra au bout de quelques minutes, à court d'inspiration.

Chez elle, dans Lilac Lane, elle eut à peine le temps de se préparer un café avant d'être tirée de sa tranquillité par un coup de sonnette. Elle alla ouvrir et se trouva face à Sir Charles Fraith.

« Charles, quelle surprise, dit-elle d'un air absolument pas surpris. Entre. Allons prendre le café au jardin.

– Je ne fais que passer, dit-il en la suivant dans l'entrée. J'ai amené Mrs Roberts au village pour faire quelques courses. L'épicerie de base, ce genre de choses.

– Ah oui ? fit Agatha en lui servant un café. Je n'aurais pas cru que c'était ton truc, les courses d'épicerie.

– Eh bien, je me sens obligé de donner un coup de main à Shona – Mrs Roberts – de temps en temps.

– Tu n'as pas besoin de lui donner un coup de main, Charles, commenta Agatha en s'installant avec lui au soleil. Ce que tu dois faire, c'est éviter d'insulter mon intelligence.

– Je… je… ne vois pas ce que tu veux dire…

– Bien sûr que si. Tu sais exactement ce que je veux dire. Je n'aime pas qu'on se moque de moi, Charles. Tu n'es pas le seul à qui j'ai dû le rappeler ces derniers temps. Ton petit jeu avec Mrs Roberts est tout à fait pitoyable. Tu le savais bien, que si tu commençais à faire des choses qui ne te ressemblent pas et à te pâmer pour un membre de ton personnel, Gustav serait horrifié. Il ne pourrait jamais te laisser te ridiculiser avec une domestique, même si c'est probablement ce qu'ont fait tes ancêtres pendant des siècles.

– Quel rapport avec Gustav ?

– Mais tout ! Chaque fois qu'il a un problème avec toi qu'il n'arrive pas à régler lui-même, vers qui se tourne-t-il ? Vers moi, pardi ! Tu savais bien qu'il m'appellerait tôt ou tard, et c'est exactement ce que tu voulais. Tu cherchais à me faire croire que tu t'étais épris de Mrs Roberts. Je ne sais pas bien si tu t'attendais à ce que je me consume de jalousie ou à ce que je ne résiste pas au défi de combattre l'autre femme, mais dans un cas comme dans l'autre, tu te trompes ! »

À ce moment-là, on sonna à nouveau. Agatha alla ouvrir et trouva Mrs Roberts sur le seuil.

« Navrée de vous déranger, Mrs Raisin », dit-elle. Pour la première fois, Agatha remarqua une pointe d'accent écossais. Elle prit alors conscience qu'elle n'avait jamais entendu cette femme prononcer plus de trois mots d'affilée. « Sir Charles m'a dit qu'il serait là et que je n'avais qu'à passer quand j'aurais fait toutes les emplettes. » Elle tenait à bout de bras deux grands cabas.

« Il est ici, Mrs Roberts. »

À ces mots, Agatha vit le visage de la jeune femme se chiffonner. « Je déteste ce nom, dit-elle. Je ne m'appelle plus comme ça. Je suis Shona MacNeil. Ils ne cesseront jamais de m'appeler Roberts dans la grande maison.

– Ils sont un peu guindés à Barfield, vous savez.

– Eh bien ils peuvent le rester sans moi... »

Charles apparut alors dans l'entrée. « Shona, dit-il, vous avez l'air contrariée...

– Pas du tout, dit-elle. Je ne suis pas contrariée. Je me sens très bien. Voilà vos courses. » Elle posa les deux sacs au sol. « Je dois partir. Je ne reviendrai pas à la grande maison avec vous. On m'a proposé un emploi au Red Lion, en cuisine et au bar. Il y a un appartement au-dessus du pub, et ils ont besoin de quelqu'un tout de suite. Je passerai chercher mes affaires plus tard. Au revoir, Sir Charles. Au revoir, Mrs Raisin. Pardon de vous avoir fait perdre votre temps.

– Ne vous excusez pas, Miss MacNeil, dit Agatha. Je vous verrai la prochaine fois que je passerai au pub ! »

Shona MacNeil partit pour le Red Lion et Agatha s'assit dans son escalier. Elle releva la tête vers Charles et éclata de rire.

« Désolée, Charles, dit-elle en se calmant. Je ne me moque pas de toi. Bon, un peu quand même ! Simplement, je n'ai jamais vu un stratagème s'écrouler de manière si spectaculaire !

– C'est moi qui devrais m'excuser, reconnut-il avec un gros soupir. Je n'ai pas été malin. Je ferais mieux de te traiter avec davantage de respect.

– Ça, c'est bien vrai ! » Agatha était reprise par le fou rire. « Je devrais être furieuse, mais c'est trop drôle, la manière dont ta petite combine s'est retournée contre toi.

– Tu ne peux pas m'en vouloir d'avoir essayé », marmonna Charles avec un haussement d'épaules, en ramassant les sacs de courses. Il réussit à sourire, et même à rire un petit peu.

« Arrête d'essayer, Charles, lui dit-elle. Nous avons besoin l'un de l'autre, comme amis. C'est pour le mieux.

– Peut-être. Mais je ne peux pas te promettre d'arrêter. »

Toni était debout derrière un arbre dans le champ en face de Tweeting Bottom, avec Simon à sa gauche, caché dans les buissons, lorsqu'elle appela Agatha.

« Nous avons un bon poste d'observation dans le champ d'en face, dit-elle. Nous avons vu les Bellingham charger une valise dans leur voiture. D'après ce qu'on aperçoit par les fenêtres, ils en préparent une autre.

– Et Feldrake et Carstairs ?

– La voiture d'Anthony Feldrake et celle de sa sœur sont garées devant. Je pense avoir vu Carstairs dans le jardin tout à l'heure, et Feldrake entrer dans la maison quand sa voiture est arrivée.

– Vous pensez ? » Cette incertitude ne disait rien qui vaille à Agatha.

« Eh bien, je ne les ai jamais vus. C'est vous qui avez toujours traité avec Carstairs, et Feldrake n'était pas chez lui quand j'ai fait du porte-à-porte.

– Il n'était… » Agatha commença à entendre des sirènes d'alarme se déclencher.

« En tout cas, Eric Spalding est chez lui, continua Toni. Il semble faire une pause pour l'instant, mais nous l'avons vu sortir des choses de son garage et les mettre dans sa camionnette.

– Quel genre de choses ?

– Difficile à dire. Les portes arrière sont grandes ouvertes mais on ne voit pas à l'intérieur parce qu'il est garé face à nous. »

Il y eut un long silence. Un instant, Toni crut même qu'elles avaient été coupées.

« Agatha, vous êtes encore là ?

– Oui, oui, bien sûr ! Pourquoi est-ce que je ne serais plus là ? Toni, continuez la surveillance. Prévenez-moi immédiatement si l'un d'entre eux quitte Tweeting Bottom. Je ne saurais vous dire à quel point c'est important.

– Je vous préviendrai, lui assura Toni. Mais pourquoi est-ce tellement important ?

– Parce que je crois que vous venez d'élucider le mystère ! annonça Agatha. Je dois vous laisser. Il faut que je parle à John et à Bill Wong et… »

La voix d'Agatha s'interrompit brusquement, comme si elle avait raccroché pour s'affairer chez elle, ce qui était exactement le cas. Elle appela Bill Wong aussitôt qu'elle fut dans sa voiture, en se servant du kit mains libres.

« Bill, combien d'agents pouvez-vous rassembler pour une descente cet après-midi ? demanda-t-elle.

– Je ne sais pas, Agatha. Notre personnel est éparpillé dans tout le pays. Il se passe beaucoup de choses aujourd'hui. C'est pour quoi ?

– Que diriez-vous si je vous annonçais qu'on peut vous aider à coffrer un dealer de drogue et le meneur du gang des voleurs qui sévissaient à Mircester, et élucider les meurtres de Joan Feldrake et Stella Smart en prime ?

– Je dirais que vous débloquez, répliqua Bill avec un rire bref, mais puisque c'est Agatha Raisin qui parle, je sais que je ferais bien de prendre ça au sérieux. Je peux récupérer quelques agents occupés ailleurs. Si vous me dites que nous pouvons obtenir un résultat, je vous crois. Que diriez-vous de moi et quatre hommes en uniforme ?

– Il faudra faire avec. Vous pouvez me retrouver à mon bureau dans dix minutes ?

– J'y serai, Agatha. »

Elle battit ensuite le rappel de ses employés, et lorsqu'elle s'arrêta de travers, en faisant crisser ses pneus, devant la boutique d'antiquaire de Mr Tinkler en bas de l'agence, tous l'attendaient déjà. Quand elle fit irruption dans les locaux, Mrs Freedman faisait rouler un tableau blanc au centre de l'open space. Elle tendit à Agatha un marqueur au lieu du café habituel.

« Écoutez-moi attentivement », lança Agatha en accrochant son sac au dossier de la chaise de Toni. Elle esquissa un plan de Tweeting Bottom sur le tableau, et ajouta des légendes à mesure qu'elle parlait. « Ça, c'est Tweeting Bottom, et ça, c'est l'entrée. Il n'y a qu'une route, qui fait le tour d'un espace vert. La maison d'Eric Spalding est ici, à côté de l'ancien domicile de Joan Feldrake.

» Si vous déboulez à toute vapeur avec vos agents, Bill, Spalding vous verra venir et prendra la fuite. Nous savons qu'il a une moto, et s'il file à travers champs derrière chez lui, on ne le rattrapera jamais.

» J'ai Toni et Simon postés ici et ici, continua-t-elle en traçant deux croix en face de l'entrée du lotissement. Simon restera en place. Tout le monde se tiendra hors de vue ici, le long de la grand-route. Toni et moi nous ferons passer pour des universitaires, comme elle l'a déjà fait. Nous irons d'abord chez les Feldrake. Ils savent que je ne suis pas sociologue, mais nous avons besoin de leur aide. Nous leur dirons de s'attendre à de la visite parce que nous montons une opération contre Spalding.

Puis nous irons sonner chez Spalding. Simon vous préviendra quand nous entrerons dans la place.

» John, Roy et Patrick iront ensuite chez les Feldrake pour empêcher toute fuite par les jardins de derrière. Vos agents et vous pourrez aller sonner chez Spalding, Bill. Il faudra surveiller la camionnette pour l'empêcher de s'en servir. À votre arrivée, nous prendrons congé et vous pourrez vous précipiter pour lui passer les menottes. Qu'en pensez-vous ?

« Dans le genre plan, dit John, celui-ci a plus de trous que mon éponge de salle de bains, et il est bien trop dangereux pour Toni et vous, Agatha.

– Bah, ce n'est pas la première fois, et on peut y arriver, surtout avec vous tous en renfort.

– Ça ne va pas plaire à Wilkes, fit remarquer Patrick en tournant les yeux vers Bill.

– Ça va le rendre absolument fou de rage, confirma Bill. J'ai hâte de voir ça. »

10

Agatha et Toni remontèrent l'allée qui menait chez Joan Feldrake. Toni portait le faux badge d'identité universitaire dont elle s'était servie le jour où elle avait fait du porte-à-porte, et Agatha aussi en avait un, au nom d'Angela Potts. Ce fut Mary Carstairs qui vint ouvrir.

« Mrs Raisin ! s'écria-t-elle, interdite. Je... Je vous croyais en prison !

– En prison ? Moi ? » Agatha eut l'air déconcertée, puis agita la main comme si elle se rappelait un détail trivial qu'elle avait simplement oublié. « Ah, vous parlez de l'arrestation. Un simple malentendu. D'ailleurs, nous travaillons en ce moment même avec la police sur une autre affaire. Je suis avec ma collègue Toni Gilmour. Pouvons-nous entrer un instant ? »

Carstairs s'écarta pour les laisser passer, et c'est alors qu'Anthony Feldrake arriva de la cuisine.

« Qui est-ce, Mary ? demanda-t-il avant de reconnaître Agatha. Ah... c'est vous.

– Absolument, Mr Feldrake, dit Agatha avec un grand sourire. J'allais tout expliquer à Miss Carstairs. Nous travaillons avec la police de Mircester. Voyez-vous, nous avons découvert que le voisin d'à côté, Eric Spalding, recèle des biens volés et se livre à un trafic de stupéfiants. Nous aurions besoin d'un petit coup de main de votre part pour…

– Qu'est-ce que vous racontez ? la coupa Feldrake. Comment pouvons-nous savoir s'il y a un mot de vrai là-dedans ?

– C'est l'inspecteur Wong qui dirige l'opération. Je crois que vous le connaissez.

– Je l'ai en appel vidéo », dit Toni, qui montra l'écran de son téléphone. Bill confirma à Anthony Feldrake qu'Agatha disait vrai.

« Tout ceci s'est fait un peu à la dernière minute, expliqua Agatha. Ce pourrait être notre ultime chance de coincer Spalding. Tout ce que vous avez à faire, c'est laisser entrer trois de nos agents lorsqu'ils sonneront chez vous dans quelques instants. Ils traverseront votre jardin pour couvrir l'arrière au cas où Spalding tenterait de fuir par là.

– Eh bien, je… je suppose que ça ne pose pas de problème, céda Feldrake.

– Merci infiniment, Mr Feldrake. Je sais que vous êtes très préoccupé, avec les obsèques lundi, mais je vous assure que ce sera terminé en un rien de temps.

– Il faut que nous allions à côté, dit Toni, pour distraire Spalding le temps que les autres arrivent. »

Sur ce, elles sortirent de chez les Feldrake et s'engagèrent calmement dans l'allée du jardin de Spalding. Il vint ouvrir au deuxième coup de sonnette.

« Pardon, j'étais dans mon studio insonorisé... Ah, c'est encore vous, dit-il en souriant quand il vit Toni.

– Oui, j'espère que je ne vous dérange pas, Mr Spalding. Ma cheffe, Angela, que voici, tenait absolument à vous rencontrer. Vous comprenez, c'est une immense fan de Stevie Sexton, et elle n'en est tout simplement pas revenue quand je lui ai dit que vous étiez son sosie !

– C'est vrai que vous lui ressemblez, dit Agatha en l'observant sous toutes les coutures. Un peu plus distingué, peut-être... un peu plus beau ! Vous portez vraiment des combinaisons à paillettes et des plateformes à étoiles ? » Elle joignit les mains et ploya les genoux comme si c'était le meilleur moment de sa vie.

« Eh bien oui, ça fait partie du spectacle... Je possède même un de ses costumes de scène originaux.

– C'est vrai ? Vous pourriez nous montrer ? Oh, je vous en supplie ! Ce serait extraordinaire pour moi !

– Je n'ai pas vraiment le temps, là... », commença Spalding. Mais il se ravisa en voyant l'expression pleine d'adoration d'Agatha. « D'accord, j'ai bien deux minutes. »

« Elles sont dans la place », annonça Simon au téléphone. Les silhouettes qui attendaient derrière la haie de la grand-route s'élancèrent. John, Patrick et Roy se dirigèrent vers la maison des Feldrake tandis que Bill Wong et ses agents filaient tout droit chez Spalding. Ils étaient tous à pied pour éviter qu'un bruit de moteur ne donne l'alerte.

Spalding, chez lui, emmena Agatha et Toni dans la pièce du fond, où une collection de tenues scintillantes bleu et rouge ultra-kitsch était suspendue à un portant.

« Ce sont des copies, dit-il en tenant l'une d'elles devant lui. Celle qui est dans la housse est un original.

– Fantastique, s'enthousiasma Agatha en tendant la main vers la housse transparente.

– Quelle est votre chanson préférée de Stevie ? lui demanda Spalding.

– Oh, c'est… euh… » Elle hésita en se creusant la cervelle.

« "Wake Me When It's Over !" lança Toni avec un rire forcé. Elle ne veut pas avouer qu'elle la chante en boucle au bureau.

– Un classique, approuva Spalding en prenant une guitare. Allez, on essaie. Je commence, et vous chantez avec moi !

– Oh, vraiment, je ne… » Agatha commençait à s'inquiéter (vu qu'elle ne connaissait absolument pas la chanson), lorsque la sonnette retentit.

Spalding retourna à la porte, mais à peine l'avait-il entrouverte qu'elle s'ouvrit à la volée, l'envoyant valser en arrière. En se retournant, il trouva Agatha dans l'étroit couloir, brandissant sa guitare comme un gourdin. Un instant plus tard, deux agents corpulents l'aplatissaient au sol et lui passaient expertement les menottes.

« Vous n'êtes pas assez vieille, grogna Spalding en regardant Agatha. J'aurais dû m'en douter…

– Je le prends comme un compliment. Vous, d'un autre côté, vous serez un vieillard le jour où vous pourrez à nouveau enfiler une combinaison à paillettes. »

Les radios de la police grésillaient, et par la porte ouverte ils virent un véhicule de police rouler au pas dans Tweeting Bottom. Les sirènes étaient muettes, mais les gyrophares bleus tournaient.

« Avec ça, les rideaux vont bouger derrière toutes les fenêtres ! » plaisanta Agatha. Elle retourna chez les Feldrake avec Toni et Bill. Roy vint leur ouvrir et ils se rendirent au salon, où Anthony Feldrake se tenait devant les rideaux de dentelle, hypnotisé par les gyrophares.

« Vous l'avez eu, alors, dit-il.

– Eh oui, confirma Bill en saluant de la tête John qui entrait. Je crois bien que son garage est rempli d'objets volés. Mes agents vont inventorier tout ça. Je ne serais pas étonné qu'on trouve aussi de la drogue. Spalding va tomber pour recel et trafic de stupéfiants. J'espère qu'on trouvera quelque chose qui nous mènera à ses fournisseurs. Merci de votre aide, Mr Feldrake, et vous, Miss Carstairs.

– Oh, mais nous n'avons rien fait.

– Mais si, Mary, dit Agatha. C'est énorme, ce que vous avez fait, Anthony et vous. Vous avez tué Joan Feldrake, tué Stella Smart, et essayé de me tuer, moi !

– Quoi ?! Mais vous êtes folle ! protesta Feldrake. Je n'ai pas tué ma propre sœur !

– Vous, peut-être pas, dit Agatha en se tournant vers Carstairs. C'est vous qui avez tué Joan, n'est-ce pas, Mary ? »

Carstairs releva les yeux vers elle. Elle était nerveusement assise sur un canapé, tout au bord du siège, tendue et anxieuse. Aussitôt qu'elle croisa le regard d'Agatha, elle baissa les yeux vers le tapis.

« C'est bien ce que je pensais. Vous l'avez assommée à coups de branche, pas vrai ? Et vous... (elle se tourna vers Feldrake), comme vous êtes un peu plus costaud, vous avez jeté Stella à l'eau et vous l'avez tenue en dessous jusqu'à ce qu'elle se noie. Vous auriez fait de même avec moi, hein ?

– C'est n'importe quoi ! enragea Feldrake. Vous ne pouvez absolument rien prouver !

– Oh, je crois bien que si, Anthony. Je pense que j'ai tout compris à votre plan. Je pense que quand tout a mal tourné pour vous dans le Nord

– la perte de votre emploi, le divorce, votre femme vous prenant jusqu'à votre dernier sou, la perte de votre logement –, vous avez rappliqué ici la queue entre les jambes. Je doute que Joan ait été très compréhensive avec vous, mais quand vous avez vu que les trois copines étaient toujours ensemble, devenues trois vieilles filles, vous vous en êtes pris au maillon faible – Mary. Seulement, votre chérie d'autrefois s'est révélée plus coriace que vous ne l'imaginiez, n'est-ce pas ? Est-ce elle qui a décidé de vous donner l'air plus respectable : veuf et à la retraite, plutôt que divorcé et viré ? Sans doute. Elle savait bien que ça passerait mieux avec les gens du coin.

» Vous vous êtes monté la tête tous les deux avec des idées de vengeance, toujours écœurés que Stella et Joan aient empêché votre histoire il y a des années, et quand Mary vous a raconté que Stella lui tenait la dragée haute en menaçant de la rayer du testament, vous avez élaboré un vilain petit plan ensemble. Votre but était de tout avoir. En dehors des parts dans le cabinet Boddington, tout ce que possédaient Stella et Joan vous reviendrait. Il vous suffisait de vous débarrasser d'elles.

– Un monceau d'âneries ! cracha Feldrake.

– Pas du tout, Anthony, répondit calmement Agatha. Voici comment ça s'est passé. Vous avez envoyé à Joan un message signalant une paruline à tête cendrée, sachant qu'elle ne résisterait pas et se précipiterait dans le bois d'Ancombe Vale. Vous ne pouviez pas l'envoyer de votre téléphone : Joan aurait reconnu votre numéro. J'imagine que vous vous êtes servi d'un appareil prépayé. Il doit être au fond de la rivière à l'heure qu'il est.

» Vous aviez réservé une table pour trois au Feathers et vous êtes arrivés à 16 h 30. Vous m'avez dit, Mary, que c'était pour qu'elle vous rejoigne là-bas, mais en réalité c'était pour vous assurer qu'elle serait dans le bois. Vous avez déclaré l'avoir rappelée du Feathers, mais nous savons que vous en êtes partis à 17 heures, et le second appel n'a été passé qu'à 17 h 10. Il ne faut que quatre minutes pour arriver du Feathers à Ancombe Vale : vous étiez donc déjà sur place quand vous l'avez rappelée.

» Vous deviez être sur des charbons ardents, au Feathers et pendant ce court trajet. Il fallait tout coordonner avec précision. Vous deviez être certains que Joan était dans les bois en train de chercher la paruline, mais vous deviez aussi être vus en train de l'attendre au restaurant. Vous saviez qu'elle passerait une éternité à chercher l'oiseau, mais il y avait toujours une chance qu'elle renonce, peut-être qu'elle prenne le texto comme une sorte de farce. Vous aviez besoin qu'elle soit là-bas pour pouvoir l'éliminer avant que Stella arrive, elle aussi à la recherche de la paruline.

» Je pense que le projet était de tuer Stella ensuite et de jeter leurs deux corps dans la rivière. Ainsi, on penserait qu'elles s'étaient disputées – après tout, elles étaient connues pour ça –, qu'elles en étaient venues aux mains et qu'elles étaient tombées à l'eau.

» Ce deuxième coup de téléphone à Joan, c'était pour détourner son attention, n'est-ce pas ? Un moyen de s'approcher d'elle sans être remarqués et de lui fendre le crâne avec la branche. Mais c'est là que tout a commencé à partir en vrille. Aussitôt que vous avez tué Joan, le hêtre, affaibli par l'orage, a fini par s'effondrer. Cela a dû vous faire une peur de tous les diables – un arbre qui tombe, cela fait un bruit énorme –, et il s'est abattu juste derrière votre voiture. Vous avez su qu'il n'y avait plus de temps à perdre. L'un d'entre vous a alors eu une idée de génie. Avant que quelqu'un n'arrive, vous avez placé le corps de Joan sous le tronc pour faire croire à un accident.

» Non, sanglota Carstairs, qui fondit en larmes. Vous vous trompez complètement. Nous avons trouvé Joan sous l'arbre en arrivant !

– C'est faux, Mary, insista Agatha. J'ai mis un moment à comprendre ce qui ne collait pas entre votre histoire et la scène de crime… et c'était la voiture d'Anthony. Votre véhicule était garé sur le terre-plein, nez à nez avec celle de Joan, mais vous n'aviez pas pu vous garer ainsi après la chute de l'arbre. Vous avez été vus en train de conduire en direction d'Ancombe Vale, mais vous ne pouviez pas avoir dépassé l'arbre s'il était déjà en travers de la route. Vous étiez garés du mauvais côté du tronc ! »

Carstairs et Feldrake échangèrent un regard et Agatha continua.

« Il ne fait aucun doute pour moi que Stella l'avait compris aussi. Comme moi, elle a mis un moment, mais elle a pigé la première. Le temps qu'elle arrive, il y avait du monde, quantité de témoins, ce qui vous a forcés à abandonner votre projet de double meurtre. Cependant, l'occasion de vous débarrasser de Stella plus tard s'est présentée de manière assez inattendue, pas vrai ?

» Voyez-vous, le jour où je me suis retrouvée dans la rivière, nous étions tous allés dans le bois pour la même raison. Nous cherchions le téléphone de Joan. Stella avait pris conscience que le message sur la paruline était bidon. Vous avez raconté à tout le monde que Joan était dans les bois en train de chercher la paruline à tête cendrée, et l'esprit de compétition de Stella l'a poussée à se demander pourquoi Joan était arrivée sur les lieux avant elle. Et d'ailleurs, qui aurait voulu les envoyer sur la piste d'une paruline à tête cendrée ? C'est alors qu'elle a compris que votre voiture n'était pas au bon endroit et que le timing ne collait pas. Elle savait qu'elle trouverait la réponse dans le téléphone de Joan.

– En fait, intervint Bill, Miss Smart m'a appelé pour me demander si elle pouvait jeter un coup d'œil au téléphone de Miss Feldrake. Je lui ai dit que nous n'en avions retrouvé aucun sur les lieux.

– Ce qui signifiait que soit vous l'aviez, Anthony, soit il était encore là-bas. Stella est donc partie à sa recherche. Quand la police vous a rendu les effets personnels de Joan sans le téléphone, vous aussi avez compris qu'il devait être encore dans les bois, là où elle l'avait laissé tomber.

– Vous cherchiez le téléphone quand nous vous avons vue là-bas, Miss Carstairs, dit Roy.

– Et vous aussi, Anthony, ajouta Agatha.

– Ridicule ! éclata Feldrake. Je suis resté toute la journée ici, à Tweeting Bottom !

– Eh non, le contredit Toni. Quand je suis passée ce jour-là, il n'y avait personne.

– Vous étiez dans le bois, Anthony, dit Agatha. Lorsque Mary a regagné la route et que j'ai vu le corps de Stella dans la rivière, vous étiez en train de nous épier. Vous vous êtes approché derrière moi, vous m'avez poussée et vous avez couru vous cacher pour me regarder me noyer !

– J'en ai assez entendu, dit Bill en sortant deux paires de menottes. Vous vous rappelez comment on s'en sert, John ? » Il tendit une paire à John et pointa le doigt vers Mary Carstairs.

« C'est une chose que je n'oublierai jamais, dit John. Tendez-moi vos mains, Miss Carstairs. »

John s'avança vers Carstairs et Bill se tourna vers Feldrake, dont les yeux étaient blancs de panique. Tout à coup, avec une agilité qui surprit Agatha, Feldrake sauta par-dessus la table basse, attrapa Roy et le poussa sur le côté. Roy recula en titubant et heurta Bill, qui perdit l'équilibre. Feldrake se rua vers la porte et Agatha tendit une jambe pour lui faire un croche-pied. Il couina, trébucha, mais ne tomba pas et clopina à une vitesse étonnante vers la cuisine. Suivi de près par Agatha, il sortit par-derrière en lui claquant la porte au nez. Il avait déjà traversé à moitié le jardin lorsque Patrick surgit de derrière la hutte.

Feldrake s'arrêta, et Patrick leva les poings. « Un papy comme moi ne vaudrait pas grand-chose contre un petit jeunot, mais je pense avoir mes chances contre vous ! »

Feldrake poussa un rugissement, prêt à charger, mais s'écroula comme s'il avait reçu un boulet de canon dans le dos – ou du moins, c'est ce qu'il lui sembla. Il se retrouva à plat ventre : Agatha, à califourchon sur lui, faisait pleuvoir les coups de poing sur sa tête et ses épaules.

« Ça va aller, Agatha, dit doucement John en la hissant sur ses pieds pendant que Bill menottait Feldrake.

– Moi qui me faisais une joie de lui faire une tête au carré ! se lamenta Patrick, déçu.

– Non, Patrick, pouffa Agatha, essoufflée, en chassant quelques cheveux égarés de son visage. Cette ordure a essayé de me tuer. Il était pour moi. »

Bill emmena Feldrake jusqu'à la voiture dans laquelle ses hommes étaient en train de pousser

Carstairs. John, à côté, bavardait avec quelques agents qu'il connaissait. Agatha et Toni s'en allèrent frapper chez les Bellingham. La porte s'ouvrit sur Mr et Mrs Bellingham.

« Mais que se passe-t-il ? » demanda la femme tandis que tous deux observaient les véhicules de police qui continuaient d'affluer.

Agatha leur expliqua toute l'histoire et sortit de son sac le téléphone de Joan Feldrake.

« Je suppose que vous reconnaissez ceci », dit-elle en le tendant devant elle. Mrs Bellingham se mit à bafouiller. « Inutile de dire quoi que ce soit, continua Agatha. Il y a des photos dedans que vous préférez certainement savoir à l'abri des regards. Je pense que Joan Feldrake n'était pas très douée pour le chantage : je serais étonnée qu'elle ait fait des copies des photos. Vous les auriez sans doute trouvées quand vous avez fouillé sa maison. »

Les Bellingham échangèrent des regards alarmés.

« Je me dois de remettre le téléphone à la police, comme pièce à conviction dans une affaire de meurtre, dit Agatha. Mais avant, je vais le confier à un jeune homme qui travaille pour moi. C'est un petit génie pour ce genre de choses.

– Mieux vaut qu'il n'entende pas ça, intervint Toni en imaginant la tête de Simon. Il est déjà assez content de lui comme ça.

– Certains prétendent qu'on ne peut jamais vraiment effacer des fichiers d'un appareil comme celui-ci, continua Agatha, mais lui, si. Quand la police recevra ce téléphone, les photos auront disparu. Personne ne les verra jamais. »

Une vague de soulagement passa sur les traits des Bellingham. « Merci, Mrs Raisin, dit la femme en lui serrant la main.

– Mais de rien, voyons. Profitez bien de vos vacances. »

Au cours des deux semaines qui suivirent, les choses commencèrent à revenir à la normale. Il y eut une montagne de paperasses à remplir et une avalanche de questions auxquelles répondre au commissariat de Mircester, mais heureusement, Wilkes resta à distance de tout cela. Agatha eut même la satisfaction de voir une nouvelle manchette de Charlotte Clark dans le *Mircester Telegraph* : LA DÉTECTIVE PRIVÉE BLANCHIE APRÈS UNE BAVURE POLICIÈRE.

Agatha était interviewée en détail dans l'article, sa citation préférée étant : « C'est toujours un plaisir pour moi de travailler avec la police de Mircester. Ses agents sont dans leur vaste majorité des personnes acharnées qui font un travail difficile et dangereux. Ils sont extrêmement précieux. Malheureusement, on ne peut pas en dire autant de certains haut gradés. »

Elle montra la même dignité et la même réserve lorsqu'elle fut interviewée par une batterie de journalistes de la télévision, employant chaque seconde de son temps sous les projecteurs pour mettre en avant la fiabilité et le professionnalisme de Raisin Investigations et d'elle-même. Puis, aussi soudainement qu'elle s'était envolée, son étoile médiatique s'éteignit, les reporters étant déjà partis à la recherche d'un nouveau scoop. Ce quart d'heure de célébrité fut cependant excellent pour les affaires.

John était heureux de retourner en mer comme membre senior de l'équipe d'animation et professeur de danse du paquebot. Et puisqu'il était heureux, Agatha l'était aussi. Elle savait qu'il allait terriblement lui manquer, mais se consolait en se répétant qu'il ne serait absent que deux semaines. Quelques jours avant le départ, elle arriva chez lui, où ils avaient prévu de virevolter sur sa piste de danse pour, comme le disait John, « aiguiser ses gambettes ». Puis ils iraient dîner au restaurant italien, puis il y aurait encore de la danse, suivie de… tout ce qui pouvait suivre.

Elle se gara devant chez lui, alla sonner à la porte et resta quelques secondes sur le perron, mais n'entendit aucun mouvement à l'intérieur. Elle sourit pour elle-même. Bien sûr ! John devait être au fond du jardin, dans son studio de danse. Elle franchit le portillon sur le côté et gambada sur le pavé japonais. Elle entra dans le studio juste au moment où « Fly Me To The Moon » de Frank Sinatra se terminait dans une grande envolée, et vit John tranquillement assis dans un coin, à côté d'une table sur laquelle étaient posées une bouteille de champagne et deux flûtes. Elle traversa le parquet d'un pas glissant tandis qu'une vague au piano annonçait « Let There Be Love » de Nat King Cole, et vit que John avait les yeux fermés. Il arborait un léger sourire. Il avait l'air heureux et détendu. Il dormait.

« Allez, paresseux ! dit-elle, debout devant lui, en lui tendant ses deux mains. Je ne veux pas rater celle-ci ! »

John ne bougea pas. Elle avança et se pencha pour le secouer par l'épaule, mais n'obtint aucune réaction.

« John ! s'écria-t-elle. John ! Réveille-toi ! »

Elle toucha son visage, qui était froid. Le ventre serré par la terreur, elle posa deux doigts sur son cou mais ne trouva aucun pouls. John n'allait pas se réveiller.

« Non… » Elle sentit ses jambes flageoler comme si toutes ses forces étaient parties dans le sol. Elle se laissa tomber à côté de sa chaise, lui tint la main et posa la tête sur son bras, le regard perdu sur la piste de danse, en laissant la musique jouer. Puis elle prit son téléphone, composa un numéro et dit à mi-voix : « Je voudrais rapporter un décès soudain. »

Les secouristes qui arrivèrent lui dirent que cela ressemblait à une crise cardiaque. Les médecins qui lui parlèrent plus tard lui révélèrent que John avait un dysfonctionnement systolique non diagnostiqué au ventricule gauche, qui était certainement là depuis longtemps, et qui aurait pu provoquer la crise cardiaque à n'importe quel moment ces derniers mois. Rien de cela n'avait vraiment d'importance. Cela ne changeait rien. John était toujours mort.

Agatha évita le bureau pendant un moment, même si Toni l'appelait presque tous les jours pour prendre de ses nouvelles et lui assurer que tout se passait bien à l'agence. Toni et Margaret Bloxby, à elles deux, prirent la plupart des mesures pour les obsèques. Agatha paraissait curieusement ailleurs. Même au téléphone, Toni percevait une atmosphère silencieuse, comme aplatie, dans le cottage de Lilac Lane, et ceux qui voyaient Agatha déambuler dans Carsely remarquaient qu'elle était magnifiquement habillée et impeccablement maquillée, avec dans les yeux un air distant et distrait. Elle répondait à quiconque lui disait bonjour, mais ne souriait ni ne s'arrêtait jamais. Cela continua ainsi jusqu'au jour des obsèques.

Ce matin-là, Toni téléphona pour passer en revue avec Agatha le programme de la journée, afin de savoir précisément quand aller la chercher pour l'emmener à St Jude. En temps normal, elle se serait attendue à se faire chauffer les oreilles, Agatha ne tolérant pas qu'on essaie de lui rappeler ce qu'elle allait faire et quand. D'ailleurs, ces rappels, en général, n'étaient pas nécessaires avec Agatha Raisin. Mais là, la situation n'avait rien de normal.

Pour Agatha, cette journée commença à peu près comme les autres. Elle se leva un peu plus tard qu'à son habitude, descendit avec ses chats pour les nourrir et s'assit à la table de la cuisine avec un café en écoutant la radio. Il n'y avait pas si longtemps, se dit-elle, elle aurait commencé par s'allumer une cigarette pour la fumer avec son café. D'ailleurs, une journée comme celle-là aurait exigé bien plus d'une cigarette. Il lui en aurait fallu... elle ne savait pas combien. Il n'y avait jamais eu une journée comme celle-ci, et de toute manière, elle avait décidé depuis longtemps qu'elle pouvait tout gérer aussi bien sans sa dose de nicotine. Elle pouvait survivre à cette journée. Elle s'en serait volontiers passée, mais c'était une épreuve qu'elle affronterait, et pour laquelle elle avait ses propres projets. Ce jour-là, avait-elle décidé, était le premier du reste de sa vie, et elle ferait les choses à sa manière.

Une fois douchée, coiffée et maquillée avec un soin tout particulier, elle s'observa dans le miroir en pied de sa chambre pour vérifier que sa robe était exactement telle qu'elle la voulait. Elle se rappelait la première fois qu'elle l'avait portée, après avoir suivi un régime draconien et s'être à moitié tuée à la salle de gym pour être sûre d'avoir un ventre extra-plat. À présent, elle lui allait comme un gant. Le moment était presque venu. Tout se passerait bien. Elle descendit à la cuisine et ouvrit le réfrigérateur pour y prendre son sac à main.

Toni, Roy et James, récemment rentré d'Islande, attendaient près du portail du jardin. Une limousine noire et un corbillard, trop longs pour tourner dans Lilac Lane, patientaient dans la grand-rue.

« Comment va-t-elle ? demanda Roy, l'air un peu mal à l'aise et à peine reconnaissable sans son extravagance habituelle, en sobre costume noir.

– Je l'ai à peine croisée, mon vieux, répondit James. Et chaque fois que je l'ai vue, elle m'a dit que ça allait et qu'elle préférait ne pas parler.

– Ce n'est pas seulement qu'elle ne parle pas, ajouta Toni, la voix pleine d'inquiétude pour son amie. Elle ne fait rien. Il n'y a aucune émotion. Elle n'est même pas sortie de ses gonds !

– C'est mauvais signe, confirma Roy. Vous ne croiriez pas à quel point elle peut se mettre en rogne en un clin d'œil, normalement.

– Oh, on y croit ! dit James. On l'a tous vu.

– Le pire, ajouta Toni, c'est qu'elle n'a pas pleuré. Personne ne l'a vue verser ne serait-ce qu'une larme. Je connais les policiers qui sont venus chez John – ils doivent venir en cas de mort soudaine pour s'assurer que tout est réglo – et ils disent qu'elle ne pleurait même pas à ce moment-là, alors qu'elle venait de trouver John.

– Ce n'est pas normal, si ? demanda James.

– Depuis quand le mot "normal" s'applique-t-il à Agatha Raisin ? » lâcha Roy avec un haussement d'épaules.

Toni remonta l'allée du jardin et alla sonner. Agatha ouvrit la porte aussitôt, prête à partir.

« Bonjour, Agatha. Il est temps de… euh… vous êtes sûre… ? »

Toni resta bouche bée en voyant la robe d'Agatha. Une robe du soir couleur pêche pâle, découvrant une épaule, avec un bustier moulant et une jupe évasée descendant jusqu'aux mollets, d'où une fente volantée remontait jusqu'à la hanche. Un pendentif, des boucles d'oreilles et un bracelet en diamants étincelaient au soleil.

« Vous voulez parler de ma robe ? demanda Agatha. Je pourrais vous retourner la question. Je n'ai jamais vu une petite robe noire si banale. Elle vous donne l'air bien trop maigre, et elle vous vieillit. »

Toni s'immobilisa une seconde. Elle commençait à retrouver la Agatha qu'elle connaissait. La question demeurait : était-ce bien le jour pour cela ? Elle rassembla ses forces, décidant qu'il fallait simplement avancer.

« Les voitures attendent au bout de l'allée pour nous emmener à l'église, dit-elle.

– Je ne vais pas monter dans une de ces horreurs, répondit Agatha avec un regard vers la rue. On vient me chercher d'une seconde à l'autre. »

On entendit alors le rugissement râpeux d'un moteur diesel, et un tracteur rouge rutilant festonné de fleurs blanches et roses entra en bringuebalant dans Lilac Lane, son pot d'échappement lançant de temps en temps un nuage de fumée. Gethin Fawkes roula jusqu'au cottage d'Agatha, fit faire demi-tour au Cropmaster et se leva derrière le volant en lui faisant signe, un grand sourire aux lèvres.

« Votre carrosse vous attend, madame ! lança-t-il, et Agatha sourit.

– Vous autres, montez donc dans ces monstruosités noires si ça vous chante, dit-elle. Moi, je ferai une arrivée stylée !

– Agatha, je... » Toni posa une main hésitante sur le bras de sa patronne au moment où Agatha allait passer.

« Tout va bien, Toni », dit cette dernière. Elle sourit et lui pressa la main. « Tout va bien se passer. »

Gethin, en pantalon noir, gilet noir, chemise blanche et casquette grise, sauta au sol pour aider et finalement hisser Agatha sur son siège, le Cropmaster n'ayant jamais été conçu pour transporter une personne portant une telle robe ni des talons aussi vertigineux.

Le tracteur ouvrit le cortège jusqu'à l'église, où Gethin coupa le moteur, descendit et aida Agatha à faire de même aussi élégamment que possible. Le vacarme du moteur s'était à peine tu qu'on entendit un tintement de clochettes. Un groupe de danseurs folkloriques arriva de la salle paroissiale, gambadant dans la rue, les bandes de grelots autour de leurs genoux tintinnabulant en rythme tandis qu'ils dansaient autour du corbillard. Ils formèrent deux lignes, entrechoquèrent leurs bâtons et composèrent un motif compliqué de pas de danse en se tournant autour avant de repartir vers la salle paroissiale.

Gethin démarra ensuite le Cropmaster et disparut au bout de la grand-rue. Six policiers en uniforme d'apparat et gants blancs marchèrent au pas vers le corbillard pour porter le cercueil. Agatha entra dans l'église pendant que celui-ci était déchargé, et fut accueillie par un petit groupe d'amis et de collègues de John, dont Bill et Alice Wong, qui lui décochèrent tous les deux de grands sourires. Alice se pencha pour chuchoter à l'oreille d'Agatha.

« Je reconnaîtrais cette robe entre mille, dit-elle. Bien joué ! »

L'inspecteur divisionnaire Wilkes, arborant lui aussi l'uniforme d'apparat à épaulettes brillantes, et non sa tenue négligée habituelle, attendait dans la file.

« Toutes, euh… toutes mes condoléances, Mrs Raisin », marmonna-t-il, les yeux fuyant vers la gauche.

Agatha s'arrêta et le regarda en face jusqu'à ce qu'il soit forcé à croiser son regard.

« Il vous haïssait. » Ce fut tout ce qu'elle dit.

L'église était bondée. En remontant vers le premier rang, Agatha identifia la plupart des personnes présentes, même si certains des anciens collègues de John lui étaient totalement inconnus.

Le cercueil, couvert de fleurs, fut amené et posé à l'écart sur une table drapée de velours violet. Agatha vécut le restant de la cérémonie dans le flou. Il y eut des cantiques, certains debout et d'autres assis, la lecture de quelque chose et un monologue que le pasteur Bloxby récita avant de regarder par-dessus le pupitre et de faire un signe de tête à Agatha.

« Et maintenant, je crois que Mrs Raisin aimerait dire quelques mots », annonça-t-il. Il descendit de l'estrade et se déplaça sans bruit sur le sol de pierre pour aller s'asseoir à côté de Margaret. Agatha se leva, prit son sac à main sur son bras gauche et s'avança, ses talons aiguilles claquant comme des coups de pistolet sur les dalles. Elle se plaça derrière le pupitre, résista à la tentation de s'appuyer des deux coudes sur sa surface inclinée. Elle nota une étroite surface horizontale à l'avant. C'était idéal.

« John serait heureux que vous soyez si nombreux à avoir fait l'effort d'être ici aujourd'hui », commença-t-elle. Elle sentit un nœud dans sa gorge et un léger tremblement dans sa voix. Ce n'était pas admissible. Elle se mit en colère contre elle-même, en colère contre sa voix, et cela régla la question. Ça y était, elle avait retrouvé le contrôle. « Il serait heureux, mais pas moi. Je ne suis pas heureuse que vous soyez ici. Je ne suis pas heureuse d'être ici. Je ne suis pas heureuse qu'il y ait qui que ce soit. Nous ne devrions pas avoir à être ici ! John devrait encore être avec nous, et cela me met tellement en colère que… »

Elle s'interrompit et inspira profondément plusieurs fois, les poings crispés sur le pupitre.

« Mais je lui ai promis que ça ne se passerait pas comme ça. Je n'ai pas pu lui dire au revoir, et je ne suis pas venue ici non plus pour dire au revoir. Je suis venue pour une célébration. Ces danseurs folkloriques que certains d'entre vous ont vus dehors, c'étaient les amis de John. Il dansait avec eux. Il ne le faisait pas pour être payé ni pour le prestige. Il le faisait pour la joie, et pour la bière… et pour célébrer la vie. John et moi avions toujours beaucoup à célébrer. Rien ne vaut la danse pour cela.

» Nous avions parlé de nous marier, vous savez. Il n'y a pas très longtemps. Ce n'était pas ce que nous désirions. Nous voulions uniquement être ensemble, et c'est ce que nous avions décidé de faire. Nous aurions chacun notre maison, chacun notre vie, et puis nous aurions notre vie ensemble. Nous aurions le beurre et l'argent du beurre. Ainsi, tout le temps que nous passions ensemble serait précieux, et il l'était, et c'est ce que je suis venue célébrer.

» Ceux d'entre vous qui me connaissent s'étonneront de me voir mettre mon âme à nu en public. Cela ne me ressemble pas, mais aujourd'hui, ce n'est pas pareil. Aujourd'hui, c'est pour John… »

Pendant qu'elle parlait, sa voix vacilla de nouveau légèrement, ses yeux se mouillèrent et une larme roula sur sa joue. Elle laissa faire. Les gens la verraient pleurer. Elle s'en fichait. Son mascara waterproof ne tiendrait peut-être pas. Tant pis.

» Ceux d'entre vous qui ne m'ont jamais vue pleurer – c'est-à-dire à peu près vous tous –, profitez-en bien. Ça ne se reproduira pas. Certains se disent peut-être que je ne suis pas habillée de manière convenable pour un enterrement. Eh bien, j'ai regardé les robes noires dans mon armoire, et elles sont peut-être de mise pour un dîner chic ou un cocktail, mais pas pour une célébration – et ceci en est une. »

Elle ouvrit son sac à main. Elle eut tout à fait l'air d'y chercher un mouchoir, mais ce qu'elle en sortit fut une flûte à champagne, suivie d'une petite bouteille. Elle emplit la flûte de vin pétillant et la posa devant elle, sur la bande horizontale à l'avant du pupitre.

« Donc, je ne suis pas en noir. Je porte une robe que j'ai depuis un moment. Les robes, ça va ça vient. La mode ne dure pas, mais celle-ci est particulière. Celle-ci, je la garde. C'est la robe que je portais au mariage d'Alice et Bill Wong. C'est là que j'ai dansé ma première danse avec un homme que je connaissais à peine : John Glass. Un moment précieux. Un moment qui mérite d'être célébré. »

Elle ne pouvait plus retenir ses larmes, qui coulaient maintenant abondamment, mais sa voix resta ferme.

« Il était le meilleur partenaire de danse que j'aie jamais eu. Il était ce qui m'est arrivé de mieux. Il était… le meilleur, tout simplement. Il serait heureux que je porte cette robe. Cela me ressemble, et il me disait qu'il m'aimait comme je suis. Quant à moi… je l'aimais. Je l'aimerai toujours.

» Mais il n'y aura pas de deuil interminable. Pas d'années perdues. Nous nous l'étions promis. Donc, je vais continuer. Agatha Raisin va continuer. Raisin Investigations va continuer. La vie pour nous tous va continuer, et John continuera à faire partie de nous. Je me souviendrai de lui tous les jours, et je serai heureuse car je célébrerai chaque souvenir. »

Elle prit sa flûte et la leva en l'air.

« Il y a une boîte, là, qui contient un corps, mais ce n'est pas mon John. Mon John est parti depuis longtemps. Mon John est quelque part en train de danser dans les étoiles, d'être la plus brillante de toutes. Et ça, ça mérite clairement d'être célébré ! À nous, John ! »

Elle but une petite gorgée, puis reposa doucement la flûte sur le pupitre. Pendant quelques instants, le silence fut complet, puis on entendit un applaudissement. Toni se mit debout, les joues mouillées de larmes. C'était elle qui applaudissait. Roy se leva ensuite à côté d'elle en tapant dans ses mains, puis toute l'équipe de Raisin Investigations. Sir Charles Fraith les imita, et disparut aussitôt à la vue quand les agents en uniforme assis un rang devant lui se levèrent avec des applaudissements enthousiastes. L'un d'eux s'interrompit une seconde pour écraser une larme avec son gant blanc.

« Du champagne à l'église… des applaudissements pour un enterrement…, murmura le pasteur Bloxby à sa femme. C'est tout à fait déplacé…

– Pas aujourd'hui, Alf, le rabroua Margaret, déjà debout. Allez, lève-toi. »

Noyée dans le tonnerre d'applaudissements, Agatha promena son regard sur l'assemblée des fidèles. Les applaudissements n'étaient pas pour elle. Ils célébraient la vie de John, et c'était ce qu'elle avait voulu. Elle descendit de l'estrade, parcourut lentement l'allée centrale, et sortit dans la grand-rue de Carsely. Elle tourna ensuite en direction de Lilac Lane et rentra chez elle en marchant seule.

DU MÊME AUTEUR
AUX ÉDITIONS ALBIN MICHEL

Agatha Raisin enquête

1. LA QUICHE FATALE
2. REMÈDE DE CHEVAL
3. PAS DE POT POUR LA JARDINIÈRE
4. RANDONNÉE MORTELLE
5. POUR LE MEILLEUR ET POUR LE PIRE
6. VACANCES TOUS RISQUES
7. À LA CLAIRE FONTAINE
8. COIFFEUR POUR DAMES
9. SALE TEMPS POUR LES SORCIÈRES
10. PANIQUE AU MANOIR
11. L'ENFER DE L'AMOUR
12. CRIME ET DÉLUGE
13. CHANTAGE AU PRESBYTÈRE
14. GARE AUX FANTÔMES
15. BAL FATAL
16. JAMAIS DEUX SANS TROIS
17. CACHE-CACHE À L'HÔTEL
18. UN NOËL PRESQUE PARFAIT
19. LA KERMESSE FATALE
20. VOICI VENIR LA MARIÉE
21. TROUBLE-FÊTE

22. DU LARD OU DU COCHON
23. SERPENT ET SÉDUCTION
24. GARE AUX EMPOISONNEUSES
25. AU THÉÂTRE CE SOIR
26. SECRETS SUR CANAPÉ
27. LES PISSENLITS PAR LA RACINE
28. CHASSE AUX SORCIÈRES
29. SONNENT LES CLOCHES
30. BONNET D'ÂNE !
31. AU GALOP !
32. CUL SEC !
33. LE DIABLE AU CORPS
34. EN PLEIN CŒUR
35. L'HEURE DU CRIME
36. DRÔLES D'OISEAUX

Les enquêtes de Hamish Macbeth

1. QUI PREND LA MOUCHE
2. QUI VA À LA CHASSE
3. QUI S'Y FROTTE S'Y PIQUE
4. QUI A UNE TAILLE DE GUÊPE
5. QUI FRANCHIT LA LIGNE JAUNE
6. QUI SÈME LE VENT
7. RIRA BIEN QUI RIRA LE DERNIER
8. LES FLÈCHES DE CUPIDON
9. PETITS CRIMES ENTRE VOISINS
10. BOURREAU DES CŒURS

11. LA PAIX DES MÉNAGES
12. BRAS DE FER
13. DENT POUR DENT
14. SOUS LE FEU DES PROJECTEURS
15. EAUX TROUBLES
16. MÉNAGE DE PRINTEMPS
17. LA RANÇON DE LA GLOIRE
18. UNE RETRAITE EN OR
19. LETTRES FATALES
20. ÉCRIRE OU MOURIR
21. LES RÈGLES DE L'ART
22. COUP DE BALAI
23. MARIAGE BLANC ET IDÉES NOIRES
24. CHARME FATAL
25. UNE SAINT-VALENTIN EXPLOSIVE
26. PAS DE FUMÉE SANS FEU

Les enquêtes de lady Rose

1. MEURTRE ET SÉDUCTION
2. SOUPÇONS ET PRÉJUGÉS
3. RAISON ET CHÂTIMENTS
4. PASSIONS ET TRAHISONS

Les chroniques de Bond Street

Tome 1

LADY FORTESCUE À LA RESCOUSSE

MISS TONKS PREND SON ENVOL

Tome 2

LA DISGRÂCE DE MRS BUDLEY

SIR PHILIP PERD LA TÊTE

Tome 3

COLONEL SANDHURST À LA RESCOUSSE

LA DERNIÈRE SAISON

La Saison des débutantes

1. FELICITY L'INTRÉPIDE
2. FIONA LA REBELLE
3. DELILAH LA ROMANTIQUE
4. CLARISSA L'ÉTOURDIE
5. MARIA LA DIVINE
6. HARRIET LA DISCRÈTE

Composition Nord Compo
Impression : CPI Firmin Didot en mai 2025
Éditions Albin Michel
22, rue Huyghens, 75014 Paris
www.albin-michel.fr
ISBN : 978-2-226-49874-8
N° d'édition : 26163/01 – N° d'impression : 183791
Dépôt légal : juin 2025
Imprimé en France